KB084983

개
미

제2부 개미의날

베르나르 베르베르 장편소설
이세욱 옮김

카트린에게

제2부 개미의 날(계속)

네 번째 비밀 **대결의 시대**

111. 푸르미라는 성을 가진 사람

초인종을 누르자마자, 한 뚱뚱한 사내가 문을 열었다.

「올리비에 푸르미 씨입니까?」

「그렇습니다만, 무슨 일이죠?」

멜리에스는 삼색 줄이 그어진 공무원증을 내보였다.

「경찰입니다. 경정 멜리에스라고 합니다. 들어가서 몇 가지 질문을 드려도 될까요?」

「예, 그렇게 하시죠.」

그 남자는 전화번호부에 기입되어 있는 마지막 〈개미〉였다. 그의 직업은 교사로 나와 있었다.

멜리에스는 피해자들의 사진을 보여 주며 아느냐고 물었다.

「아뇨.」

그가 놀라며 대답했다.

멜리에스는 사건 발생 당시 그가 무엇을 했는지 물었다. 올리비에 푸르미에게는 증인도 알리바이도 충분했다. 그는 늘 학교에 있거나 아니면 가족과 시간을 보냈다. 그가 무죄라는 사실은 너무나 쉽게 입증되었다.

그때 그의 아내인 엘렌 푸르미가 나타났다. 엘렌은 나비 무늬가 찍힌 실내복을 입고 있었다. 그걸 보자 멜리에스의 뇌리에 어떤 생각이 떠올랐다.

「푸르미 씨, 살충제를 사용하시나요?」

「천만에요. 어려서부터, 나를 〈더러운 개미〉로 놀리는 얼간이들이 있었어요. 그런 수모를 당하면서 나는 사람들이 아무 생각 없이 발꿈치로 눌러 버리는 그 곤충과 어떤 유대감을 느끼게 되었죠. 아마 팡뒤[1]라는 성을 가진 사람이 있다면, 그의 집에는 밧줄이 없을 겁니다. 제 말뜻을 아시겠어요? 마찬가지로 이 집엔 살충제가 없지요.」

그때 오펠리 푸르미가 불쑥 나타나 그의 아버지에게 몸을 바싹 기댔다. 안경이 두껍기로 학급에서 첫째가는 여자아이였다.

「제 딸아이예요. 방에 개미집을 두고 관찰하고 있답니다. 애야, 그것을 이분께 보여 드리렴.」

오펠리는 멜리에스를 커다란 사육통이 있는 곳으로 데리고 갔다. 레티시아의 사육통과 비슷한 것이었다. 사육통은 개미로 가득했고, 잔가지로 된 원추형 뚜껑으로 덮여 있었다.

「개미 판매는 금지된 것으로 알고 있는데요.」

「사지 않았어요. 숲에서 파 온 거예요. 여왕개미가 달아나지 않도록 땅을 충분히 깊게 파서 옮겨 담은 거예요.」

어린 딸이 반박하는 걸 보고 올리비에 푸르미는 딸아이를 매우 대견해했다.

「저 애는 커서 생물학자가 되고 싶어 하죠.」

「아, 그래요? 저는 아이가 없어서 개미가 〈장난감〉으로 유

---

1 Pendu. 〈교수형을 당한 사람〉 또는 〈목매달아 죽은 사람〉이라는 뜻. 이하 모든 주는 옮긴이 주이다.

행하는 줄은 몰랐습니다.」

「장난감으로 유행하는 게 아닙니다. 우리 사회가 점점 개미 사회처럼 되어 가니까 개미가 유행하는 것입니다. 아마도, 개미를 관찰하면서, 아이는 사회를 더 잘 이해할 수 있을 것 같은 느낌을 받을 겁니다. 다른 데 이유가 있는 게 아닙니다. 경정께서는 개미 사육통을 관찰하면서 시간을 보낸 적이 있으십니까?」

「아니요. 개미에 별로 관심이 없어서 말이죠…….」

자크 멜리에스는 내심 개미 애호가들이 많다는 사실에 놀라고 있었다. 모든 개미 애호가들이 자기 주변에만 있는 것인지, 아니면 그들이 정말 커다란 사회를 형성하고 있는 것인지 모르겠다고 생각했다.

「누구예요?」

오펠리 푸르미가 물었다.

「경정이야.」

「경정이 뭐예요?」

112. 잿빛 두루마리구름

두루마리구름 뭉치들이 뭉실뭉실 피어오른다.

황금의 도시 꿀벌들은 처음에 회색 구름 속에서 튀어나오는 것들이 소란스러운 왕파리들인 줄로만 알았다가 잠시 후에야 그것들이 무엇인지를 깨닫는다.

왕파리들이 아니다!

딱정벌레목 곤충들이다. 그러나 풍뎅이나 쇠똥구리는 아니다. 맞다, 저것들은 바로 뿔풍뎅이들이다.

뿔이 돋은 커다란 곤충들이 요란한 소리를 내며 날고 있고, 그 위에 포문을 열 준비를 한 개미들이 작은 대포처럼 타고 앉아 있는 모습이란 정말 무시무시하기 짝이 없다.

꿀벌들은 잠시 의아해한다.

《어떻게 저 커다란 동물들을 길들여 싸움에 이용할 수 있었을까?》

어느새 뿔풍뎅이 20여 마리가 다가와 그늘을 드리운다. 벌들은 더 이상 궁금해할 시간이 없다. 뿔풍뎅이들은 벌써 벌들에게 기습을 가하고, 위에 타고 있는 불개미 포병들은 개미산을 발사한다.

벌들의 대형은 V형에서 점차 W형으로, 심지어 도망치는 XYZ형으로 바뀌고 있다.

기습의 효과는 완벽하다. 뿔풍뎅이마다 꿀벌들에게 강력한 개미산 포를 쏘는 네댓 마리의 포수 개미를 싣고 있다.

아스콜레인 꿀벌들은 잠시 멈추어 정신을 차린 후, 독침을 뽑는다.

《점선 대형으로! 뿔풍뎅이들을 습격하라!》

한 아스콜레인 꿀벌이 소리 지른다.

뿔풍뎅이 제2진이 달려든다. 그러나 꿀벌들이 대오를 수습한 마당이어서, 공격의 효과가 제1진만 못하다. 꿀벌들은 개미산 포를 피해 뿔풍뎅이의 배 아래로 내려가 목을 찾고는, 그곳에 독침을 쏘려고 기어 올라온다. 이제 뿔풍뎅이와 그들의 서툰 조종사들이 아찔하게 추락하면서 버둥거린다.

춤으로 나타내는 꿀벌의 명령이 떨어진다.

《공격! 돌격하라!》

독침이 비 오듯 쏟아진다.

꿀벌들은 갈고리 모양의 독침을 타고난다. 희생자 살 속에 독침이 박히면 꿀벌들은 독침을 빼내려고 버둥거리다가 독샘이 뽑혀 나가면서 죽음을 맞는다. 개미의 딱지는 뿔풍뎅이와는 달리 꿀벌의 독침을 붙들어 두지 못한다.

몇 분도 지나지 않아 몇몇 뿔풍뎅이들이 추락한다.

하지만 다른 뿔풍뎅이들은 동요하지 않고 마름모꼴로 대형을 좁혀서 꿀벌들의 마지막 삼각 대열과 맞서 싸운다.

질서 정연하던 전투 대형이 흐트러진다. 개미의 마름모꼴 전투 대형은 더 작고 촘촘한 몇 개의 마름모꼴로 바뀌고 꿀벌의 삼각형 대열은 고리형으로 바뀐다.

1백여 개의 전장이 수직으로 겹겹이 포개져 있고, 그 속에서 벌이는 격전은 흡사 층층이 놓인 1백 개의 체스판에서 벌이는 체스 게임과 같다.

전장의 모습이 장관이다. 벨로캉의 항공대가 반짝인다. 꿀벌들은 뜨거운 기류를 이용하여 올라가더니 뿔풍뎅이 항공대로 뛰어든다. 마치 한 무리의 작은 배들이 커다란 함선에 덤벼드는 형국이다.

개미들이 60퍼센트 개미산으로 일제히 사격을 한다. 액체 포탄을 사용하는 자동 속사포라 할 만하다. 고열에 탄 날개에서 연기가 나고, 타격을 받은 꿀벌들이 비약하여 뿔풍뎅이의 갑각에 작은 화살을 박으려고 애쓴다.

독침이 너무 가까이 다가와 포를 겨눌 수 없게 된 포수 개미들은 집게 같은 위턱으로 꿀벌들을 물리친다.

꿀벌들이 필사의 각오로 덤벼든다. 침이 종종 뿔풍뎅이의 껍질에서 미끄러져 나가 입에 박힌다. 순식간에 죽음이 찾아온다.

개미산에 맞아 타는 꿀 냄새가 진동한다.

독이 다 떨어진 벌들은 적의 몸에 주사기를 꽂았으나 독약을 더 이상 주입할 수가 없다. 포수 개미들의 개미산도 동나 이제 화염 방사기가 작동하지 않는다. 위턱과 마른 침이 서로 부딪치며 최후의 접전을 벌인다. 보다 빠르고 날랜 쪽이 이기는 것이다.

뿔풍뎅이들은 때때로 머리에 돋은 뿔로 꿀벌들을 찔러 죽인다. 노련한 뿔풍뎅이는 뺨으로 적을 밀어붙이고 뿔로 파고 든다. 운이 나쁜 병정벌 네 마리가 검은 줄이 그어진 노란 과일 꼬치처럼 뿔풍뎅이의 뿔에 꽂혀 있다.

병정개미 103호는 꿀벌 하나가 9호와 접전 중인 것을 발견하고 오른쪽 위턱을 꿀벌의 등에 박는다. 곤충의 세계에서는 등 뒤에서 찌르는 것이 금지되어 있지 않다. 살아 있는 한 모든 공격이 허용된다.

뿔풍뎅이 위에 홀로 탄 병정개미 9호가 전투 대형으로 모여 있는 꿀벌들에게 돌진한다. 적진에서는 곧 날카로운 창이 삐죽삐죽 솟아난다. 선두의 뾰족한 침들이 9호를 찌르려고 하지만, 뿔풍뎅이를 탄 9호가 너무나 빨리 달아나기 때문에 어느 것도 그를 따라잡을 수가 없다. 뿔풍뎅이의 뿔이 적의 가시 전선과 충돌하자 꿀벌 떼가 흩어진다.

103호는 뒷다리 둘로 버티고 서서 요란하게 붕붕거리는 꿀벌 두 마리와 접전을 벌인다. 103호의 위턱이 사브르라면 꿀벌들의 독침은 플뢰레[2]다. 그러나 103호가 타고 있는 뿔풍뎅이가 아래로 내려가기 시작한다. 그의 뿔 주위에 꿀벌들

2 펜싱 경기에서 사브르는 찌르거나 자르는 두 기술을 사용하지만, 플뢰레는 표적에 칼을 찌르기만 한다.

이 쏘아 댄 독침들이 잔뜩 박혀서 비행 자세를 유지하기가 어렵다.

기진맥진한 뿔풍뎅이가 허공에 피를 뿌리며 추락한다. 뿔풍뎅이가 거의 베고니아에 닿으려 한다.

103호가 비상 착륙을 시도한다.

아직도 그의 위엔 꿀벌들이 있지만, 포수 개미들이 재빨리 달려와 꿀벌들을 쫓아낸다.

이제 103호는 아주 중요한 다른 일에 착수해야 한다.

전투원들 위쪽에서 꿀벌들이 전황을 알리려고 8 자 춤을 춘다.

《우리는 새로운 부대가 필요해.》

증원군이 벌집을 떠난다.

새로운 비행 부대는 대부분 생후 20일에서 30일 된 젊고 용감한 꿀벌들로 구성되어 있다.

한 시간가량의 치열한 접전 끝에, 벨로캉은 참전한 뿔풍뎅이 30마리 가운데 12마리와, 병정개미 3백 마리 가운데 120마리를 잃었다.

한편, 작은 구름 쪽으로 파견되었던 7백 마리의 아스콜레인 꿀벌들 가운데 4백 마리가 전사했다. 살아남은 꿀벌들은 망설인다. 끝까지 싸우는 것과 둥지를 지키기 위해 돌아가는 것 중 어느 쪽을 선택해야 할까? 꿀벌들은 둥지를 지키기로 한다.

뿔풍뎅이들과 벨로캉의 병정개미들이 황금의 벌집에 다다라 보니, 그곳은 이상하게도 텅 빈 듯하다. 9호가 선두에 선다. 불개미들은 순간 허방다리임을 감지하고 입구에서 망설인다.

113. 백과사전

연대 의식

연대 의식은 기쁨이 아닌 고통에서 생긴다. 누구나 즐거운 일을 함께한 사람보다 고통의 순간을 함께 나눈 사람에게 더 친근함을 느낀다.

불행한 시기에 사람들은 연대 의식을 느끼며 단결하지만, 행복한 시기엔 분열한다. 왜 그럴까? 힘을 합해 승리하는 순간, 각자는 자신의 공적에 비해 보상이 부족하다고 느끼기 때문이다. 자기가 공동의 성공에 기여한 유일한 장본인이라고 생각한다. 그리고 서서히 소외감에 빠진다.

얼마나 많은 가족이 상속을 둘러싸고 사이가 벌어지는가? 성공을 한 다음의 로큰롤 그룹이 함께 남아 있는 경우가 얼마나 되는가? 얼마나 많은 정치 단체들이 권력을 잡은 후 분열하는가?

어원적으로 보면, 〈공감sympathie〉이란 말은 〈함께 고통을 겪다〉라는 뜻의 sun pathein에서 유래한다. 마찬가지로 〈연민compassion〉이란 말 또한 〈함께 고통을 겪다〉라는 뜻의 라틴어 cum patior에서 생긴 것이다.

사람은 자기 집단의 헌신적인 구성원들이 겪은 고통을 생각하면서, 세상에 자기 혼자뿐인 것 같은 견디기 어려운 순간을 이겨 낼 수 있는 것이다.

어떤 집단에 응집력과 결속력이 건재하는 것은 함께 나눈 어려운 시절에 대한 기억 때문이다.

에드몽 웰스, 『상대적이며 절대적인 지식의 백과사전』 제2권

114. 벌집에서

9호는 뿔풍뎅이에서 내려 더듬이로 냄새를 맡는다. 주위에 다른 개미들이 도착하자 바로 협의에 들어간다.

《매우 위험한 지역이므로 특공 대형으로 들어가자.》

개미들은 밀집된 방진(方陣)을 짜고 벌집으로 침투한다. 벌집 안에서는 나는 뿔풍뎅이가 더 이상 필요치 않을 것 같아서 개미들은 뿔풍뎅이들을 입구에 남겨 두고, 그동안 진득하게 기다릴 수 있도록 약간의 나무껍질을 뜯어 먹으라고 준다.

벨로캉 전사들은 자기들이 성전을 침입하고 있는 느낌을 갖는다. 꿀벌이 아닌 어떤 것도 결코 들어온 적이 없는 곳이다. 개미들은 밀랍 벽에 눌어붙을까 저어하면서 조심스럽게 나아간다.

완벽한 기하학적 구조로 된 칸막이가 금빛을 발한다. 새어 든 몇 줄기 빛에 꿀이 반짝인다. 밀랍 판은 마로니에와 버드나무 눈 껍질에서 구한 불그스름한 고무로 용접되어 있다.

《아무것도 건드리지 마!》

9호가 외친다.

하지만 너무 늦었다. 꿀에 이끌려 그 맛을 보고 싶어 하던 개미들이 곧바로 말려든 것이다. 거기에서 그들을 빼내기란 불가능하다. 구하려는 자들마저도 그 늪에 빠져 들어가기 때문이다.

아직까지 개미산을 약간 간직하고 있던 포수 개미들이 불시의 기습에 맞서 신속하게 포를 쏘려고 뒤로 물러선다.

달콤한 냄새 속에 매복의 낌새가 가득하다.

《아무것도 건드리지 마!》

개미들은 아스콜레인 일벌들과 병정벌들이 밀랍 방 속에 숨어 명령이 떨어지기만을 기다리고 있음을 냄새로 감지한다.

벨로캉 원정군은 육각형의 방들이 격자 모양으로 늘어선 곳에 다다른다. 그것은 우라늄 덩어리 대신 아스콜레인의 미래 시민들이 들어 있다는 점만 빼면 마치 원자로의 한복판 같다. 그곳엔 알이 담긴 구멍 8백 개, 애벌레가 들어 있는 구멍 1천2백 개, 하얀 번데기가 차지하고 있는 구멍 2천5백 개가 있다. 중앙엔 훨씬 중요한 구멍 6개가 있다. 그곳에는 생식 능력을 지닌 암벌의 애벌레들이 자란다.

개미들은 문명의 절정에 이른 것 같은 건축물에서 강렬한 인상을 받는다. 개미의 도시엔, 최소의 노력으로 최대의 효과를 올린다는 원리에 따라 되는대로 건설된 무질서한 통로 외에는 볼거리가 없다. 개미들이 벌들보다 지능이 떨어지거나 덜 세련된 것일까? 벌의 뇌 크기를 고려하면 뇌 용량이 개미보다 훨씬 방대하다고 할 수 있다. 그러나 클리푸니 여왕의 생물학 연구는 지능이 단지 뇌 용량으로 결정되는 것이 아님을 보여 주고 있다. 곤충들은 신경 조직이 온몸에 복잡하게 얽혀 있다. 개미들에겐 이것이 훨씬 더 중요하다.

개미들은 계속 전진하여 식량으로 가득 찬 창고를 발견한다. 그곳에는 벌집의 모든 식구들 몸무게의 20배는 될 10킬로그램가량의 꿀이 있다. 흥분한 개미들은 더듬이를 심하게 떨며 토론에 들어간다.

섣부른 모험은 너무 위험하다는 결론이 나왔다. 개미들은 되돌아서 출구 쪽으로 향한다.

《도망자들에게 덤벼라! 침입자들이 벽 사이에 갇혀 있는 동안에 공격하라!》

어떤 벌이 신호를 보낸다.

육각형 구멍 곳곳에서 작은 병정벌들이 쏟아져 나온다.

개미들이 독침 공격을 받고 쓰러진다. 바닥 끈끈이에 걸린 개미들은 싸워 보지도 못하고 숨을 거둔다.

그렇지만 9호를 포함한 특공대의 주력 부대는 벌집에서 빠져나오는 데 성공하여 뿔풍뎅이를 타고 달아난다. 아스콜레인 병정벌들이 승리의 페로몬을 뿜으며 개미들을 추격한다.

하지만 황금의 벌집에서 승리를 자축할 준비를 할 즈음 불길한 소리가 들린다. 아스콜레인의 천장이 무너지면서 1백여 마리의 개미들이 침투한다.

103호는 완벽한 전술을 세웠다. 꿀벌들이 개미들을 쫓고 있는 동안, 103호는 급히 나무로 올라가 다수의 벨로캉 개미들을 병정벌들이 빠져나간 황금의 도시로 돌격시켰다.

《아무거나 다 파괴하지 않도록 주의하라. 희생을 최소한으로 줄여야 한다. 생식 기관이 있는 애벌레를 볼모로 잡아라!》

자하하에르샤 여왕의 친위 병정벌에게 개미산을 난사하며 103호가 명령한다.

잠시 후 생식 애벌레들이 원정군 병정개미들의 집게에 모두 목이 잡힌다. 황금의 도시 아스콜레인 꿀벌들은 결국 벨로캉에 정복되고 말았다.

여왕벌은 비로소 모든 것을 파악했다. 개미 돌격대의 침입은 교란 작전일 뿐이었다. 그 틈을 타서 뿔풍뎅이들을 잃은 개미들이 벌집 지붕을 뚫고 처음보다 훨씬 위험한 기습을

21

해온 것이었다.

〈잿빛 두루마리구름〉 전투를 승리로 이끎으로써 개미들은 이 지역에서 세 번째로 큰 규모의 정복을 이루어 낸 셈이다.

《이제 당신들이 원하는 건 무엇인가? 우리를 모두 죽일 것인가?》

여왕벌이 묻는다.

《우리의 목표는 당신들이 아니라 손가락들이오. 손가락들이 우리의 유일한 적이오. 벨로캉 개미들이 꿀벌과 싸울 이유는 없소. 우리는 손가락들을 죽이기 위해 당신들의 독을 원할 뿐이오.》

9호가 대답한다.

《그렇게 많은 노력을 기울일 만큼 손가락들이 아주 중요한 모양이군.》

자하하에르샤 여왕벌이 페로몬을 발한다.

103호는 꿀벌 부대의 지원도 요청한다. 여왕벌이 동의하여 〈꽃의 수비대〉라는 정예 비행 부대를 제안하자, 곧 3백 마리의 꿀벌이 윙윙거리기 시작한다. 103호가 만나 보니, 그들은 아스콜레인 꿀벌 가운데 벨로캉 부대에 가장 큰 피해를 입힌 병정벌들이다.

원정군은 황금의 벌집에서 하룻밤 머물게 해줄 것과 군량으로 쓰게 꿀을 나누어 줄 것을 다시 요청한다.

아스콜레인 여왕벌이 묻는다.

《당신들은 왜 손가락들을 공격하는가?》

손가락들이 불을 사용하여 모든 종족에게 해를 입히기 때문이라고 9호가 설명한다.

전에 곤충들은 불을 사용하는 모든 것에 대항하기로 협정을 체결하였던바 이제 그 협정을 준수할 때가 온 것이다.

그때 벌집 윗구멍에서 나오는 23호를 9호가 목격한다.

《자네 여기서 뭘 하고 있었나?》

9호가 더듬이를 곧추세우며 묻는다.

《여왕벌 방을 구경하고 나오는 참이에요.》

23호가 얼버무리자 감정이 상한 9호가 화를 낸다. 두 개미의 관계가 악화된다.

103호가 그들을 떼어 놓으며, 24호는 어디에 있느냐고 묻는다.

24호는 마지막 공격 때 벌집 안에서 길을 잃었다. 24호는 전투에 참가하여 벌들과 용감하게 싸웠다.

그런데…… 그는 지금 자기가 어디에 있는지 전혀 모르고 있다. 빛이 드는 곳인데도 안심이 되지 않는다. 그럼에도 불구하고 그는 나방 고치를 여전히 잘 간직하고 있다. 24호는 죽 늘어선 육각형 구멍을 돌아다니면서, 다음 날 아침까지는 원정군과 합류할 수 있기를 기대하고 있다.

115. 후텁지근한 지하철 안에서

자크 멜리에스는 사람들이 빽빽이 들어선 전동차 안에서 질식할 것만 같았다. 전동차가 굽이돌 때 어떤 여자의 배에 몸이 부딪쳤다. 누군가가 약간 메마르고 거친 목소리로 항의했다.

「좀 조심할 수 없어요?」

그는 먼저 그 목소리를 식별했고, 잠시 후 찌든 때와 땀 냄새 너머로 그으한 향기를 맡았다. 베르가모트 향, 베티베르 향, 귤 향, 갈락솔리드 향, 백단향에 피레네 야생 염소 사향이 살짝 곁들여진 내음…….

〈저는 레티시아 웰스예요.〉

향기가 속삭이는 것 같았다.

사나운 눈초리로 그를 쏘아보는 연보랏빛 눈길, 그래 바로 그녀였다.

레티시아는 증오에 찬 눈빛으로 그를 뚫어지게 바라보고 있었다. 전동차의 문이 열리자 스물아홉 명이 나가고 서른다섯 명이 다시 들어왔다. 차 안이 조금 전보다 훨씬 더 빽빽해지면서 이제는 옆 사람의 숨소리까지 들렸다.

몽구스 새끼를 통째로 잡아먹으려고 벼르는 코브라처럼 그녀가 쏘아보자, 멜리에스는 그녀의 눈길을 더 이상 피할 수 없었다.

레티시아는 죄가 없었는데, 그가 너무 경솔하게 행동했다. 전에 그들은 의견을 나누었고 서로 호감도 가졌었다. 레티시아는 그에게 꿀술을 대접했으며, 그가 늑대를 두려워한다고 하자 레티시아는 사람들을 두려워한다고 말하지 않았던가. 단 한 번의 실수로 망쳐 버린 친교의 순간들이 너무나 아쉬워 그는 그녀에게 사과하고 싶었다. 그녀가 용서해 주리라 믿으면서.

「웰스 씨, 할 말이 있는데요……. 제가 얼마나…….」

레티시아는 차가 멈추자 사람들 사이로 빠져나갔다.

신경질적인 발소리가 지하철 통로에 울렸다. 레티시아는 더러운 장소에서 조금이라도 빨리 벗어나려는 듯 거의 뛰다시피 했다. 순간 레티시아는 음흉한 눈길들이 자기를 에워싸고 있음을 느꼈다.

음침한 복도. 습한 통로. 어슴푸레한 네온 빛이 깔려 있는 미로.

「어이, 멋쟁이 아가씨! 데이트나 할까?」

비닐 점퍼를 입은 불량배 세 명이 다가왔다. 그 가운데 하나는 며칠 전 그녀에게 시비를 걸었던 그 사내였다. 그녀가 무시하고 발걸음을 재촉했지만, 사내들은 장화의 징으로 바닥을 울리며 따라왔다.

「혼자야? 잠시 얘기나 나누는 게 어때?」

레티시아는 우뚝 멈춰 서서 눈동자 속에 〈꺼져!〉라는 단어를 담았다. 지난번에는 그것이 통했는데, 오늘은 그녀의 매서운 눈빛이 그 악당들에게 아무런 영향을 주지 못하는 것 같았다.

「눈이 예쁜데, 네 것이긴 한 거냐?」

키가 크고 턱수염을 기른 사내가 빈정거렸다.

「아냐, 빌린 걸 거야.」

또 한 사내가 대꾸했다.

상스러운 웃음들, 등에 닿는 손길, 수염을 기른 사내가 접칼을 꺼냈다.

레티시아는 갑자기 자신감을 모두 잃고 맹수 앞의 가녀린 사냥감이 되어 버렸다. 그러자 사내들은 곧바로 야수가 되었다. 레티시아는 급히 도망치려 했지만 허사였다. 사내들 가운데 하나가 그녀의 팔을 잡아 등 뒤로 비틀었다.

레티시아는 비명을 질렀다.

환하고 그리 한적하지만은 않은 통로. 사람들이 그 무리와 마주쳤지만 그들은 고개를 숙이고 그 장면을 전혀 이해하지 못한 체하면서 발걸음을 재촉했다. 곧 칼부림이 벌어질지도 모른다고 마음을 졸여 가면서…….

레티시아 웰스는 겁에 질렸다. 그녀가 평소에 사용하던 어떤 무기도 이 짐승들에게는 통하지 않았다.

턱수염, 대머리, 우람한 사내, 그들에게도 웃으며 푸른 배내옷을 짜주던 어머니가 있었을 것이다.

약탈자들은 눈을 번득였고, 사람들은 걸음을 빨리 재촉하면서 계속 그들 주위를 스쳐 지나갔다.

「원하는 게 뭐죠, 돈인가요?」

레티시아가 더듬거리며 물었다.

「돈? 그건 좀 나중에. 지금 당장은 너한테 관심이 있어.」

대머리가 히죽히죽 웃으며 말했다.

턱수염은 벌써 뾰족한 칼끝으로 그녀의 웃옷 단추를 하나하나 끌러 나갔다.

레티시아는 몸부림쳤다.

이렇게 당한다는 건 말도 안 된다. 오후 4신데, 누구 하나 도와주려는 사람이 없단 말인가! 하다못해 신고라도 해줄 수 있지 않은가.

턱수염은 그녀의 가슴을 풀어 헤치며 휘파람을 불었다.

「아주 작지만 예쁜데, 너희들 생각은 어때?」

「아시아 여자들은 그게 문제야. 모두 계집애 몸뚱이라니까. 가슴이 한 줌도 안 돼.」

레티시아 웰스는 실신할 노릇이었지만 이를 악물고 참아 냈다. 인간에 대한 공포가 엄습했다. 짐승보다 못한 인간들의 더러운 손이 그녀를 건드리고 주무르고 해치려 했다. 레티시아는 공포에 질려 비명조차 지를 수 없었다. 레티시아는 덫에 걸린 사냥감처럼 그렇게 꼼짝 못 하고 있을 수밖에 없었다. 자신을 괴롭히는 자들로부터 벗어날 길이 없었다.

……그녀가 할 수 있는 일이란 〈꼼짝 마! 경찰이다〉라는 소리를 듣는 것뿐이었다.

칼을 든 사내가 동작을 멈췄다. 멜리에스가 연발 권총을 겨누며, 삼색 줄이 그어진 공무원증을 제시했다.

「빌어먹을! 애들아, 튀자. 갈보, 너, 다음에 따먹을 거야.」

그들이 달아났다.

「거기 서!」

멜리에스가 소리쳤다.

「쏠 테면 쏴라, 옷 벗고 싶으면…….」

대머리가 도망치며 외쳤다.

그들이 멀리 도망가자 멜리에스는 총을 내렸다.

레티시아 웰스는 천천히 호흡을 가다듬었다. 이제 끝났다. 약탈자의 손아귀에서 벗어났다.

「괜찮아요? 놈들이 너무 못되게 굴지는 않았나요?」

그녀는 고개를 흔들었다. 그리고 조금씩 정신을 차렸다. 그는 아주 자연스럽게 그녀를 안아 안심시켰다.

「자, 이제 안심하세요.」

그녀 역시 아주 자연스럽게 그에게 안겼다. 레티시아는 멜리에스에게서 위안을 받았다. 멜리에스가 어느 날 불쑥 튀어나와서 자기에게 위안을 주리라고는 한 번도 생각해 본 적이 없었다.

거센 풍랑이 가라앉은 그녀의 연보랏빛 눈이 그를 바라보았다. 미풍에 부드럽게 흔들리는 잔물결이 담겨 있을 뿐, 그녀의 눈길에는 이제 사나운 빛이라고는 찾아볼 수 없었다.

자크 멜리에스가 웃옷의 단추들을 채워 주자 그녀가 말했다.

「어떻게 감사드려야 할지…….」

「대단한 일을 한 것도 아닌데요, 뭘. 여러 차례 말씀드렸다시피 단지 당신과 의견을 나누고 싶을 따름이지요.」

「무엇에 대해서죠?」

「우리 둘 모두가 몰두해 있는 화학자들 살인 사건에 대해서죠. 제가 어리석었어요. 전 당신의 도움이 필요해요. 아니, 그전부터 늘 당신의 도움이 필요했어요.」

레티시아는 망설였다. 하지만 그런 상황에서 어찌 자기 집에 가서 꿀술 한 잔 더 하자고 권하지 않을 수 있겠는가.

116. 백과사전

문명의 충돌

1096년, 교황 우르바누스 2세는 예루살렘 해방을 위해 제1차 십자군을 진군시켰다. 결의에 가득 차 있기는 했으나 군대 경험이 전혀 없는 순례자들이 참전했다. 총사령관은 고티에 상자부아르와 피에르 레르미트. 십자군은 그들이 어느 나라를 통과하고 있는지도 모르는 채, 동으로 동으로만 향했다. 먹을 것이 떨어지자 그들은 지나는 곳마다 약탈을 했는데, 그 피해는 동방보다 서방에서 더 심했다. 굶주린 그들은 인육을 먹는 만행까지도 저질렀다. 이 〈참된 신앙의 대표자들〉이 하루아침에 누더기를 걸친, 야만적이고 위험한 방랑의 무리로 변해 버렸다. 헝가리 왕은 그 역시 기독교도였지만 부랑자들로 인한 피해에 화가 단단히 난 나머지, 농민들을 침략으로부터 보호하기 위해 부랑자들을 학살하기로 했다. 반인반수의 야만인으로 악명을 떨치고 있던 십자군 병사들이 겨우겨우 목숨을 부지하며 튀르키예 해안에 이르렀을 때, 니케아[3]의 토착민들은 털끝만치의 주저함도 없이 그들을 처치해 버렸다.

에드몽 웰스, 『상대적이며 절대적인 지식의 백과사전』 제2권

117. 벨로캉에서

날파리 전령들이 벨로캉에 도착했다. 모두들 같은 소식을 갖고 왔다. 원정군이 벌의 독을 이용하여 손가락들 중 하나를 쳐부수었다. 게다가 그들은 아스콜레인 벌집을 공격해 꿀벌들을 정복했다. 원정군에게는 어느 누구도 대항하지 못한다.

온 도시에 환희가 번져 나간다.

클리푸니 여왕은 대단히 기뻐하고 있다. 여왕은 손가락들에게 약점이 있다는 것을 알고 있었는데, 이제 그것이 증명된 것이다. 감격한 여왕이 어머니의 시체를 향해서 페로몬을 발한다.

《우리는 그것들을 죽일 수 있으며 정복할 수 있습니다. 손가락들은 우리보다 결코 우월하지 않습니다.》

금단 구역 몇 층 아래에 있는 한 밀실에서 손가락들을 지지하는 반체제 개미들이 비밀 회합을 하고 있다. 그곳은 뿔풍뎅이 축사 위에 있던 옛 본거지보다 훨씬 더 비좁다.

《원정군이 정말로 손가락들을 죽일 수 있다면, 그것은 손가락들이 신이 아니라는 증거야.》

신을 믿지 않는 개미가 페로몬을 발한다.

《그들은 분명 우리의 신이야.》

3 소아시아에 있던 옛 도시. 오늘날의 이즈니크.

신을 믿는 개미가 강력하게 주장한다. 원정군 병정개미들은 자기들이 손가락을 공격했다고 믿고 있지만, 사실은 손가락이 아니라 분홍빛의 어떤 다른 동물과 싸웠을 거라는 얘기다. 그가 더듬이를 열심히 흔들며 되풀이한다.

《손가락들은 우리의 신이야.》

그렇지만 손가락 신을 열렬히 믿는 개미들 가운데 몇몇이 처음으로 손가락들에 대해 회의를 느낀다. 그들은 곧바로 그 유명한 예언자 〈리빙스턴 박사〉에게 그 사실을 말해 버린다. 그것은 그들의 실수였다.

118. 신의 노여움

니콜라 신이 노발대발한다.

감히 개미들이 논박을 하다니, 도대체 뭐 하는 짓이야? 이교도, 불경한 것들, 신을 모독하는 것들이라니! 그런 신성 모독자들은 쓸어버려야 해!

니콜라는 자기가 불경한 자들을 응징하는 무시무시한 신이라는 것을 확실히 보여 주지 않으면 자신의 통치가 오래 지속되지 못하리라는 것을 깨닫는다.

니콜라는 컴퓨터 자판을 두드려 자기 말을 페로몬으로 바꾼다.

우리는 신이다.
우리는 무엇이든 할 수 있다.
우리의 세계는 우월하다.

아무도 우리를 무찌를 수 없다.

어느 누구도 우리의 통치를 의심할 수 없다.

우리 앞에서, 너희는 한낱 보잘것없는 애벌레일 뿐이다.

너희는 세계의 어느 것도 이해하지 못한다.

우리를 경배하고 우리를 봉양하라.

손가락들은 무엇이든 할 수 있다. 신이기 때문이다.

손가락들은 무엇이든 할 수 있다. 위대하기 때문이다.

손가락들은 무엇이든 할 수 있다. 강하기 때문이다.

이는 진리의 말씀이······.

「니콜라, 너 뭐 하니?」

니콜라는 재빨리 기계를 껐다.

「엄마, 주무시지 않으셨어요?」

「부스럭거리는 소리에 깼어. 잠이 옅어진 탓인지, 내가 언제 자는지 언제 꿈꾸는지 그리고 지금이 꿈인지 생시인지 분간이 안 될 때가 가끔 있구나.」

「엄마, 지금은 꿈이에요. 계속 주무세요!」

니콜라는 엄마를 침대까지 다정히 데려갔다.

뤼시 웰스는 〈니콜라, 컴퓨터로 무얼 하고 있었지?〉 하고 우물거렸다. 하지만 그 질문을 니콜라가 알아들을 수 있게 되풀이할 겨를도 없이 다시 잠에 빠져들었다. 뤼시는, 로제타석을 이용해서 개미 문명을 더 잘 이해하려고 애쓰는 아들을 꿈에서 보았다.

니콜라는 하마터면 큰일 날 뻔했다고 생각하면서, 앞으로는 더욱 조심하리라고 다짐했다.

119. 의견의 분열

샐비어, 꽃박하, 백리향, 푸른 토끼풀이 어우러진 덤불 사이로 거뭇한 행렬이 길게 뻗어 있다. 개미 역사상 최초로 손가락들에 도전하는 원정군의 선두에서, 103호가 군대를 이끌고 왔다. 그만이 세계의 끝 너머 손가락들의 나라에 이르는 길을 알고 있기 때문이다.

《기다려요! 기다려요!》

잠에서 깨어나자 24호는 주위에 있는 곤충들에게 본대가 어디로 갔는지를 물었다. 마침 파리들이 그것을 가르쳐 주었다.

24호는 선두의 103호와 합류한다.

《설마 나비 고치를 잃어버린 건 아니겠지?》

그 질문에 24호가 분개한다.

《제가 가끔 덤벙거리기는 해도 임무의 중요성만큼은 잘 압니다. 메르쿠리우스 임무가 모든 것에 우선한다는 걸 잘 알고 있단 말입니다.》

103호는 24호를 진정시키고, 늘 자기 곁에 붙어 있으라고 당부한다. 그러면 24호가 길을 잃을 염려가 없다는 것이다. 24호는 그 제안에 동의하고 103호 뒤를 바짝 쫓는다.

땅강아지 한 무리가 날카로운 울음소리를 냄과 동시에, 그들의 뒤에서 9호가 병사들의 사기를 높이려고 군가를 부르기 시작한다.

손가락들을 죽여라, 병사들이여. 손가락들을 죽여라!

네가 그들을 죽이지 않으면, 그들이 너를 으깨어 죽이리라.

그들은 너의 보금자리에 불을 지르고 유모 개미들을 학살하리라.

손가락들은 우리와 같지 않네.

그들은 아주 나약하다네.

그들은 눈이 없다네.

그리고 그들은 타락해 있다네.

손가락들을 죽여라, 병사들이여. 손가락들을 죽여라.

내일이면 단 한 마리의 손가락도 살아남지 못하리라.

그러나 지금은 원정군에게 희생당하는 쪽은 손가락들이 아니라 주위의 작은 동물들이다. 원정군 전체가 하루에 소비하는 곤충 고기는 평균 4킬로그램이다. 거기다 수많은 둥지들이 유린되고 있다.

원정군이 다가온다는 기별을 받은 작은 마을의 곤충들은 약탈을 감내하느니 차라리 원정군에 합류해 버린다. 그래서 원정군은 끊임없이 증원된다.

원정군이 아스콜레인 벌집을 떠날 때는 2천3백뿐이었으나, 가지각색의 개미들이 주류를 이루는 혼합 부대가 합류한 후에는 2천6백으로 불어났다. 공군도 증강되었다. 뿔풍뎅이 32마리에 꿀벌 군단의 병정벌 3백 마리가 합류하고, 규율 없이 오고 가던 파리 한 가족 70마리가 보태졌다.

이제 원정군이 3천에 육박한다.

정오가 되자, 견딜 수 없는 더위 때문에 부대가 잠시 휴식을 취한다.

모두들 기늘진 커다란 참나무 뿌리 속으로 피해 오수(午睡)를 취한다. 하지만 103호는 그 틈을 이용하여 꿀벌 등에 올라타고 시험 비행을 하려고 한다. 그는 어떤 꿀벌에게 자기를 등에 태워 달라고 부탁한다.

시험 비행은 그다지 오래 계속되지 않는다. 꿀벌은 탈것으로 적절하지 않다. 진동이 너무 심하기 때문이다. 그런 조건에선 개미산 포를 쏘기가 불가능하다. 하는 수 없다. 꿀벌 비행 부대는 조종사 없이 비행하는 수밖에 없다.

한쪽 구석에서는 23호가 새로운 포교 집회를 갖고 있다. 이번엔 지난번 모임보다 훨씬 많은 청중을 모으는 데 성공했다.

《손가락들은 우리의 신입니다!》

참석자들이 일제히 신을 믿는 개미들의 구호를 복창한다. 개미들은 동시에 같은 페로몬을 터뜨리며 열광한다.

《그렇다면, 이 원정의 의미는 무엇인가?》

《그것은 정복 전쟁이 아니라 우리의 신인 손가락들과의 만남입니다.》

한편 9호는 전혀 성격이 다른 선전 활동을 하고 있다.

그는 주위에 모인 1백여 마리 병정개미들에게 단 몇 초 만에 전 개미 도시를 유린할 수 있는 손가락들에 대한 아주 무시무시한 이야기를 한다. 그러자 모두들 전율을 느낀다.

멀리 떨어져 있는 103호는 아무 페로몬도 발하지 않고 받아들이기만 하고 있다. 보다 정확히 말하면, 동물학에 관한 자기의 기억 페로몬을 보충하려고 다른 곤충들이 손가락들에 대해서 이야기하는 것을 모으고 있는 중이다.

파리는 손가락들 열 개가 자기를 눌러 죽이려고 추격했던 이야기를 한다.

꿀벌은 자기가 투명한 컵에 갇혀 있는 동안에 손가락들이 밖에서 자신을 조롱했던 이야기를 한다.

풍뎅이는 분홍빛의 물렁물렁한 동물과 충돌한 적이 있는데 그게 아마도 손가락들이었으리라고 주장한다.

귀뚜라미는 어떤 우리에 갇혀 푸성귀만 먹고 지내다가 풀려난 적이 있다고 한다. 그에게 먹이를 가져다준 것이 분홍빛 공이었던 점으로 미루어, 자기를 우리에 가두었던 자들이 손가락들이었음에 틀림없단다.

흑개미들은 분홍빛 무리에게 독을 뿜어 그들을 내쫓은 적이 있다고 자랑스럽게 페로몬을 발한다.

103호는 손가락들에 관한 생생한 증언을 페로몬에 모두 열심히 정리해 둔다.

더위가 한풀 꺾이자 개미들은 다시 길을 떠난다.

원정군은 기세등등하게 진군, 또 진군한다.

120. 전투 계획

레티시아는 불량배들의 손때가 묻은 몸을 씻기 위해 서둘러 욕실로 갔다. 멜리에스에게는 그동안 거실에서 텔레비전이나 보고 있으라고 말했다.

멜리에스는 소파에 편안히 앉아 텔레비전을 켰다. 그동안에 레티시아는 물속에서 다시 물고기가 되어 가고 있었다.

레티시아는 호흡 정지 상태에서 마음을 가다듬고 있었다. 멜리에스는 무고한 그녀를 잡아넣었던 사람이고 위기의 순간에 그녀를 구해 준 사람이기도 했다. 미워할 이유도 충분했고 감사해야 할 이유도 충분하다. 결국 서로 에낀 셈이다.

멜리에스는 좋아하는 장난감을 받고 행복해하는 아이처럼 미소를 지으며, 자기가 가장 좋아하는 방송을 보고 있었다.

─그럼, 라미레 씨, 답을 찾으셨나요?

─음…… 성냥개비 여섯 개로 삼각형 네 개…… 그건 금방 알겠는데, 삼각형 여섯 개라니……. 그건 도저히 모르겠는데요.

─그 정도도 다행이라고 생각하셔야 돼요. 우리 「알쏭알쏭 함정 퀴즈」에서는 라미레 씨에게 7만 8천 개의 성냥개비로 에펠탑을 만들라고 요구할 수도 있어요……. 겨우 성냥개비 여섯 개로 삼각형 여섯 개를 만들라는 건데 뭘 그러세요.

웃음과 갈채.

─조커를 사용하겠어요.

─좋아요. 자, 힌트를 드리겠습니다. 〈이것은 물컵에 떨어지는 한 방울의 잉크와 같습니다.〉

늘 입는 가운을 걸치고 머리에 수건을 두른 레티시아가 욕실에서 나오자 멜리에스는 텔레비전을 껐다.

「당신이 도와준 것에 대해 감사하고 싶어요. 멜리에스 씨, 당신도 보았듯이 내 생각이 옳았어요. 인간은 우리의 가장 위험한 포식자예요. 내 두려움에는 논리적 근거가 있어요.」

「그건 지나친 생각이에요. 시시껄렁한 불량배들일 뿐이죠.」

「그들이 시시껄렁한 불량배들이든 살인자들이든 그건 별로 차이가 없어요. 인간들은 늑대보다 더 위험해요. 도대체 자기들의 원시적 충동을 다스릴 줄 모른다니까요.」

자크 멜리에스는 아무런 대꾸도 안 하고 자리에서 일어나 개미 사육통을 바라보았다. 레티시아는 이제 개미 사육통을 거실 한가운데에 눈에 띄게 놓아두었다.

그가 유리 벽에 손가락을 갖다 댔으나 개미들은 아무런 주의도 기울이지 않았다. 개미들에겐 그것이 단지 그늘에 지나지 않았다.

「개미들이 생기를 되찾았군요?」

그가 물었다.

「그래요. 당신이 개미집을 경찰서로 옮기는 바람에 10분의 9가 죽었지만 여왕개미는 살아남았으니까요. 일개미들이 완충 벽을 만들어 여왕개미를 보호하려고 에워쌌거든요.」

「개미들의 행동은 정말 이상해요. 인간의 행동과 다를 수밖에 없겠지만, 그래도…… 이상해요.」

「아마 새로운 살인 사건이 터지지 않았다면, 나는 여전히 감방에 갇혀 있을 테고 개미들은 다 죽었을 거예요.」

「아니, 그렇지 않아요. 새로운 살인 사건이 터지지 않았어도 당신은 풀려났을 겁니다. 살타 형제와 다른 피살자들의 상처는 당신의 개미들 때문에 생긴 게 아니라는 법의학적 감정이 나왔습니다. 개미들의 위턱이 상처에 비해 너무 짧아요. 다시 말씀드리지만, 제가 너무 경솔하고 어리석게 굴었어요.」

머리를 다 말린 레티시아는 안으로 들어가서 비취로 장식된 하얀 비단 원피스로 갈아입었다. 잠시 후 꿀술을 들고 돌아와서 그녀가 말했다.

「예심 판사가 나의 석방을 명령한 마당에, 내가 결백하다는 것을 진작 알고 있었다고 주장하는 것은 의미가 없어요.」

「하지만, 당신이 범인이리고 단정할 만한 몇 기지 그럴듯한 가정이 있긴 했어요. 당신도 그런 사실을 부정할 순 없을 겁니다. 사실 개미들이 침실로 나를 공격하러 왔었고 그것들이 내 고양이 마리 샤를로트를 죽였어요. 두 눈으로 그걸 똑똑히 보았어요. 살타 형제, 카롤린 노가르, 막시밀리앵 매커리어스, 오데르진 부부, 그리고 미귀엘 시네리아즈를 죽인 범인이 당신의 개미들은 아니더라도 그 어떤 개미들인 것만은 틀림없어요. 레티시아, 다시 말하는데 나는 늘 당신의 도움이 필요해요. 우리 함께 이 사건을 해결해 봅시다. 당신도 나만큼이나 이 수수께끼에 관심을 갖고 있잖습니까? 경찰이다 기자다 따지지 말고 함께 일합시다. 나는 〈하멜른의 피리 부는 사나이〉가 누구인지 모릅니다. 하지만 그는 천재예요. 우리는 그와 맞서 싸워야 해요. 혼자서는 결코 할 수 없어요. 그러나 인간과 개미에 대한 당신의 지식과 당신이 함께한다면 해낼 수 있을 겁니다.」

레티시아는 퀼런 파이프에 꽂힌 긴 담배에 불을 붙이고 생각에 잠겼다. 멜리에스는 계속해서 그녀를 설득했다.

「레티시아, 난 탐정 소설의 주인공이 아니라 평범한 형사일 뿐이에요. 실수도 하고, 날치기 수사를 하기도 하고, 죄 없는 사람을 가두기도 해요. 당신 일은 정말 심각한 실수였다는 걸 알아요. 후회가 막급해요. 그래서 이제 그 실수를 바로잡고 싶습니다.」

그녀의 표정에 변화가 일었다. 그가 실수 때문에 심한 자책감에 빠져들자 측은한 생각이 들기 시작한 것이었다.

「좋아요. 당신과 함께 일하기로 하죠. 하지만 조건이 있어요.」

「당신이 원하는 것이라면 무엇이든지…….」

「우리가 범인을 찾았을 때, 수사 발표의 재량권은 내게 맡겨야 해요.」

「문제 될 게 없군요.」

그가 그녀에게 손을 내밀었다.

레티시아는 잠시 망설이다가 그의 손을 마주 잡았다.

「난 늘 너무 빨리 용서하죠. 틀림없이 내 생애에서 가장 어리석은 짓을 저지르고 있는 걸 거예요.」

그들은 곧 작업에 착수했다. 자크 멜리에스는 관계 서류를 모두 그녀에게 보여 주었다. 시체의 사진, 부검 보고서, 희생자들 각자의 전력을 요약한 카드, 내상(內傷)의 엑스레이 사진, 파리 떼 관찰 보고서 등.

레티시아는 자기가 수집한 것은 아무것도 넘겨주지 않았지만 모든 것이 〈개미〉에 집중되어 있다는 사실을 기꺼이 인정했다. 개미들이 무기였고 살인의 동기였다. 그렇지만 누가 어떻게 개미들을 조정하였는가를 밝히는 중요한 일이 남아 있다. 그들은 어떤 단체들과 개인들의 이름이 적힌 명부를 조사했다. 과격 행동을 일삼는 환경 운동 단체들과, 동물원의 동물이나 우리 속의 새나 곤충을 모두 풀어 주고 싶어 하는 광적인 동물 애호가들의 명단이었다. 레티시아는 머리를 설레설레 흔들었다.

「멜리에스 씨, 모든 정황으로 보아 개미들에게 혐의가 가는 것은 사실이지만, 난 개미들이 살충제 제조자들을 죽일 수 있다고 생각하지는 않아요.」

「왜죠?」

「그런 일을 저지를 만큼 어리석지 않으니까요. 너희들이 우리를 죽이니까 우리두 너힉를 죽인다 하고 동태 복수법(同態復讐法)을 실행하는 것은 인간의 생각이에요. 복수는 인간의 개념이에요. 개미들에게 우리의 감정을 이입해서는 안 돼요. 인간이 자기들끼리 서로 죽이기를 기다리기만 하면 되는데 개미들이 뭐 하러 인간들을 공격하겠어요?」

자크 멜리에스는 잠시 요모조모 따져 보다가 말했다.

「개미들이든, 〈피리 부는 사나이〉든, 개미들의 짓인 것처럼 꾸미려는 사람이든, 범인을 찾는 것은 가치가 있어요. 안 그래요? 더군다나 당신의 작은 친구들이 무죄임을 증명하기 위해서라도.」

「그래요.」

그들은 거실 큰 탁자에 펼쳐 놓은 모든 자료들을 샅샅이 훑어보았다. 그것들은 퍼즐의 조각들과도 같았다. 그 조각들을 결합하는 어떤 논리를 밝히려면 처리해야 할 요소들이 너무나 많았다.

레티시아가 불쑥 일어났다.

「시간을 낭비하지 맙시다. 우리가 원하는 건 범인을 찾는 거예요. 내게 생각이 있어요. 아주 간단해요. 자, 들어 봐요!」

121. 백과사전

문명의 충돌

고드푸르아 드 부용이 총사령관이 되어 예루살렘과 예수의 무덤을 해방시키기 위한 제2차 십자군이 원정을 떠났다. 이번에는 전쟁을 경험해 본 4천5백 명의 기사들이 수십만의 순례자들을 지휘했다. 대부분은 장자 상속법으로 모든 봉토를 장남에게 빼앗긴 귀족의 지차(之次)들이었다. 종교의 엄한 계율에 따라 상속권을 박탈당한 이 젊은 귀족들은 이국의 성을 정복하고 영토를 손에 넣고 싶어 했다.

기사들은 성을 하나 정복할 때마다 십자군을 팽개치고 그곳에 정착했다. 그들은 정복한 도시의 토지 소유권을 둘러싸고 그들끼리 자주 싸웠다. 그 일례로 타란토 가문의 보에몽 공작은 사리사욕을 위해 튀르키예 남부에 있는 도시 안티오크를 빼앗기로 결심했다. 그러자 십자군 병사들은 십자군을 떠나려는 자들을 만류하기 위해서 그들과 싸워야만 했다.

서방의 귀족들은 심한 경우 자기들의 목적을 달성하기 위해서 동방의 적과도 동맹을 맺는 자가당착을 범했다. 그들은 전우들을 무찌르기 위하여 동방의 토후들과 결탁하였고, 그러면 상대방들 역시 그들에 맞서기 위하여 주저 없이 다른 토후들과 연합하였다. 결국 누구와 더불어, 누구에게 대항하여, 왜 싸우는지도 모를 지경이 되고 말았다. 많은 사람들이 십자군 본연의 목적을 망각하였다.

에드몽 웰스, 『상대적이며 절대적인 지식의 백과사전』 제2권

122. 산속에서

저 멀리 언덕들과 산들이 어슴푸레한 윤곽을 드러냈다. 본토박이 회색 개미들은 그곳에 마른 토탄(土炭)이 많다 하여 첫 번째 봉우리를 〈토탄봉〉이라 불렀다. 그곳을 통과하기는 그리 어렵지 않다.

원정군은 그곳을 통과하기 위한 좁고 깊숙한 골짜기를 발견했다. 흰색, 회색, 베이지색의 높은 암벽이 지층을 드러내며 계속 이어진다. 아주 오래된 바위에는 나선 모양 또는 나

팔 모양의 화석 흔적이 찍혀 있다.

협곡들이 계속 이어진다. 갈라진 틈 하나하나가 개미들에 겐 죽음을 부르는 수렁이 되므로 미끄러지지 않도록 조심해야 한다.

협곡 안의 썰렁한 기운을 견디기 어려운 원정군 대열이 그곳을 빠져나가기 위해 서두른다. 춥다고 불평하는 개미들에게 자비로운 꿀벌들이 원기를 회복하라고 꿀을 조금씩 나눠 준다.

103호는 이 산악 지대를 올라와 본 적이 없는 것 같아 왠지 불안하다. 그러나 북쪽으로 벗어났다고 하더라도 해가 뜨는 곳을 향해 전진하기만 하면 세상의 끝에 이르게 될 거라는 생각을 하며 마음을 놓는다. 그래, 곧장 나아가기만 하면 돼.

황량한 암벽이 그들에게 제공하는 것이라곤 노란 돌이끼 뿐이다. 원정군들은 그것이나마 샐러드 먹듯 먹는다. 돌이 끼는 습기에 민감해서 공기가 습해지면 꼬투리가 비틀린다.

드디어 베르가모트나무 계곡이다. 신체의 기관은 쓰면 쓸 수록 좋아지는 것인지, 오랫동안 바깥에서 걷다 보니 개미들 의 시력이 좋아진다. 그들은 빛을 잘 견딜 수 있게 되어 더 이 상 그늘을 찾지 않으며, 서른 걸음 이상 떨어져 있는 경치를 볼 수도 있다.

그래도 여전히 척후 개미들은 길앞잡이[4]들이 파놓은 함 정에 빠진다. 그 작은 길앞잡이들은 땅속에 구멍을 파고 그 위에 허방다리를 놓는다. 그리고 그 속에서 어떤 진동을 감 지하자마자 불쑥 솟아올라 지나가는 개미들을 문다.

4 딱정벌레목 길앞잡잇과에 딸린 벌레. 여름에 산길에서 사람이 걷는 길 앞 을 앞질러서 잇달아 뛰어 날기 때문에 이런 이름이 붙었다.

길앞잡이들의 함정을 지나고 나니 거대한 장벽 하나가 불쑥 나타난다. 독 털이 나 있는 쐐기풀 장벽이다. 자칫하면 거기에 다리가 걸릴 염려가 있다.

그러나 원정군은 별다른 손실 없이 그 장벽을 통과한다. 좀 더 나아가니 수렁이 하나 나타나고, 바로 뒤에 폭포가 보인다. 이거야말로 진짜 장애물이다. 수렁과 물의 장벽을 동시에 건너가야 하는데, 방법이 마땅치 않다. 꿀벌들이 시도를 해보았지만 폭포로 떨어지고 만다.

《물은 날아다니는 것을 모두 아래로 끌어당겨.》

파리들이 말한다.

하물며 사납고 차가운 물의 장막이 앞을 가로막고 있으니 난리는 난리다.

여전히 나방 고치를 거머쥔 24호가 앞으로 나선다. 아마 그에게 어떤 해결책이 있는 모양이다. 서쪽 숲에서 길을 잃었던 어느 날 그는 어떤 흰개미가 바위에서 흘러나오는 개울물을 나뭇조각을 이용해 건너는 것을 보았다. 그 흰개미는 나무 끝을 폭포 속으로 밀어 넣은 다음 나무 속에 구멍을 뚫어서 폭포를 지나갔다.

개미들은 곧 도톰한 나뭇가지나 그와 비슷한 것을 찾기 시작한다. 그들은 커다란 갈대를 발견한다. 그것은 움직이는 완벽한 터널이 될 것이다. 개미들은 갈대를 다리 끝으로 들어 올려 폭포를 관통할 때까지 천천히 밀어 넣는다. 작업 도중 몇몇 개미들이 물에 빠지지만 그 갈대는 별 탈 없이 앞으로 나아간다.

땅강아지들이 헌신적으로 나서서 갈대 안에 구멍을 파놓자 마침내 수렁과 물의 장벽을 건널 수 있는, 물이 스며들지 않는 원통이 만들어진다.

뽈뽈뎅이들은 따지난개가 야간 걸리저거러서 건너기기 힘들었지만, 개미들이 그들을 밀어 줌으로써 그들도 모두 갈대 속을 통과한다.

123. 다음 주 목요일

『일요 메아리』기사 발췌.

일본의 저명한 화학자, 새 살충제 소개

요코하마 대학의 다카구미 교수가 다음 주 목요일 보 리바주 호텔 회의실에서 새로 개발한 살충제를 소개한다. 이 일본인 학자는 독성이 강한 합성 물질을 이용해 개미들의 침입을 근절할 방법을 발견했다고 한다. 다카구미 교수가 직접 자신의 연구 결과를 설명할 예정이다. 그는 현재 보 리바주 호텔에 여장을 풀고 발표 날을 기다리며 국내의 동료 학자들과 다각적인 만남을 갖고 있다.

124. 동굴

갈대 터널을 지나자 동굴이 하나 나타난다. 그러나 막다른 길에 들어선 것은 아니다. 동굴은 돌이 깔린 긴 통로로 쭉 이어져 있는데, 통로 안에는 신선한 공기가 정상적으로 순환하고 있다.

원정군은 계속해서 나아간다.

개미들은 커다란 석회암 덩어리들과 석순을 우회한다. 천장에 붙어 가는 개미들은 돌고드름을 뛰어넘는다. 때때로 석순과 돌고드름이 만나 긴 기둥을 이루고 있다. 어디가 바닥이고 어디가 천장인지를 구별하기가 어렵다.

동굴 안엔 괴상한 동물들이 우글거린다. 정말 살아 있는 화석이라고 할 만한 것들이 있다. 대부분 눈이 멀고 살갗이 탈색된 것들이다.

하얀 쥐며느리들은 부랴부랴 달아나고, 다족류들은 힘없이 기어가며, 톡토기들은 미친 듯이 톡톡 튀어 오른다. 더듬이가 몸체보다도 긴 투명한 작은 새우들이 웅덩이에서 헤엄친다.

103호는 움푹 파인 곳에서 동굴 노린재 떼가 송곳 같은 생식기로 교미에 몰두하고 있는 것을 발견하고는 놈들을 몇 마리 죽여 버린다.

개미 한 마리가 103호가 쏜 개미산에 구워진 노린재를 먹으러 온다. 그 개미는 고기가 뜨겁게 구워지니까 차가운 날 것보다 더 맛있다며 좋아한다.

《이제는 개미산으로 고기를 구워 먹어야겠군.》

그가 중얼거린다.

그렇게 우연히 새로운 요리법의 발견이 종종 이루어지는 것이다.

125. 백과사전

잡식 동물

지구의 주인은 잡식 동물일 수밖에 없다. 모든 종류의 먹이를 먹어 치울 수 있다는 것은 때와 장소에 구애받지 않고 자기의 종을 퍼뜨리는

데 필수 불가결한 조건이다. 지구의 주인으로 확고히 자리 잡기 위해서는 지구에서 생산되는 모든 형태의 먹이를 삼킬 수 있어야 한다

한 가지 먹이에만 의존하는 동물은 그 먹이가 떨어지면 생존에 위협을 받게 된다. 한 종류의 곤충만 먹고 사는 많은 종류의 새들은 그 곤충들이 이동하는 것을 따라잡지 못한 채 멸종해 간다. 유칼립투스[5]잎만 먹고 사는 코알라들도 산림의 나무를 베어 내면 살아남을 수가 없다.

인간은 개미, 바퀴벌레, 돼지, 쥐 들처럼 그 사실을 깨달았다. 이들 다섯 종은 거의 모든 종류의 먹이, 심지어 먹이의 찌꺼기조차 맛보고, 먹고, 소화시킨다. 또 이 다섯 종은 주위 환경에 가장 잘 적응하기 위해 언제라도 먹이의 종류를 바꿀 수 있다는 공통점을 지니고 있다. 따라서 이들은 새로운 먹이 때문에 감염병에 걸리거나 독성에 치이는 것을 피하기 위해 먹이를 먹기 전에 반드시 시험을 해본다.

에드몽 웰스, 『상대적이며 절대적인 지식의 백과사전』 제2권

126. 덫

『일요 메아리』에 그 짤막한 기사가 나갔을 때 이미 레티시아 웰스와 자크 멜리에스는 보 리바주 호텔에 다카구미 교수의 이름으로 객실을 하나 예약해 두었다. 그들은 몇 사람들에게 수고 삯을 적당히 쥐여 준 덕분에 방 안에 진짜로 착각할 만한 벽 하나를 새로 세우고 거기에 아주 복잡한 제어 장치를 설치할 수 있었다.

그들은 또 공기가 조금만 움직여도 작동하기 시작하는 비디오카메라를 방 주위에 여러 대 설치하고, 침대에는 일본인

5 도금양과에 딸린 늘푸른큰키나무 또는 떨기나무. 서부 오스트레일리아 원산으로, 고무질 진과 기름이 나오며 기름, 고무, 타르의 원료로 쓰인다.

의 모습을 한 마네킹을 눕혀 놓았다.

　그런 다음 그들은 숨어서 망을 보았다.

　「곧 개미가 올 테니 두고 보십시오!」

　멜리에스가 장담했다.

　「내기해요. 나는 사람이 나타난다는 쪽에 걸래요.」

　레티시아가 자신만만하게 말했다.

　이제 그들에겐 어떤 물고기가 미끼를 물러 오는지 기다리는 일만 남아 있었다.

127. 정찰 비행

　저 멀리 희미한 빛이 보인다.

　날은 점점 더워진다. 원정군은 걸음을 재촉한다. 긴 행렬을 이루며 그들은 선선하고 어두운 동굴을 떠나 양지바른 벼랑길로 들어선다.

　잠자리들이 빛 속에서 이리저리 날아다닌다. 잠자리가 있다는 것은 곧 강이 있음을 의미한다. 이제 원정군의 목적지는 멀리 있지 않다.

　103호는 정찰 비행을 할 생각으로 가장 늠름하게 생긴 뿔풍뎅이를 고른다. 안면의 돌기가 가장 길다 해서 〈큰 뿔〉이라는 이름이 붙은 뿔풍뎅이다. 103호는 그의 등딱지에 발톱을 붙이고 정찰 비행을 떠나자고 부탁한다. 새를 만나는 불운한 경우를 대비해, 그를 보호하기 위한 포수 개미를 태운 뿔풍뎅이 열둘이 뒤따른다.

　그들은 바람을 타고 올라가 햇빛에 반짝이는 강으로 급강하한다.

대기층 사이로 활강.

열두 마리의 뿔풍뎅이는 동시에 가상의 추에 날개 끝은 바고 왼쪽으로 선회한다.

회전 동작이 너무 빨라서 강한 원심력이 생긴다. 103호는 떨어지지 않으려고 뿔풍뎅이 등에 바싹 들러붙는다.

103호는 맑은 공기에 흠뻑 취한다.

창공에선 모든 것이 아주 맑고 깨끗하다. 곤충들에게 끊임없이 경계심을 갖게 하는 갖가지 냄새도 풍겨 오지 않는다. 맑은 공기의 투명한 냄새만이 존재한다.

열두 마리의 뿔풍뎅이들은 점차 날갯짓을 늦추다가 아예 날갯짓을 멈추고 활공을 한다.

형형색색의 풍광이 펼쳐져 있다.

정찰 비행대가 초저공비행을 한다. 수양버들과 오리나무 사이로 화려한 정찰기들이 빠져나간다.

〈큰 뿔〉에 올라탄 103호는 편안함을 느낀다. 처음에는 뿔풍뎅이를 잘 구별할 수 없었는데, 자꾸 타고 다니다 보니 이제는 그들을 식별할 수 있게 되었다. 〈큰 뿔〉은 비행 중대의 모든 뿔풍뎅이 중에서 가장 우뚝하고 가장 뾰족한 뿔을 가졌을 뿐만 아니라 가장 튼튼한 다리와 긴 날개를 갖고 있다. 게다가 〈큰 뿔〉은 어떻게 날면 병정개미들이 사격을 더 잘하게할 수 있을까 하고 고민하는 유일한 뿔풍뎅이이기도 하다. 그는 날아다니는 약탈자에게 쫓길 때에 180도 선회하여 도망갈 줄도 안다.

103호가 〈큰 뿔〉에게 행군이 어떠했느냐고 묻자, 그는 굴속을 지날 때가 가장 고통스러웠다고 답한다.

《좁고 어두운 터널을 통과할 때 힘들었어. 덩치가 커다란

우리에겐 공간이 많이 필요하거든.》

　　언젠가 뿔풍뎅이는 우연히 자기 동료들 몇몇이 〈신〉에 관해서 이야기하는 것을 들었다.

　　《신이라는 것은 손가락들의 또 다른 이름인가?》

　　103호는 얼버무리는 태도를 보인다. 용병들에게까지 〈마음의 병〉이 퍼져서는 안 될 것이다. 그렇지 않으면 논쟁은 확대될 것이고 세계의 끝에 이르기도 전에 원정군이 자멸할지도 모른다.

　　〈큰 뿔〉이 토탄이 많은 지역이라고 알린다. 남쪽 풍뎅이들은 토탄 속에 은신하기를 좋아한다. 남쪽 풍뎅이들 가운데는 아주 놀라운 면을 지닌 자들이 있다. 딱정벌레들은 모두 저마다의 특성을 지니고 있으며, 어느 종도 유사하지 않다. 남쪽 딱정벌레들 역시 원정군에게 유용할 것이다.

　　《그들도 모병(募兵)하는 게 어때?》

　　103호는 동의한다. 원정군에게 도움이 되는 것이라면 뭐든지 받아들여야 한다는 것이 103호의 생각이다.

　　그들은 계속 날아간다.

　　강 주변에 독당근, 물망초, 흰꽃조팝나무 향기가 서려 있다. 강물 위에는 흰색, 분홍색, 노란색의 연꽃 융단이 오색의 색종이를 뿌려 놓은 것처럼 펼쳐져 있다.

　　정찰 비행대가 강 위에서 맴돈다. 강 한가운데에 작은 섬이 하나 있는데, 섬 한가운데 커다란 나무 한 그루가 서 있다.

　　열두 마리 뿔풍뎅이가 흰 물결 위로 미끄러져 나아간다. 뿔풍뎅이의 다리들이 물결에 줄무늬를 그린다.

　　그러나 103호는 그 유명한 사테이 나루를 아직 발견하지 못한다. 그 나루를 찾아야 강 밑을 통과하는 지하 터널로 들어갈 수 있다. 원정군이 예정된 길에서 벗어났음에 틀림없다. 그것도 아주 많이. 그들은 행군을 오래 해야 할 것이다.

정찰 편대는 다시 돌아와 모든 것이 잘되고 있고, 앞으로 계속 나아가야 한다고 알린다.

짙은 안개가 흐르듯 군대는 절벽을 내려간다. 개미들은 다리의 끈적거리는 흡착판을 이용해 내려가고, 뿔풍뎅이들은 파닥거리면서 내려가고, 꿀벌들은 급강하로 비행하며, 파리들은 소란스럽게 날아 내려간다.

아래에는 베이지색 고운 모래사장이 펼쳐져 있다. 몇몇 식물들이 흩어져 있는 깨끗한 모래 언덕도 있다. 특히 벼과에 딸린 작은 식물인 오야[6]와 버섯의 홀씨들이 눈에 많이 띈다. 모두 개미에게 아주 좋은 먹이가 된다.

사테이 나루에 가기 위해선 제방을 따라 남쪽으로 가야 한다고 103호가 페로몬을 발하자 대열에 동요가 인다.

다른 뿔풍뎅이들과 함께 〈큰 뿔〉도 주력 부대에서 벗어난다. 그들은 수행해야 할 임무가 있기 때문에 나중에 주력 부대와 합류하겠다고 고집을 피운다.

앞서가던 척후 개미들이 달팽이 냄새가 나는 흰 덩어리들을 발견한다. 개미들은 마침 오야에 물려 있던 터라, 그 알 무더기가 여간 맛있어 보이는 게 아니다. 9호가 개미들에게 주의를 준다. 새 먹이를 먹기 전에는 먼저 독이 있는지 없는지를 검사해 봐야 한다. 일부만 9호의 주의에 귀를 기울일 뿐, 다른 개미들은 게걸스럽게 걸터듭는다.

이건 엄청난 실수다! 그것은 알이 아니라 달팽이의 구토물이었다. 게다가 간질에 감염된 달팽이의 구토물인 것

---

6 모래 언덕에 심는 사방용(砂防用) 식물.

이다!

128. 백과사전

개미에게 몽유병을 일으키는 유령

간질Fasciola hepatica의 순환은 자연의 가장 큰 신비 중의 하나임에
틀림없다. 이 벌레를 소재 삼아 소설 한 권은 충분히 쓸 만하다. 그 이
름에서 알 수 있듯이 그것은 양의 간에 번성하는 기생충이다. 간질은
혈액과 간세포로부터 영양을 섭취하고 자라서 알을 깐다. 하지만 알은
양의 간에서 부화할 수 없다. 하나의 대장정이 알들을 기다리고 있다.
알들은 대변과 함께 몸 밖으로 나옴으로써 숙주를 떠나 춥고 건조한 바
깥 세계와 만나게 된다. 알들은 한동안의 성숙기를 거친 다음 부화하여
작은 애벌레가 된다. 그리고 나서 새로운 숙주인 달팽이에게 먹히게
된다.

간질의 애벌레는 달팽이 몸속에서 성장하여 우기(雨期)에 그 연체동물
이 내뱉는 끈끈물에 담겨 배출된다.

하지만 간질의 여정은 이제 반밖에 끝나지 않은 것이다.

흔히 끈끈물은 흰 진주 송이 모양으로 개미들을 유혹한다. 이 〈트로이
아의 목마〉[7] 덕으로 간질들은 곤충의 몸속으로 깊숙이 들어간다. 간
질들은 개미의 갈무리 주머니(사회위)에 오래 머물지 않고 그곳에 수
천 개의 구멍을 뚫고 나온다. 그 소동으로 개미가 죽지 않도록 하기 위
해 그들은 견고한 풀로 구멍을 다시 메워 개미의 갈무리 주머니를 여과

---

7 기원전 1182년경 그리스와 트로이아의 전쟁 중, 그리스는 견고한 트로이
아성을 함락시킬 수 없게 되자, 병사를 속에 감춘 거대한 목마를 제작하여 트로
이아에 선물한다. 결국 밤에 목마 속에서 병사들이 나와 트로이아성을 점령
한다.

기처럼 만든다. 양의 몸속으로 다시 들어가기 위해서는 개미를 죽여서는 안 된다. 바깥에서 전혀 내부의 드라마를 눈치채지 못하는 가운데 간질은 개미의 체내에서 순환한다.

간질의 애벌레들은 이제 성충이 되기 위하여 양의 간 속으로 되돌아가야 한다. 그럼으로써 간질의 성장 주기가 완성되는 것이다.

그런데, 벌레를 잡아먹지 않는 양이 개미를 삼키게 하기 위해서는 어떻게 해야 할까?

간질들은 수세대에 걸쳐서 그 문제를 탐구했다. 양들은 선선할 때에 풀줄기의 윗부분을 뜯어먹는다. 그러나 개미들은 따뜻할 때에 둥지를 나와 풀뿌리의 시원한 그늘 안에서만 돌아다닌다. 시간도 장소도 맞아떨어지지 않기 때문에 문제를 해결하기가 한층 더 어렵다.

양과 개미가 어떻게 같은 시간에 같은 장소에서 만나게 되는 것일까?

간질은 개미의 몸 안 여기저기로 흩어짐으로써 문제를 해결한다. 가슴, 다리, 배에 각각 십여 마리씩 들어가고, 뇌에는 한 마리만 자리 잡는다. 이 한 마리의 간질의 유충이 개미의 뇌에 뿌리를 박는 순간, 개미의 행동에 변화가 오는데……. 아, 그렇다! 짚신벌레처럼 가장 하등한 단세포 동물에 가까운 미세한 간질이 이제부터 복잡한 개미를 조종하게 되는 것이다.

결과 저녁에 모든 일개미들이 잠들었을 때 간질에 감염된 개미들은 그들의 도시를 떠난다. 그 개미들은 마치 몽유병에 걸린 것처럼 밖으로 나간 다음, 풀 꼭대기로 올라가 달라붙는다. 그렇다고 아무 풀에나 마구 올라가는 것이 아니다! 양들이 가장 좋아하는 개자리[8]와 냉이에 올라간다.

개미들은 거기에서 뻣뻣이 굳은 채 풀과 함께 뜯어 먹히기를 기다린다.

8 콩과에 딸린 두해살이풀. 키는 30~60센티미터. 유럽 원산으로 거름, 목초로 쓴다.

뇌에 있는 간질이 하는 일은 이런 것이다. 즉, 양에게 먹힐 때까지 매일 저녁 자기의 숙주가 밖으로 나가도록 만드는 것이다. 아침이 되어 따사로운 기운이 다시 찾아오면 양에게 잡아먹히지 않은 개미는 자기의 뇌를 통제하고 자유 의지를 되찾는다. 그 개미는 자기가 풀 꼭대기에서 무얼 하고 있나 하고 의아해하면서 재빨리 내려온다. 그런 다음 자기 둥지로 되돌아가서 일상의 일에 몰두한다. 그러나 그날 저녁이 되면 그 개미는 간질에 걸린 다른 동료 개미들과 함께 몽유병 환자처럼 밖으로 다시 나가 양에게 잡아먹히기를 기다린다.

이러한 순환은 생물학자들에게 많은 문제를 제기한다.

첫 번째 문제 뇌에 숨어 있는 간질이 어떻게 밖을 보고 개미에게 이러저러한 풀을 찾아가도록 명령을 내릴 수 있는가?

두 번째 문제 양이 개미를 삼키는 순간, 개미의 뇌를 조종하던 간질은 죽게 될 것이다. 그것도 그 간질만 말이다. 그렇다면 어떻게 그와 같은 희생이 이루어질 수 있는가? 그 모든 일들이 일어나는 양상을 보면 마치 간질들이 자기들 가운데 하나, 그것도 가장 우수한 하나가 희생함으로써 나머지 모두가 목표를 달성하고 번식의 순환을 완성하도록 하는 것을 받아들이고 있는 것처럼 느껴진다.

에드몽 웰스, 『상대적이며 절대적인 지식의 백과사전』 제2권

129. 땀

첫날은 아무도 다카구미 교수 모형을 해치러 오지 않았다. 자크 멜리에스와 레티시아 웰스는 자동으로 데워지는 통조림과 마른 음식들을 쟁여 두고 사태에 금방 대처할 수 있도록 자리를 잡았다. 그들은 무료함을 달래기 위해 체스를 두기로 했다. 터무니없는 실수를 곧잘 범하는 멜리에스보다

레티시아가 한 수 위였다.

레티시아가 ? 세헤기지 악시 오른 멜리에스는 힌총 디 징신을 집중했다. 그는 졸 행렬로 상대의 모든 공격을 막는 방어전을 펼쳤다. 판세가 베르뒁식의 참호전으로 바뀌었다. 전격적인 공격에 당황한 비숍, 나이트, 퀸, 그리고 룩이 후퇴했다.

「체스에서조차 겁을 먹다니!」

레티시아가 내뱉었다.

「겁쟁이라고? 내가? 빈자리가 나자마자 당신이 내 줄로 밀고 들어왔단 말이에요. 그런데 내가 어떻게 달리 놓을 수가 있겠어요?」

멜리에스가 짜증을 내며 말했다.

그때 갑자기 그녀가 손가락을 입에 대며 조용히 하라고 했다. 레티시아는 방 어디에선가 희미한 소리를 들었다.

그들은 제어 장치 화면을 확인했다. 화면에는 아무것도 나타나지 않았다. 그렇지만 레티시아 웰스는 방 안에 범인이 있음을 확신했다. 동작 탐지기가 깜박거리기 시작했다.

「저기 범인이 있어요.」

그녀가 속삭였다.

「그래요. 보여요. 단 한 마리군요. 침대에 오르고 있어요!」

통제 화면에 시선을 집중한 채 멜리에스가 외쳤다.

레티시아는 멜리에스에게 달려들어 급히 셔츠 단추를 풀고 두 팔을 들게 하고는, 손수건을 꺼내 그의 양 겨드랑이를 몇 번이고 문질렀다.

「뭐 하는 거예요?」

「내가 하는 대로 가만히 있어요. 살인자가 어떻게 행동하는지 이제 알 것 같아요.」

그녀는 가짜 벽을 밀고 들어가, 개미가 침대 시트에 이르기 전에, 자크 멜리에스의 겨드랑이 땀이 밴 손수건으로 마네킹을 문질렀다. 그러고는 재빨리 멜리에스의 곁으로 돌아와 숨었다.

「하지만…….」

그가 말하려고 했다.

「조용히 하고 보세요.」

개미는 침대 위 마네킹으로 다가가더니 가짜 다카구미 교수의 파자마에서 미세한 네모 조각 하나를 도려냈다. 그러더니 들어올 때와 마찬가지로 욕실로 사라졌다.

「이해할 수가 없군. 저 개미는 우리 마네킹을 공격하지 않았어요. 겨우 작은 천 조각 하나 빼앗아 가는 것으로 끝내는군요.」

「저 개미는 단지 냄새를 알아내러 온 거예요. 멜리에스 씨.」

이제 작전의 지휘권을 쥐고 있는 쪽은 레티시아인 것처럼 보였다. 그 점을 인정하기라도 하듯 멜리에스가 물었다.

「그럼 이제부터는 뭘 하죠?」

「기다리는 거예요. 범인이 곧 나타날 거예요. 이제 난 확신해요.」

레티시아는 아주 매혹적인 연보랏빛 눈길로 그를 당황하게 하면서 설명을 이어 나갔다.

「혼자 들어온 아까 그 개미를 보자 아버지가 들려주신 이야기가 생각났어요. 아버지가 아프리카에서 바울레 부족들과 어울려 살 때의 이야기예요. 원주민들이 사람을 죽이는 아주 놀라운 방법을 생각해 냈어요. 누군가를 아주 은밀하게 죽이고 싶으면, 그 사람이 땀이 밴 옷 조각을 탈취해요. 그런 다음 그것을 독사가 든 자루에 넣는 거예요. 물이 끓고 있는 솥 바로 위에 자루를 매달아 놓으면, 고통으로 격노한 뱀은 학대자를 천 조각의 냄새와 같은 냄새를 가진 사람으로 생각하게 되지요. 그러고 나면 이제 마을에 뱀을 풀어놓는 일만 남는 거죠. 뱀은 옷 조각과 같은 냄새를 맡자마자 그 냄새의 주인을 물어 버리죠.」

「범인을 유도하는 것이 피해자의 냄새란 말이에요?」

「맞아요. 결국 개미들은 냄새를 통해서 정보를 얻을 수밖에 없거든요.」

「아! 마침내 살인자가 개미라는 것을 인정하시는군요!」

멜리에스가 기뻐서 어쩔 줄 몰라 한다.

「현재까지는 개미들이 본격적인 공격을 하지 않았어요. 파자마 하나를 조금 찢었을 뿐이에요.」

멜리에스는 깊이 생각하더니 벌컥 화를 냈다.

「그런데 당신이 그 옷에 내 냄새를 묻혔잖아요! 이제 개미들은 나를 죽이려 들 거요!」

「역시 겁이 많으시군요, 멜리에스 씨. ……겨드랑이를 말끔히 씻고 냄새 제거제를 살짝 뿌려 주기만 하면 돼요. 그러기 전에 먼저 다카구미 교수 마네킹에 당신의 땀을 흠뻑 발라 두는 거예요.」

멜리에스는 전혀 마음이 놓이지 않았다. 그는 껌 하나를 꺼내어 입에 물었다.

「하지만 개미들이 벌써 나를 공격한 적이 있잖아요!」

「……그래도 이렇게 무사하잖아요. 자, 그건 그렇고 내가 당신 마음을 아주 편하게 해줄 도구를 가져왔어요. 다행히도 나는 준비 정신이 투철한 사람이거든요.」

레티시아는 가방에서 작은 휴대용 텔레비전을 꺼냈다.

130. 모래 언덕에서의 전투

황량한 모래 언덕을 넘어가는 데는 시간이 오래 걸린다.

발걸음이 점점 무거워진다.

가는 먼지가 딱지에 들러붙고 입술을 말리며 키틴질 관절을 삐걱거리게 한다. 먼지를 흠뻑 뒤집어쓴 딱지는 더 이상 빛을 발하지 않는다.

원정군은 계속 앞으로 나아간다.

꿀벌들의 꿀이 남아 있으면, 그걸 나누어 먹고 힘을 내련만 그것도 이젠 바닥이 났다.

개미들의 갈무리 주머니도 비어 있다. 다리의 흡착판이 메말라 부서지기 쉬운 작은 석고 덩어리처럼 발걸음을 옮길 때마다 삐걱거리는 소리가 난다.

원정군 병사들은 기진맥진해 있다. 그때 새로운 위협이 나타난다. 지평선에 먼지 구름이 일더니 점점 커지면서 원정군 쪽으로 다가온다. 그 먼지 구름 때문에 그쪽 군대가 어떤 군대인지 식별할 수가 없다.

3천 걸음 정도 떨어진 거리에 이르자 그들이 제대로 눈에 들어온다. 그들 앞에 모습을 드러낸 것은 흰개미 군대이다. 병정 흰개미들은 호리병처럼 생긴 머리 모양 때문에 금방 알아볼 수 있다. 그들이 끈끈물을 분사하자 첫 번째 줄에 있던 개미들이 그 자리에 들러붙어 꼼짝달싹을 못 한다.

개미들은 배 끝을 들어 개미산을 쏘기 시작한다. 그러나 개미들의 사격이 너무 늦었다. 흰개미들은 재빨리 흩어지더니 포수 개미들을 우회하며 개미들의 첫 번째 방어선 한가운데를 뚫어 버린다.

위턱과 위턱이 맞부딪는다.

딱지들이 부서지며 격렬한 소리를 낸다.

개미 경기병대는 미처 움직여 볼 겨를도 없이 흰개미 떼에 빙 둘러싸였다.

《발사!》

103호가 소리친다. 그러나 60퍼센트 개미산으로 중무장한 두 번째 줄의 포수 개미들은 개미와 흰개미가 뒤섞여 있어 사격할 엄두를 못 낸다. 이미 명령에 따라 움직이기가 어려워진 것이다. 원정군의 분대들은 각자의 판단에 따라 임기응변으로 대처한다. 원정군의 양 날개는 흰개미 부대의 배후를 공격하기 위해 빠져나오려 하지만 동작이 너무 느리다.

날아오르려는 꿀벌들을 흰개미들의 끈끈물이 넘어뜨린다. 꿀벌들은 파리들과 나방 고치를 지닌 24호처럼 모래 속에 숨어 버린다.

103호는 여기저기 돌아다니며 보병들이 견고한 방진 대형으로 다시 모이도록 독려한다. 그는 피곤함을 느끼고 있다.

《난 늙었어.》

사격이 빗나가자 103호가 중얼거린다.

곳곳에서 원정군이 후퇴한다. 손가락들과의 전투에서도 이긴 빛나는 전사들이 어찌 된 노릇인가? 황금의 벌집을 정복한 개미들이 이 무슨 망신이란 말인가?

개미들의 시체가 산을 이룬다. 이제 개미들은 1천 2백 마리밖에 남지 않았다. 그들도 곧 죽어 간 동료들과 똑같이 끔찍한 운명에 처해질지도 모른다.

이렇게 패배하고 마는 것인가?

아니다. 궁하면 통한다고 하지 않던가. 멀리에서 돌연 구름 덩어리 하나가 또 나타난다. 아까는 흰개미 군대가 일으킨 먼지구름이었지만 이번엔 우군(右軍)의 구름이다. 아주 무시무시한 비행 부대를 이끌고 〈큰 뿔〉이 돌아오고 있다.

그들이 요란스럽게 시야에 들어오자 모두들 감탄과 두려움이 섞인 감정으로 바라본다. 그들은 옛날의 괴기담에 등장하는 악마의 모습이나 다름이 없다.

그들은 번들거리는 관절로 소리를 내며 위풍당당하게 돌진해 온다. 거기엔 하늘소, 송장벌레, 풍뎅이, 그리고 집게 모양의 뿔이 달린 커다란 사슴벌레가 있다.

딱정벌레의 여러 종들 가운데서도 내로라하는 정예들이 〈큰 뿔〉의 원조 요청에 응한 것이다.

그 늠름한 거구들은 장창, 단창, 뿔, 바늘, 방패, 발톱으로 무장하고 있다. 딱지날개에는 휘장 같은 것이 채색되어 있는데 어떤 날개에는 입을 크게 벌린 얼굴이 분홍색과 검은색으로 그려져 있고, 또 어떤 날개에는 좀 더 추상적으로 빨강, 주황, 초록, 파랑의 반짝거리는 점들이 찍혀 있다.

어떤 대장장이도 갑옷에 그렇게 아름다운 무늬를 새기지는 못하리라. 투구를 쓴 모습이 중세의 전설에 나오는 용감무쌍한 왕자들의 풍모이다.

〈큰 뿔〉의 지휘를 받으며 20여 마리의 딱정벌레들이 선회한다. 그들은 전열을 가다듬고 아주 빽빽이 늘어선 흰개미들의 진영으로 돌진한다.

103호는 그러한 장관을 일찌이 본 적이 없었다.

아연실색하는 흰개미 진영. 새로 나타난 비행 부대에게는 끈끈물이 더 이상 효과가 없다. 액체 발사물은 망치로 두드려 만든 듯한 커다란 갑옷 위에서 미끄러져 도로 흰개미 자신들 위로 떨어진다.

흰개미들이 후퇴하기 시작한다.

〈큰 뿔〉이 103호 곁으로 다가온다.

《올라타게!》

이륙.

뿔풍뎅이 다리 아래로 움직이는 융단 같은 전장이 펼쳐진다.

103호는 원정군의 선두에서 도망자들을 추격하기 시작한다. 나는 뿔풍뎅이 위에서 그가 쏘아 대는 개미산이 매번 과녁에 적중한다.

《발사!》

103호는 더듬이에 한껏 힘을 주어 원정군을 독려한다.

《발사!》

개미들이 힘껏 달리며 개미산 포를 발사한다.

131. 군사 전략 페로몬

기억 페로몬 번호 : 61

주제 : 군사 전략

정보 제공 연일 : 100000667년 제44일

모든 군사 전략은 일차적으로 적을 자극하여 흥분시키는 것을 목적으로 삼고 있다.

자극을 받으면 적은 본능적으로 그 자극과 반대 방향으로 힘을 행사하여 받은 것을 되갚으려고 한다.

그 순간, 적이 그렇게 나오는 것을 막으려 하지 말고 제 풀에 지칠 때까지 보조를 맞춰 주어야 한다.

그러면 어느 한순간 적이 아주 취약해질 때가 있다. 그때가 바로 완패시킬 순간이다. 바로 그 순간을 이용할 줄 모르면, 모든 것을 다시 시작해야 하며 적은 더욱 경계하는 태도를 보일 것이다.

132. 전쟁

—발사!

비 오듯 쏟아지는 총탄 사이로 검은 형체들이 떼를 지어 달린다.

패자들의 시체에서 연기가 피어오른다. 병사들은 총탄에 맞지 않으려고 참호 속에 숨고, 몇몇 분대는 모래 언덕에 몸을 숨긴다.

수류탄의 폭음, 기관총의 따다닥따다닥거리는 소리. 멀리 화염에 싸인 유전은 햇빛이 더 이상 스며들지 못할 정도로 검고 짙은 연기를 내뿜고 있다.

「이제 텔레비전 좀 꺼요. 저런 건 신물이 나요!」

「뉴스를 좋아하지 않나 보죠?」

멜리에스는 일일 세계 뉴스가 방송되고 있는 텔레비전 소리를 낮추며 물었다.

「뉴스를 잠깐만 봐도 인간의 어리석음에 진저리가 나요. 그런데 여전히 아무것두 안 나타나ㅗ고 있지요?」

「그래요, 아직 아무것도 나타나지 않고 있어요.」

레티시아는 이불로 몸을 감싸며 말했다.

「그럼, 좀 자겠어요. 무슨 일이 있으면 깨우세요, 멜리에스 씨.」

「당장 일어나야겠는데요. 동작 탐지기가 방금 전에 작동하기 시작했어요.」

그들은 화면을 자세히 살폈다.

「방에서 뭔가 움직이고 있군요.」

그들은 비디오 모니터를 하나하나 켰다. 하지만 아무것도 보이지 않았다.

「〈그것들〉이 저기 있어요.」

멜리에스가 말했다.

「아니에요. 〈그것들〉이 아니라 〈그것〉이에요. 화면에는 한 가지 신호가 있을 뿐이에요.」

레티시아가 정정해서 말했다.

멜리에스는 생수병 마개를 열고 헝겊을 적신 다음 겨드랑이를 마구 문질렀다. 그리고 행여나 무슨 일이 생길까 걱정이 되어 다시 향수를 뿌렸다.

「내게서 아직도 땀내가 납니까?」

그가 물었다.

「향수 냄새 외엔 아무 냄새도 안 나요.」

여전히 아무것도 보이지 않았지만 마루 긁히는 소리가 들렸다.

자크 멜리에스는 방 안을 철통같이 감시하고 있는 비디오

카메라의 녹화기에 전원을 연결했다.

「〈그것들〉이 침대로 다가가고 있어요.」

양탄자에 닿을락 말락 하게 설치해 놓은 카메라에 먹이를 찾고 있던 털북숭이 생쥐의 주둥이가 나타났다.

웃음이 터져 나왔다.

「당연한 일이에요. 개미가 인간들 속에 끼어 사는 유일한 동물은 아니니까요. 이번엔, 정말로 잘 테니 좀 더 그럴듯한 게 나타나면 깨우세요.」

레티시아가 비아냥거렸다.

133. 백과사전

에너지

놀이동산의 롤러코스터에 오를 때 사람들은 두 가지 태도 가운데 하나를 취한다. 하나는 안쪽 차량에 앉아 눈을 감아 버리는 것이다. 그 경우에 예민한 승객은 대단한 공포를 느낀다. 그는 속도를 즐긴다기보다 참아 낸다. 눈을 살짝 뜰 때마다 그의 공포는 한층 더해진다.

두 번째 태도는 열차의 첫 량 첫 줄에 앉아서 눈을 크게 뜨고 자기가 곧 날아갈 것이며 점점 빨리 가게 될 거라고 상상하는 것이다. 그 경우에 승객은 황홀한 생동감을 맛보게 된다. 마찬가지로, 예기치 않았을 때 스피커에서 하드 록 음악이 튀어나오면 그 음악은 난폭하게 느껴지고 귀청을 찢어 놓을 것만 같다. 사람들은 간신히 그것을 참아 낸다. 하지만 그것을 원하는 사람이라면 참고 있는 것이 아니라 그 음악을 즐기면서 더 깊이 빠져 들어간다. 청중이 격렬한 음악에 자극받고 완전히 열광하는 것처럼 말이다.

힘을 발산하는 모든 것을 어쩔 수 없이 받아들일 땐 위험하지만 그것을 효과적으로 이용하면 우리의 정신을 풍요롭게 만들 수도 있다.

에드몽 웰스, 『상대적이며 절대적인 지식의 백과사전』 제7권

134. 사자(死者) 숭배

신을 믿는 개미 열두 마리가 벨로캉 안에 있는 퇴비 구덩이 가까이에 임시변통으로 만든 비밀 장소에 모여 있다. 신을 믿는 개미는 이제 그들뿐이다.

그들은 앞에 놓인 시체들을 응시하고 있다.

클리푸니 여왕은 반체제 개미들을 모두 죽이기로 결정했다. 반체제 개미들은 손가락들에게 먹이를 공급하려다가 차례차례 목숨을 잃어 가고 있다. 신을 믿지 않는 개미들이 모두 사라졌기 때문에 이제 반체제 운동은 홍수와 박해에서 기적적으로 살아남은, 신을 믿는 몇몇 개미들에 의해 명맥이 유지되고 있을 뿐이다.

이제 아무도 그들의 페로몬에 더듬이를 기울이지 않는다. 아무도 그들과 함께하려 하지 않는다. 그들은 따돌림을 당하고 있으며, 은신처가 경비대에게 발각되는 날에는 그들도 끝장이 날 판이다.

그들은 더듬이 끝으로 옛 동료들의 시체 세 구를 어루만진다. 그 세 동료들은 이제껏 잘 버텨 오다가 끝내 그곳에서 죽음을 맞은 것이다. 신을 믿는 개미들은 시체를 쓰레기터로 옮길 채비를 한다.

그때 갑자기 그들 가운데 하나가 반대를 하고 나선다. 다른 개미들이 당황하여 그를 바라본다. 만일 순교자들을 쓰레기터로 옮기지 않는다면, 몇 시간 동안 이곳에 올레산 냄새

가 진동할 것이다.

그 반체제 개미의 주장이 완강하다.

《여왕은 숙소에 어머니 시체를 보관하고 있다. 왜 여왕처럼 하면 안 되는 건가? 왜 우리 형제들의 시체를 보관하면 안 된다는 것인가? 결국 시체가 점점 많아질수록 신앙 운동에 많은 개미들이 참가했음을 더욱 확실하게 보여 주게 될 것이다.》

열두 마리 개미가 더듬이를 맞댄다. 참으로 놀라운 생각이다! 시체들을 버리지 말자니…….

그들은 모두 완전 소통에 몰입한다. 그 개미의 제안은 신을 믿는 개미들의 운동에 다시 활력을 불어넣을 것이다. 죽은 자들을 보존한다는 생각에 많은 개미들이 호감을 가질 것이다.

한 반체제 개미가 올레산 냄새를 차단하기 위해 시체들을 벽 속에 넣자고 제안하나, 제일 먼저 의견을 낸 개미가 동의하지 않는다.

《아니야. 오히려 우리는 그들을 볼 수 있어야 한다. 클리푸니 여왕을 모방하자. 살은 파내고 빈 껍질만 간직하도록 하자.》

135. 흰개미 도시

흰개미들이 진동한동 달아난다.

《앞으로!》

103호는 〈큰 뿔〉 위에서 원정군 병사들의 사기를 북돋우려고 강력한 페로몬을 발한다.

《가차 없이 해치워라!》

역시 나는 뿔풍뎅이에 옥라탄 9호 가페로몬을 내뿜는다.

포수 개미들은 쉬지 않고 개미산을 발포해 흰개미들을 죽인다.

흰개미들은 뿔뿔이 흩어져 도망간다. 하늘에서 나타난 괴물들과 그 조종사들이 뿜어 대는 치명적인 발사물을 피하려고 모두들 갈팡질팡하며 달아난다. 각자 제 목숨 건지기에 바쁘다. 흩어진 흰개미들은 그들의 도시 쪽으로 질주해 간다. 강 서쪽 기슭에 최근에 진흙으로 지은 커다란 요새로.

밖에서 보니 건물이 아주 인상적이다. 황토색 요새는 가운데가 종 모양으로 생겼고, 그 종 윗부분에 탑 세 개가 불쑥 튀어나와 있으며, 탑에는 다시 망루 여섯 개가 뾰족하게 솟아 있다. 땅바닥과 거의 같은 높이에 나 있는 출구는 모두 조약돌로 막혀 있다. 몇몇 보초들이 총안(銃眼) 모양의 틈을 지키고 있다.

원정군이 적의 성을 공격하자, 큰코흰개미 병정들이 수직으로 된 틈새로 코를 불쑥 내밀고 침입자들에게 끈끈물을 뿌린다.

첫 번째 공격으로 불개미 50마리가 목숨을 잃는다. 두 번째 파상 공격으로 다시 30마리가 죽는다. 위에서 아래로 공격하는 자들이 아래서 위로 쏘는 자들보다 늘 유리하게 마련이다.

그렇다면 공중에서 공격하는 것 외에 달리 방법이 없다. 뿔풍뎅이들이 뿔로 망루에 충격을 가하고, 사슴벌레들이 탑들을 뽑아 버리지만, 흰개미들의 끈끈물이 놀라운 힘을 발휘하는 덕분에 흰개미 도시 목실뢰쳥에서는 조금 숨을 돌리기 시작한다.

흰개미들은 부상병들을 돌보고 틈바구니를 메운다. 장기간의 포위 공격을 예상하여 곳간을 정비하고 보초들을 다시 세운다.

목실뢱숭의 흰개미 여왕에게선 두려워하는 빛이 조금도 보이지 않는다. 여왕 곁에는 신비에 싸인 채 그림자처럼 살고 있는 왕이 있다. 흰개미들의 세계에서는 수컷들이 결혼 비행을 끝내고도 살아남아 암컷의 곁에 있는 왕의 숙소에 머문다.

한 첩보 흰개미가 이미 모두가 다 알고 있는 것을 은밀한 태도로 소곤거린다.

《벨로캉의 불개미들이 원정군을 동으로 파병해 도중에서 몇몇 개미 마을과 꿀벌의 도시를 정복했습니다. 불개미들의 새로운 여왕 클리푸니는 건축, 농업, 공업 부분에서의 완벽한 혁신을 통해 연방을 발전시켰다고 합니다.》

《젊은 여왕들은 늙은 여왕들보다 자기들이 똑똑하다고 생각하지.》

목실뢱숭의 늙은 여왕이 비아냥거리는 듯한 페로몬을 발한다.

흰개미들이 찬동의 냄새를 풍긴다.

그때 경보가 울린다.

《불개미들이 도시를 습격한다!》

병정 흰개미들의 더듬이 사이에서 오가는 정보가 너무도 놀라워서 여왕 흰개미는 도무지 믿기지가 않는다.

땅강아지들이 건물 아래층을 뚫었다고 한다. 그들은 넓적한 앞다리로 순식간에 지하 통로를 파버렸다는 것이다. 이제 그들이 앞장을 서고 그 뒤로 병정개미 수백 마리가 따라 올라와 모든 것을 약탈하고 있다고 한다.

《개미들이? 땅강아지를 길들인다고?》

믿기지 않지만 사실이다. 흰개미 도시가 아래쪽에서 기습을 받기는 이번이 처음이다. 도시를 우회하여 바닥을 뚫고 들어오는 공격을 감행하리라고는 아무도 생각하지 못했다. 목실뤽싱 전략가들은 어떻게 반격을 해야 할지 갈피를 못 잡고 있다.

가장 아래층에 있는 방들을 둘러보며 103호는 흰개미 도시의 정교함에 감탄한다. 따뜻해야 할 곳은 따뜻하게, 선선해야 할 곳은 선선하게 되도록 모든 설비를 두루 갖추어 놓았다. 1백 걸음쯤 깊이 들어가야 수면이 나타나는 아르투아식의 깊은 우물에서 선선한 공기가 나온다. 왕궁 위쪽에 몇 개의 층에 걸쳐 있는 버섯 재배장에서는 따뜻한 공기가 만들어진다. 버섯 재배장으로부터 몇 개의 굴뚝이 뻗어 나가는데, 어떤 것들은 탄산가스를 배출하기 위해 망루로 향하고, 어떤 것들은 냉기를 빨아들이면서 여왕의 방과 부화실 쪽으로 내려간다.

《이제 영아실을 공격해야죠?》

벨로캉 병정개미 하나가 묻는다.

《아니, 흰개미 도시에선 달라. 먼저 버섯 재배장으로 쳐들어가는 게 낫다.》

103호가 설명한다.

원정군 병사들은 작은 구멍이 많이 난 통로로 쏟아져 들어간다. 지하층에서 목실뤽싱 흰개미 군대는 앞을 보지 못한다. 개미들의 돌진에 흰개미들의 저항은 미미할 뿐이다. 그러나 위로 올라갈수록 싸움의 양상이 달라진다. 흰개미들의 저항이 거세어지고 전투는 갈수록 치열해진다. 한 구역 한 구역 정복될 때마다 양 진영의 손실이 막대하다. 매복해 있는 적에게 표적이 되지 않으려고 벨로캉 개미들은 모두 신분 페로몬 발산을 억제한다.

2백 마리의 목숨을 더 잃은 후에야, 벨로캉 개미들은 마침내 흰개미들의 버섯 재배장에 진입한다.

목실뢰쌍 측으로선 이제 항복할 수밖에 없다. 버섯 재배장을 빼앗긴 흰개미들은 섬유소를 섭취할 수 없어 성충이고 알이고 여왕 흰개미고 할 것이 없이 모두 영양실조로 죽을 것이기 때문이다.

관례대로 승리자인 벨로캉 개미들은 흰개미들을 모조리 학살할 것인가?

아니다. 벨로캉 개미들의 태도가 너무나 뜻밖이다. 여왕 흰개미의 방에서, 103호는 여왕에게 불개미들은 흰개미들이 아닌 강 저편에 사는 손가락들을 상대로 전쟁을 하는 중이라고 설명한다. 게다가 먼저 공격을 해 오지 않는다면 목실뢰쌍을 침략하지 않겠다고 한다. 지금 원정군이 요구하는 것은 목실뢰쌍에서 밤을 보내고 흰개미들의 지원을 받는 것이다.

136. 그것들을 포착하다

「별일 아니에요, 기대하지 마요!」
레티시아는 짜증스러운 듯 눈 위로 이불을 끌어올렸다.
「일어나지 않아도 되죠? 또 잘못된 경보일 거예요.」

그녀가 중얼거렸다.

멜리에스는 그녀를 한층 더 세게 흔들었다.

「아니에요. 〈그것들〉이 나타났어요.」

멜리에스가 거의 외치듯 말했다.

레티시아는 이불을 내리고 연보랏빛 눈을 떴다. 감시 장치의 모든 화면에 개미 1백여 마리가 나아가는 모습이 나타났다. 레티시아는 펄쩍 뛰어 일어나 가짜 다카구미 교수의 몸이 뚜렷하게 보이도록 줌 렌즈를 조정했다. 마네킹의 몸뚱이가 떨리고 있었다.

「개미들이 안쪽에서 마네킹을 부수고 있는 중이에요.」

멜리에스가 숨을 몰아쉬며 설명했다.

개미 한 마리가 실물처럼 보이는 가짜 벽으로 다가와 더듬이 끝으로 냄새를 맡는 듯했다.

「내게서 땀내가 다시 나지 않아요?」

경정은 불안했다.

레티시아는 거의 겨드랑이에 코를 대어 보았다.

「아뇨, 라벤더 냄새밖에 안 나요. 두려워할 거 없어요.」

벽으로 다가왔던 개미가 마네킹을 공격하고 있는 다른 개미들에게로 돌아가는 걸 보니 레티시아의 말이 맞긴 맞는 것 같았다.

플라스틱 마네킹은 내부의 습격으로 흔들렸다. 마음을 진정하고 보니 작은 개미들의 행렬이 마네킹 왼쪽 귀에서 나오고 있었다.

레티시아 웰스는 멜리에스에게 손을 내밀었다.

「당신이 옳았어요. 멜리에스 씨. 믿기지 않지만 내 눈으로 분명히 개미들을 보았어요. 저 개미들이 살충제 제조자들을 살해한 거예요. 하지만, 난 여전히 믿을 수가 없어요!」

최첨단 기술에 통달한 경찰관답게 멜리에스는 마네킹의 귀 안에 방사능 물질 한 방울을 넣어 두었다. 어쩔 수 없이 개미 한 마리가 그 물질에 다리를 담갔고, 방사능 물질이 그 개미의 몸에 배어 들었다. 이제 그 개미는 그들에게 자기의 자취를 가르쳐 줄 것이다. 작전 성공!

화면에 나타난 개미들은 범죄의 흔적을 없애려는 듯 마네킹 주위를 돌며 샅샅이 살폈다.

「저래서 피살자가 죽고 나서 5분이 지나도록 파리가 접근할 수 없었던 겁니다. 개미들은 범죄를 끝내고 나면 범죄 중에 어쩌다 부상을 입은 개미들을 모으고 자기들이 들어왔다는 표시가 될 만한 것들을 모두 없애 버린 거예요. 그동안 파리들은 감히 얼씬도 못 했던 거고요.」

화면에서 개미들은 하나의 긴 행렬로 다시 모여 욕실로 갔다. 그런 다음 세면대 트랩에 이르러 그 안으로 모두 들어갔다.

멜리에스는 경악을 금치 못했다.

「도시의 배관망을 통해 어떤 건물이든지 침입할 수 있겠군. 불법 침입의 흔적을 전혀 남기지 않고 말이야!」

레티시아는 기쁨을 함께 나눌 수가 없었다.

「난, 아직도 의문이 남아요. 어떻게 곤충이 신문을 읽고, 주소를 알아내고, 살충제 제조자들을 죽임으로써 자신들이 살아남게 되리라고 생각할 수 있을까요? 이해할 수가 없어요!」

「우리가 이 곤충을 너무 과소평가했어요. 생각 안 나요? 내가 상대를 너무 얕잡아 본다고 나무란 적이 있잖습니까?

이제 당신 차례군요. 아버지가 곤충학자였는데도 벌레들이 얼마나 진화했는지 전혀 모르는군요. 틀림없이 개미들은 신문을 읽고 적을 간파해 낼 줄 알 겁니다. 우린 장차 그 증거를 갖게 되겠죠.」

레티시아는 단호하게 부정했다.

「개미들은 읽을 줄 모른단 말이에요! 그렇게 오랫동안 우리를 속였을 리가 없어요. 제 말이 무슨 뜻인지 아시겠어요? 개미들이 우리의 모든 것을 그렇게 잘 안다면 그런 징후가 나타나도 벌써 나타났겠지요. 여태껏 속이고 있다가 이제 와서 자기들이 사람들의 발꿈치에 밟히는 하찮은 미물이 아니라는 것을 보여 주려고 나서지는 않았을 거란 말이에요.」

「아무튼 그것들이 어디로 가는지 봅시다.」

멜리에스는 먼 거리에서도 감지할 수 있는 가이거 계수관[9]을 상자에서 꺼냈다. 바늘은 방사선이 나오고 있는 쪽을 가리키고 있었다. 방사능 물질이 묻은 개미의 방향을 가리키고 있는 것이었다. 그 장치에는 안테나가 달려 있었고, 모니터 화면이 부착되어 있었는데, 화면의 검은 원 안에서 푸르스름한 점이 깜박였다. 푸른 점이 천천히 나아갔다.

「이제 우리에게 자기가 있는 곳을 알려 주는 이 개미만 따라가면 돼요.」

멜리에스가 말했다.

그들은 밖으로 나와 택시를 잡았다. 택시 기사는 시속 0.1킬로미터로만 달려 달라는 손님들의 요구를 잘 이해할

9 가이거 뮐러 계수관이라고도 한다. 아르곤 따위의 가스를 채운 대롱 한가운데에 가는 쇠줄을 늘이고 그 사이에 높은 전압을 통하여, 방사선이 들어가면 방전이 일어나도록 하여 방사선을 검사해 내는 장치.

수가 없었다. 그 속도는 살인범 일당이 이동하는 속도였다. 빨리 가자고 재촉하는 사람은 많이 봤어도 이런 손님들은 생전 처음이었다. 저 두 사람은 그저 장난스러운 연애를 하려고 차를 잡았는가 보다고 기사는 생각했다. 기사는 백미러로 그들을 흘깃 보았다. 천만에, 그들은 손에 든 이상한 물건을 쳐다보며 논쟁하느라고 정신이 없었다.

137. 백과사전

문명의 충돌

일본에 상륙한 최초의 유럽인은 16세기의 포르투갈 탐험가들이었다. 그들은 서해안의 한 섬에 닿았는데, 그곳 다이묘(大名)는 아주 정중하게 맞아 주었다. 그는 〈코쟁이들〉의 새로운 기술에 지대한 관심을 보였다. 특히 조총이 마음에 들어서 그는 명주와 쌀을 주고 그것을 얻었다. 다이묘는 성의 대장장이에게 그 놀라운 무기와 똑같은 것을 만들라고 지시했지만 대장장이는 총의 후미를 막을 수가 없었다. 일본산 조총은 번번이 사용자의 면전에서 폭발했다. 포르투갈인들이 다시 항구에 들어왔을 때, 다이묘는 포르투갈의 대장장이에게 어떻게 하면 화약이 폭발할 때 총의 마구리가 터지지 않게 할 수 있는지를 자기 대장장이에게 가르쳐 주라고 부탁했다.

그리하여 일본인들은 많은 양의 조총을 만드는 데 성공했고, 그로 인하여 나라의 전쟁 규범은 뒤죽박죽이 되었다. 왜냐하면 그때까지 전쟁은 으레 사무라이들이 칼을 가지고 하는 것으로 되어 있었기 때문이었다. 오다 노부나가 장군은 직접 조총 부대를 창설하여 속사로 적의 기마병 잡는 방법을 가르쳤다.

물질문명에 이어, 포르투갈인들은 두 번째 선물, 즉 정신적 선물인 기독교를 가져왔다. 당시는 마침 교황이 세계를 포르투갈과 스페인에 갈라 주던 시기였다. 일본은 포르투갈에 맡겨졌다. 그리하여 포르투갈인들은 예수회의 선교사들을 파견했고, 그들은 처음엔 대단히 환영을 받았다. 일본인들은 이미 몇 가지 종교를 융합해 놓고 있던 터라, 기독교도 자기들의 종교에 통합시킬 하나의 외래 종교쯤으로 여겼던 것이다. 그러나 기독교 교리의 배타성이 마침내 그들을 화나게 했다. 기독교는 다른 모든 신앙은 잘못된 것이라고 주장했고, 일본인들이 아무런 이의 없이 숭배하는 그들의 조상들이 세례를 받지 않았다는 이유로 지옥 불에 타고 있을 거라는 말을 서슴지 않았다. 그런 종교가 어찌 보편적인 종교라는 뜻의 〈가톨릭〉이라는 이름을 내세울 수 있는가?

기독교의 독선적인 태도가 결국 일본인들을 자극했다. 일본인들은 대부분의 예수회 선교사들을 고문하고 학살했다. 그 뒤 시마바라의 난[10]이 일어났을 때는 이미 기독교로 개종한 일본인들이 수난을 당했다.

그때부터 일본인들은 서양인들이 상륙하는 것을 허용하지 않았다. 단한 번 해안에서 멀리 떨어진 어떤 섬에 네덜란드 상인들이 상륙한 적이 있었지만, 그들은 오랜 시간이 지난 뒤에야 일본 열도에 발을 디딜 수 있었다.

에드몽 웰스, 『상대적이며 절대적인 지식의 백과사전』 제2권

138. 우리 후손들을 위하여

흰개미 여왕은 당황하여 더듬이를 돌린다. 그러다가 갑자기 동작을 멈추고 자기의 처소를 포위한 개미들을 마주 보며 페로몬을 터뜨린다.

10 일본 규슈섬에 있는 시마바라반도에서 1637년 2만이 넘는 기독교인들이 일으킨 봉기.

《당신들을 돕겠소. 당신들이 무시무시한 개미산 공격으로 협박을 해서가 아니라, 손가락들은 또한 우리의 적이기도 하니까 돕겠다는 거요.》

손가락들은 아무것도 존중할 줄 모른다고 여왕이 설명한다. 손가락들은 긴 장대에 달린 비단 실 끝에 가혹하게 새끼 파리와 구더기를 꽂아서 휘두른다. 그리고 그들은 그것을 물에 던져 넣고 물고기가 그것들을 먹어 치우고 나면 들어 올린다.

손가락들은 비단 실에 매달 미끼를 마련하려고 더 무자비한 짓도 서슴지 않았다. 손가락들 한 무리가 흰개미들의 도시 목실뢱쳥을 공격했다. 그들은 통로로 쳐들어와 곳간을 약탈하고 여왕의 거처를 부쉈다. 그 잔인무도한 자들은 번데기를 찾고 있었다. 손가락들은 흰개미 번데기들을 탈취해 갔다.

손가락들의 장대 끝에서 살려 달라고 페로몬을 뿜어 대면서 발버둥이 치던 새끼들을 보았을 때, 흰개미들은 이제 새끼들을 구하기는 글렀다고 생각했다.

번데기들을 구할 방법이 없을까 하고 고민하던 흰개미들은 물방개에게 도움을 청하기로 했다. 물에 사는 딱정벌레들이 흰개미들에게 배가 되어 주었다.

《배라니요?》

벨로캉 개미들이 의아해하자 여왕개미가 설명한다. 개미들이 뿔풍뎅이를 길들여 타고 다닐 수 있듯이, 흰개미들도 물방개들을 길들여 물 위로 나아갈 수 있다. 물망초잎에 앉은 다음 그것을 물방개들이 밀도록 하면 되는 것이다. 하지만 그 일이 간단하지만은 않았다. 처음엔 개구리들이 쪽배들을 대부분 조각내 버렸다.

물이리는 새로운 환경에 적응하기가 힘들었지만, 흰개미들은 마침내 개구리의 주둥이에 끈끈물 쏘는 법을 터득하였고 커다란 물고기에게 뛰어들어 위턱으로 구멍을 뚫을 수도 있게 되었다.

그러나 불행히도 해군 흰개미들이 번데기들을 구한 적은 없었다. 손가락들은 흰개미들이 새끼들을 만나기도 전에 장대를 물속에 집어넣었다. 그럼에도 불구하고 그 작전으로 흰개미들의 항해 기술은 발달하였고 강 표면을 통제할 수 있게 되었다.

《당신들이 옳아요. 손가락들을 더 이상 그냥 둘 수가 없어요. 우리 도시를 파괴하고 불을 사용하고 새끼들을 괴롭히는 손가락들을 응징하기 위해 우리도 당신들과 함께하겠소.》

목실뤽쳉의 흰개미 여왕이 침착하게 페로몬을 발한다.

불을 사용하는 자들을 함께 응징하기로 했던 옛 협정을 준수하는 뜻에서 흰개미 여왕은 큰코흰개미 4개 군단, 큰턱흰개미 2개 군단, 독흰개미 2개 군단을 원정군에 제공하겠다고 한다. 그 흰개미 병정들은 다양한 전투에 적응할 수 있도록 신체 구조가 변형된 병정개미 아계급의 흰개미들이다.

《개미와 흰개미들 사이의 해묵은 증오는 씻어 버립시다. 무엇보다도 먼저 그 괴물들의 약탈에 종지부를 찍어야만 합니다.》

흰개미 여왕은 원정군이 빨리 진군할 수 있도록 자기의 함대를 내준다. 목실뤽쳉의 흰개미들은 바람을 피할 수 있는 작은 만에 자기들의 항구를 만들어 놓고 있었다. 그 항구는 고운 모래가 깔린 백사장으로 이어져 있다.

개미들은 강변 백사장으로 나간다. 물망초잎들이 여기저기에 길게 늘어서 있다. 어떤 잎들은 흰개미들의 식량을 싣고 떠나기를 기다리고 있고, 비어 있는 잎들은 새로운 지방으로 떠날 준비를 하고 있다. 흰개미들은 쪽배를 보호하려고 섬유소로 된 정박지를 설치했다. 그들은 바람과 물결로부터 항구를 보호하려고 제방에 갈대를 심기까지 했다.

《맞은편 섬엔 무엇이 있지?》

103호가 궁금해한다.

《아무것도 없어요. 어린 코르니게라아카시아만 있는데 우리는 그것을 먹지 않아요. 그런 종류의 섬유소는 별로 좋아하지 않거든요. 그렇지만, 폭풍이 일 때는 그 섬이 피난처가 되기도 해요.》

흰개미 하나가 귀띔한다.

103호와 나비 고치를 지닌 24호가 투명한 솜털이 깔린 물망초잎 하나에 자리를 잡자 뒤를 이어 개미들과 흰개미들이 탄다. 몇몇 흰개미가 물 위로 배를 밀고 다리가 젖지 않도록 민첩하게 뛰어오른다.

목실뢰쉥 흰개미 한 마리가 더듬이를 물에 담그고 페로몬을 뿜자 벌레 두 마리가 다가온다. 흰개미 도시의 친구, 물방개들이다. 물방개들은 딱지날개 사이로 기포를 넣고 물속에서 호흡하는 딱정벌레다. 물방개들은 이 산소통 때문에 물속에서 아주 오래 머물 수 있다. 물방개 앞다리엔 보통 교미할 때 사용하는 흡반이 달려 있는데, 지금은 그것을 잎 밑에 붙이고 잎을 밀고 있다.

물결 속에 냄새 신호가 떨어지자 물방개들이 긴 뒷다리로 물을 휘젓기 시작한다. 그러자 흰개미들의 배가 조금씩조금씩 강으로 진입한다.

원정군은 그렇게 계속 나아간다.

139. 공동체

오귀스타 웰스와 지하 생활의 동료들은 모임의 방식을 바꿔 새로운 공동체 의례를 만들어 냈다. 그들은 차례차례 하나의 소리를 내다가 공동의 소리인 〈옴〉으로 하나가 되었다.

그다음엔 모두 침묵에 빠져들었다. 느려진 그들의 숨소리만이 정적을 깨뜨렸다.

회합은 매번 달랐다. 어떤 때는 모두 천장의 바위를 뚫고 들어온 에너지를 흡입했다. 멀리 떨어져 있던 에너지가 바위를 관통하고 그들에게까지 와 닿았다.

『백과사전』에 우주파에 대해 언급한 대목이 있었다. 우주파는 파장이 아주 길어서 물이든 모래든 어떤 물질도 통과할 수가 있다는 것이었다.

자종 브라젤은 자기 몸에 여러 가지 에너지가 있음을 깨닫고 그것들을 모두 소리로 나타냈다. 처음엔 기초 에너지 〈우〉가 있었다. 그것은 하위 에너지 〈아〉와 〈와〉로 나뉘었고, 다시 네 가지 다른 소리인 〈위〉, 〈웨〉, 〈에〉, 〈오〉로 나뉘었다. 그것이 다시 여덟 개로 나뉜 다음, 〈이〉와 〈위〉의 두 소리로 끝났다. 자종 브라젤은 그 열일곱 가지 에너지를 피라미드 형태로 단전 근처에 모았다.

그 소리들이 모여 하나의 프리즘 같은 것을 만들었다. 그 프리즘을 하얀 빛과 같은 〈옴〉 소리를 받아들여 그것을 모두 본래의 빛깔로 분해했다.

집중. 확산.

그들은 색과 소리를 호흡했다.

들숨. 날숨.

그들은 소리와 빛으로 가득 찬, 고요한 열아홉 개의 프리즘일 뿐이었다.

니콜라는 그들을 지켜보면서 빈정거렸다.

140. 광고

— 날이 더워지면서 더욱 기승을 부리는 바퀴, 개미, 모기, 거미.

집과 정원에서 그것들을 몰아낼 수 있는 유일한 해결책, 〈크락크락〉!

크락크락과 함께, 여름을 편안하게! 탈수 작용을 하는 크락크락은 벌레들을 얇은 유리처럼 부서지게 만듭니다.

크락크락 분말. 크락크락 분무제. 크락크락 방향제.

크락크락, 그것은 위생의 대명사입니다!

141. 강

103호의 물망초잎이 점점 속도를 낸다. 배는 낮게 깔린 물보라를 헤치면서 곧장 나아간다. 흰개미들은 배 앞에 흰 물거품이 생길 때는 뱃머리를 들어 올리기도 한다. 더듬이와 위턱으로 가득 찬 1백 척의 배들이 항해하고 있다. 물망초잎 1백 개에 탄 2천의 원정군 병사들로 대함대를 이뤘다.

거울같이 매끄러운 강물에 잔잔한 물결이 인다.

목실뢱쉥의 쪽배들 때문에 잠이 깬 모기들이 자기들의 언어로 투덕거리며 날아간다

함대의 맨 앞쪽에서, 뱃머리에 자리 잡은 큰코흰개미가 다른 흰개미에게 최선의 항로를 안내한다. 그러면 제일 뒷자리의 흰개미는 물속에 페로몬을 뿜어 물방개를 지휘한다.

움푹 팬 물웅덩이, 수면과 같은 높이의 암초, 그리고 모든 깃을 가로막는 렌즈 모양의 해초를 피해야만 한다.

연약한 쪽배들은 모든 것을 비추는 잔잔한 강물 위를 미끄러져 나간다.

물방개의 다리가 일으키는 청록색 소용돌이만이 정적을 깨고 있다. 쪽배들 위로 능수버들이 긴 잎을 드리운다.

103호는 강물에 눈과 더듬이를 담근다. 그 속엔 생물들이 우글거린다. 갖가지 수중 동물들이 흥미를 끈다. 물벼룩과 닷벌레도 보인다. 그 작고 붉은 갑각류의 벌레들이 사방으로 달아난다. 물방개에게 다가오던 모든 벌레들이 그 거구를 보고 숨을 죽인다.

9호도 미물들이 우글거리는 물속을 내려다보고 있다. 그때 올챙이 떼가 물결 높이로 솟아오르며 그들을 향해 돌진해 온다.

《조심해, 올챙이야!》

검은 피부를 반짝이며 올챙이들이 곤충 함대를 향해 빠른 속도로 돌진한다.

《올챙이다, 올챙이다!》

신호가 모든 흰개미 배에 전해진다. 물방개들은 속도를 더 내라는 명령을 받는다. 개미들은 달리 할 일이 없으므로, 잎의 털에 꼭 붙어서 균형을 잃지 말라는 당부만 받는다.

《큰코흰개미, 전투 대형으로!》

머리가 호롱박 모양인 흰개미들이 물결에 코를 들이민다.

올챙이 한 마리가 뛰어들어 24호가 탄 물망초잎을 물어 뜯는다. 배는 진로를 못 찾고 소용돌이에 휩쓸려 맴돌기 시작한다.

다른 올챙이가 103호가 탄 배로 덤벼든다.

9호가 그 올챙이를 겨누고 개미산을 쏜다. 개미산 포가 적중한다. 그러나 그 시커멓고 끈적거리는 동물은 마지막 몸부림으로 잎 위로 뛰어오르더니, 기다란 꼬리로 잎을 후려치며 발버둥이 치기 시작한다. 그 서슬에 개미와 흰개미가 모두 물에 빠지고 만다.

9호와 103호는 때마침 다른 배로 구조된다.

몇몇 다른 물망초잎들이 올챙이들 때문에 침몰하여 거의 1천 마리가 물에 빠진다.

그러자 다시 한번 〈큰 뿔〉과 동료 뿔풍뎅이들이 나선다. 도강을 시작할 때부터 그들은 함대 위를 날고 있었다. 뿔풍뎅이들은 올챙이들이 물망초잎을 전복하고 물에 빠진 자들을 악착스럽게 따라다니는 것을 보자, 급강하로 돌진하여 물렁물렁한 올챙이들을 뿔로 찌르고 물에 젖기 전에 다시 날아오른다.

위험한 곡예비행 도중 몇몇 풍뎅이가 익사하지만 대부분은 검고 축축한 올챙이를 뿔에 가득 꿰고 다시 날아오른다. 뿔에 꿰인 올챙이들이 허공에서 긴 꼬리를 휘두르며 꿈틀거린다.

올챙이들이 오던 길을 되돌아 퇴각한다.

개미들은 조난자들을 구한다. 이제 파손된 배 50척에 1천 마리 남짓한 원정군만 남았다. 전투 중 길을 잃었던 24호의 배는 속도를 빠르게 하여 함대와 합류한다.

마침내 모두가 고대하던 페로몬 외침이 울린다.

《육지가 보인다!》

142. 어둠 속의 푸른 점

흥분이 절정에 달했다.

「오른쪽으로 가세요. 천천히, 천천히. 계속 오른쪽으로. 그다음엔 왼쪽으로. 이제 곧바로 가세요. 속도를 늦추세요. 곧장 계속 가세요.」

멜리에스 경정이 요청했다.

레티시아 웰스와 자크 멜리에스는 뒷좌석에서 추적의 결말을 알고 싶어 조바심을 내고 있었다.

택시 기사는 아예 체념하고 그들이 요구하는 대로 순순히 따랐다.

「이렇게 계속 가다간 곧 시동이 꺼질 것 같은데요.」

「개미들이 퐁텐블로 숲 가장자리로 가는 것 같아요.」

초조해진 레티시아가 손을 비비며 말했다.

길 저 끝에 보름달의 하얀 빛을 받고 있는 나무들이 보였다.

「천천히, 천천히 가세요!」

뒤에서, 화가 치민 자동차 운전자들이 경적을 울렸다. 저속 추격전이 교통 운행을 아주 심각하게 방해하고 있었다. 그 추격전에 참여하지 않은 사람들에겐 차라리 목숨을 내놓고 맹렬한 속도로 전개하는 추격전이 훨씬 나을 것이었다.

「왼쪽으로, 계속!」

부처님 가운데 토막 같던 기사가 결국 한숨을 지었다.

「걸어가는 게 더 낫지 않겠어요? 게다가 좌회전을 못하게 되어 있는데요.」

「상관없소, 경찰이오!」

「아, 그렇습니까! 정히 그러시다면 하는 수 없지요, 뭐.」

그러나 반대 방향에서 오는 차량들 때문에 길이 막혔다. 벌써 방사능 물질이 묻어 있는 개미는 감지 구역의 한계를 벗어나고 있었다. 기자와 경정은 움직이는 차에서 뛰어내렸다. 하지만 차가 워낙 느리게 가고 있던 터라, 뛰어내리는 게 별로 위험하지는 않았다. 멜리에스는 지폐를 던지고 거스름 돈을 받을 생각도 하지 않았다. 기사는 후진을 하면서 손님들이 조금 이상하긴 했지만 인색하지는 않다고 생각했다.

그들의 방사선 탐지 장치에 신호가 다시 나타났다. 살인범들은 분명히 퐁텐블로 숲을 향해 나아가고 있었다.

자크 멜리에스와 레티시아 웰스는 작고 허름한 집들이 늘어선 지역에 들어섰다. 가로등이 그 초라한 집들을 비추고 있었다. 그 가난한 마을의 거리엔 인적이 끊겨 있었다. 사람은 보이지 않았지만 많은 개들이 그들이 지나갈 때마다 사납게 짖어 댔다. 개들은 대부분 독일셰퍼드들이었다. 혈통의 순수성을 보존하려고 근친 교미를 거듭하는 바람에 퇴화된 종자들이었다. 거리에 누군가 나타나기만 하면 개들은 철책 위로 뛰어오르며 짖기 시작했다.

자크 멜리에스는 두려웠다. 늑대 공포증이 되살아나면서 공포의 페로몬이 그를 휘감았다. 개들은 그 페로몬의 냄새를 맡자 그를 물고 싶은 충동을 더 강하게 느꼈다.

어떤 개들은 담을 넘으려고 뛰어올랐다. 또 어떤 개들은 이빨로 나무 울타리를 물어뜯었다.

「개가 무서워요? 정신 차리세요, 넋 놓고 있을 때가 아니에요. 개미들이 우리에게서 벗어나려고 해요.」

창백해진 경정에게 기자가 말했다.

바로 그때, 어떤 셰퍼드 한 마리가 유독 사납게 짖기 시작했다. 그 개는 사나운 눈을 번득이며 어금니로 울타리를 물어뜯어 널빤지 하나를 절단 냈다. 겁에 질린 기미를 아주 심하게 보이는 사람이 나타나자 대단히 흥분한 것이었다. 그 셰퍼드는 겁에 질린 어린애나 눈에 띄게 걸음을 재촉하는 할머니들을 만난 적은 있었지만, 이처럼 심한 두려움을 드러내는 사람을 본 적이 없었다.

「멜리에스 씨, 왜 그래요?」

「난…… 더 이상 앞으로 나갈 수가 없어요.」

「농담 마세요, 한 마리 개일 뿐이에요.」

그 개는 악착스럽게 울타리에 달려들었다. 판자 하나가 또 부서졌다. 번쩍이는 이빨, 충혈된 눈, 곧추세운 검은 귀. 멜리에스에겐 그 개가 성난 늑대로만 여겨졌다. 바로 침대 밑에 숨어 있던 그 괴물이었다.

개의 머리와 발, 몸뚱이가 차례로 널빤지를 통과하더니, 개가 아주 빠르게 달려 나왔다. 성난 늑대가 울타리 밖으로 나온 것이었다. 개의 날카로운 이빨과 멜리에스의 부드러운 목 사이엔 더 이상 아무 방패막이도 없었다.

야수와 문명인 사이엔 아무런 방책이 없다.

자크 멜리에스는 백지장처럼 창백해진 채 꼼짝도 못 하고 있었다.

바로 그때 레티시아가 그와 개 사이로 끼어들었다. 레티시아는 〈난 너를 두려워하지 않아〉라고 말하듯이 연보랏빛의 차가운 시선으로 그 짐승을 뚫어지게 바라보았다.

레티시아는 등을 꼿꼿이 세우고 어깨를 떡 벌린 채 개를 노려보았다. 그 자세는 자신을 믿는 사람들의 자세였고, 개 사육장에서 조련사들이 집 지키는 법을 가르칠 때 취하는 자세였다.

짐승은 태도를 바꿔 꼬리를 감추고 겁이 난 듯 울타리 안으로 도망갔다.

멜리에스의 얼굴은 여전히 창백했다. 그는 두려움과 한기를 느끼며 떨고 있었다. 레티시아는 멜리에스가 마치 어린애라도 되는 것처럼 그를 안심시키고 따뜻하게 해주려고 대뜸 감싸 안았다. 레티시아는 그가 미소를 지을 때까지 다정하게 꼭 껴안고 있었다.

「우린 서로에게 빚을 지고 갚았어요. 나는 개로부터 당신을 구했고, 당신은 치한들로부터 나를 구해 준 적이 있어요. 당신도 보았듯이 우린 서로를 필요로 해요.」

「빨리, 신호가 들려요!」

푸른 점이 방사능 탐지 장치의 탐지 한계를 벗어나려고 했다. 그들은 점이 원의 가운데로 올 때까지 달렸다.

모두 비슷비슷하게 생긴 작은 집들이 계속 이어졌다. 이따금 문에 〈그거면 나에게 충분해요〉 또는 〈도 미 시 라 도 레〉 같은 간판이 달린 집들이 있었다. 개들, 돌보지 않은 잔디밭, 광고 전단이 넘쳐 나는 우체통들, 갖가지 색깔의 집게가 달린 빨랫줄, 파손된 탁구대가 도처에 널려 있었고, 흔들거리는 캠핑 트레일러들도 여기저기 눈에 띄었다. 사람이 살고 있는 유일한 흔적은 창문으로 새어 나오는 텔레비전의 푸르스름한 빛뿐이었다.

방사능이 묻어 있는 개미는 그들의 발밑 하수도를 질주하고 있었다. 숲이 점점 더 가까워졌다. 경찰관과 기자는 신호를 따라갔다.

그들은 어떤 거리로 방향을 틀었다. 언뜻 보기에 그 구역의 다른 거리들과 별 차이가 없어 보였다. 이정표는 이 거리가 〈페닉스가〉라는 것을 말해 주고 있었다. 주거 지역 사이로 몇 개의 가게가 희미하게 보이기 시작했다. 패스트푸드점 안에서 다섯 명의 젊은이들이 6도짜리 맥주를 앞에 놓고 뭔가를 씹고 있었다. 병의 상표에 〈주의: 남용은 해로울 수 있습니다〉라고 씌어 있었다. 똑같은 문구가 담뱃갑에도 찍혀 있었다. 정부는 곧 그와 유사한 딱지를 자동차의 액셀 페달과 시판이 자유로운 무기에도 붙일 예정이었다.

그들은 〈소비의 전당〉 슈퍼마켓과 〈벗과의 해후〉 카페를 지나, 어떤 장난감 가게 앞에서 멈추었다.

「개미들이 멈췄어요. 여기예요.」

그들은 주위를 살펴보았다. 가게는 낡고 허름해 있었다. 진열장엔 먼지 낀 물건들이 아무렇게나 던져진 듯 나뒹굴었다. 장난감 토끼, 오락 게임기, 모형 자동차, 인형, 납으로 된 장난감 병정, 우주 비행사 또는 요정 세트, 익살스러운 장난감들과 속임수 장난감들……. 그 난장판 위에는 시대에 뒤떨어진 알록달록한 꽃 장식이 반짝이고 있었다.

「개미들이 여기 있어요. 바로 여기예요. 푸른 점이 멈췄어요.」

멜리에스가 레티시아의 손을 으스러지도록 꼭 쥐었다.

「우리가 그들을 찾아냈어요!」

멜리에스는 기쁨을 감추지 못한 채 그녀를 껴안고 입 맞추려 했지만 그녀가 그를 밀쳐 냈다.

「냉정하세요, 멜리에스 씨. 아직 일이 끝나지 않았어요.」

「개미들이 여기 있단 말이오. 당신도 봤잖소. 신호는 계속 오고 있지만 더 이상 움직이지 않아요.」

그녀는 고개를 설레설레 흔들고는 눈을 들었다. 가게 전면에는 굵은 글자로 〈장난감의 왕, 아서의 가게〉라고 되어 있는 파란 네온 간판이 있었다.

143. 벨로캉에서

벨로캉에서 날파리 전령이 클리푸니에게 보고한다.

《원정군이 강에 도착했습니다.》

전령은 그동안 원정군이 겪은 일들을 자세히 전한다. 아스콜레인의 비행 군단과 싸운 일, 산에서 헤맸던 일, 폭포를 건너 〈모든 것을 잡아먹는 강〉 가에서 흰개미들과 싸웠던 일.

여왕은 기억 페로몬에 그 정보를 정리한다.

《그럼 이제 어떻게 강을 건널 참이지? 사테이 지하 통로로?》

《아닙니다. 흰개미들은 물방개를 길들여 물망초잎 함대를 운행하는 데 그것들을 이용했습니다.》

클리푸니는 대단한 관심을 보인다. 흰개미들이 물에 사는 딱정벌레들을 완벽하게 길들였으리라고는 전혀 생각하지 못했다.

전령은 나쁜 소식들을 마지막으로 전한다. 원정군이 올챙이들의 공격을 받았는데, 우여곡절 끝에 많은 원정군 병사들이 죽고 1천여 마리만 남았다는 것이다. 살아남은 자 가운데도 부상자들이 많아 다리 여섯 개를 온전히 가지고 있는 개미들은 별로 많지 않다는 것이다.

여왕은 그렇게 걱정하지 않는다. 다리가 모자라는 병사들이 있다 해도 장차 모두 치료되면, 1천여 마리의 원정군으로도 지상의 손가락들을 모두 죽일 수 있을 것이라고 여왕은 생각한다. 이제 새로이 피해를 당하는 일은 없으리라.

144. 백과사전

코르니게라아카시아

코르니게라는 개미가 안에 들어가 사는 묘한 조건에서만 성숙한 나무가 될 수 있는 소관목이다. 이 나무가 꽃을 피우기 위해서는 개미의 보살핌과 보호가 필요하다. 또 이 나무는 개미들을 유인하려고 스스로를 수년에 걸쳐 진짜 개미집으로 바꾸어 간다.

가지는 모두 속이 비어 있고, 그 비어 있는 속에는 오직 개미의 편의를 위한 통로와 방이 갖춰져 있다.

그뿐이 아니다. 통로에는 일개미와 병정개미에게 더없는 기쁨이 되는 흰진디가 사는 경우가 많다. 코르니게라는 제 내부에 자리 잡길 원하는 개미들에게 집과 은신처를 제공한다. 대신, 개미들은 집주인으로서 스스로의 의무를 다한다. 개미들은 모든 애벌레, 외부의 진디, 민달팽이, 거미, 그리고 가지의 성장을 방해하는 다른 나무좀을 퇴치해 준다. 매일 아침, 개미는 위턱으로 송악과 기생 덩굴 식물을 잘라 낸다.

개미는 낙엽을 치우고, 이끼를 긁어내고, 침으로 나무를 소독하며 돌본다.

자연에선 희귀하게 식물과 동물의 훌륭한 공생이 일어난다. 개미 덕분에 코르니게라아카시아는 다른 나무들의 그늘에 들어가지 않고 다른 나무들보다 빨리 자란다. 그 나무는 다른 나무들의 꼭대기를 굽어보면서 직접 햇빛을 받아들인다.

에드몽 웰스, 『상대적이며 절대적인 지식의 백과사전』 제2권

145. 코르니게라섬

야트막하게 깔린 안개가 사방으로 흩어진다. 백사장과 암초들과 절벽들이 보인다.

선두의 흰개미 배가 푸른 이끼가 낀 모래밭 위로 오른다. 이곳의 동식물은 잘 알려지지 않은 독특한 것들이다. 늪지대 냄새가 나는 날파리들이 모기와 잠자리 떼에 섞여 어지럽게 돌고 있다. 꽃들은 쪼그라들어 있고, 심지 모양으로 말려진 잎이 떨어진다. 해초 아래의 땅은 단단하다. 물결에 침식된 바위는 무수히 많은 벌집 구멍이 뚫려 마치 검은 스펀지 조각 같다.

더 멀리, 토질이 물러 보이는 작은 땅덩어리 한가운데에 어린 코르니게라아카시아가 당당히 자리 잡고 있다. 아마도 씨앗 하나가 바람에 날리다가 우연히 이 섬에 닿아 싹을 틔운 모양이다. 물, 토양, 공기, 3요소가 식물에 생명을 부여하는 데 충분했지만 성장에 기여하는 개미들이 부족했다. 옛적부터 개미들과 혼인하는 것이 이 식물의 유전 형질로 되어 있었다.

코르니게라아카시아는 이미 2년 전부터 개미들을 기다려왔다. 이 코르니게라의 아주 많은 형제들이 이 우주적인

만남을 이루지 못했다. 이 코르니게라나무가 이렇게 행복한 만남을 이루게 된 것은 간접적으론 손가락들 덕이다. 아카시아 껍질에 〈질은 나탈리를 사랑해〉라는 글귀를 새겨, 그토록 고통스러운 상처를 남겼던 바로 그 손가락들의 덕을 입은 것이다.

갑자기 103호가 몸을 떤다. 섬 한가운데에 아주 선명하게 옛일을 회상시키는 물건이 있다. 이 돌출물…… 맞아, 우연일 순 없어. 바로 그거야. 꼭대기가 둥글고 구멍이 가득 팬 탑. 그들이 하얀 나라에서 최초로 발견했던 이상한 물건. 103호는 주위에 알리지도 않고, 부대를 떠나 그 물건을 더듬는다. 그것은 단단하고, 투명하고, 안에 하얀 가루가 들어 있다. 지난번에 본 것과 똑같다.

흰개미 병정들이 103호의 곁으로 다가와 묻는다.

《무슨 일이에요? 왜 부대를 떠나는 거예요?》

103호는 그 물건이 아주 중요한 것이라고 설명한다.

《그래요, 매우 중요한 거예요. 손가락 신들이 새겨 놓은 겁니다. 신의 기념물이에요!》

23호가 따라서 페로몬을 발한다.

그러자 신을 믿는 개미들은 진흙으로 그것과 비슷한 조상(彫像)을 빚기 시작한다.

몇몇 개미들은 여독도 풀 겸 전투에서 입은 상처도 치료할 겸 군 장비도 다시 손볼 겸 그 평화로운 항구에서 며칠 머물기로 결정한다.

모두들 그러는 게 좋겠다고 생각한다.

103호가 몇 발자국 디디자 이내 무언가가 그를 놀라게 한다. 지구 자기장에 민감한 존스턴 기관이 자극을 받고 있다.

그들은 지금 하르트만 결절에서 멀지 않은 곳에 있다!

하르트만 결절은 특별한 자기(磁氣)를 띠고 있는 지대이다. 일반적으로 개미들은 바로 그 지점에만 보금자리를 만든다. 그곳은 양이온을 띤 지구 자장선이 교차하는 지점이다. 그곳은 많은 동물들, 특히 포유동물을 불편하게 만들지만, 개미들에겐 반대로 편안함을 안겨 준다.

인체에 침을 놓기에 알맞은 자리인 경혈(經穴)이 있듯이, 하르트만 결절은 지표에 있는 경혈이라 할 만하다. 그것을 통해서 개미들은 대지와 대화하고, 물의 근원을 발견하며, 땅의 진동을 탐지한다. 그렇게 하여 개미들의 도시는 세계에 뻗쳐 있는 것이다.

103호는 정확히 자력이 가장 센 지점을 찾는다. 그는 코르니게라아카시아나무 바로 아래에서 하르트만 결절을 발견한다.

그는 곧 24호, 그리고 9호와 함께 소관목 위를 거닐기 시작한다. 유난히 껍질이 얇은 곳이 한군데 있다. 그들은 그 보호막을 벗겨 내고 코르니게라아카시아의 첫 문을 열어젖힌다. 놀라운 일이다! 그곳에 텅 빈 개미집이 그들을 기다리고 있다. 나무랄 데 없이 깨끗한 둥지이다.

뿌리에 들어가 보니 개미들이 언제라도 들어가 살 수 있는 방이 가득하다. 곳간이나 산란실임을 금방 알아볼 수 있게 지어진 방들도 있고, 날개를 잃은 흰진디들이 벌써 분주하게 움직이고 있는 축사도 있다.

벨로캉 개미들은 그 예기치 않은 숙소를 구경한다. 가지들은 모두 속이 비어 있고, 방들의 얇은 칸막이엔 수액이 흐르고 있다.

나무는 개미들을 환영하는 뜻으로 가장 향긋한 수지 향기를 박산한다.

24호는 감탄을 하며 죽 이어진 방들을 둘러본다. 너무 감동한 나머지 그는 위턱을 벌리다가 나방 고치를 떨어뜨린다. 24호는 자기의 의무를 망각하지 않고 얼른 그 나방 고치를 다시 집어 든다.

늙은 탐험 개미 103호가 24호에게 그 아카시아나무에 대해서 설명한다.

《나무 속의 그 둥지를 선물로 받는 개미들에게는 몇 가지 의무가 따른다. 이곳에서 살고 싶어 하는 개미들은 나무를 돌봐야 한다. 그것은 영원한 속박이다. 자기 자신을 정원사로 생각해야 한다.》

그들이 나무 둥지 밖으로 다시 나오자 노병(老兵) 103호가 23호에게 새삼[11] 싹을 보여 주며 설명한다.

《새삼의 씨앗은 어떠한 썩은 물질과 닿더라도 싹이 튼다. 그런 다음 줄기 하나가 땅을 뚫고 뻗어 나와 한 시간에 두 바퀴 정도의 속도로 천천히 돈다. 이 줄기가 관목을 만나자마자, 뿌리는 쇠퇴하고 가시처럼 생긴 흡기(吸器)가 나무에 박혀 나무의 진을 빨아들인다. 새삼속 식물이야말로 식물계의 흡혈귀인 것이다.》

103호가 코르니게라나무 가까이에서 자라고 있는 새삼 줄기 하나를 가리킨다. 새삼은 아주 천천히 돌고 있어서 마치 바람의 힘으로 자연스럽게 움직이고 있는 듯한 느낌을 준다.

24호가 아주 예리한 위턱을 내밀어 새삼을 토막 내려고

11 메꽃과에 딸린 한해살이 붙살이식물.

한다.

《안 돼, 그걸 자르면 토막이 각각 다시 살아날 거야. 열 토막을 내면 다시 열 개의 새삼 줄기가 될 거야.》

103호가 페로몬을 발하여 깨우쳐 준다.

103호는 전에 아주 놀라운 일을 목격한 적이 있었다. 나란히 버려진 새삼 줄기 두 토막이 나뭇진을 빨아들일 관목을 찾느라고 주위를 돌고 있었는데, 관목을 발견하지 못하자 새삼 줄기들은 서로를 감았고 둘 다 죽을 때까지 자기들의 수액을 빨았다.

《그럼 어떻게 하죠? 그냥 자라게 내버려 두면 결국엔 코르니게라를 발견하고 그 줄기를 감을 텐데요.》

24호가 궁금해한다.

《뿌리째 뽑아서 바로 물에 던져 버려야 해.》

페로몬을 발하기가 무섭게 그대로 일이 이루어진다. 개미들은 코르니게라아카시아에게 해롭다고 여겨지는 다른 식물들을 모두 제거한다. 그리고 주위에 널려 있는 작은 좀벌레들과 벌레들도 모두 쫓아낸다.

문득, 규칙적으로 똑딱거리는 소리가 들려온다. 딱정벌레의 하나인 빗살수염벌레[12]이다. 〈죽음의 시계〉라는 별명을 가진 그 벌레가 나무에 구멍을 뚫고 있다. 또 다른 똑딱 소리가 거기에 화답한다.

《암컷을 부르는 빗살수염벌레 수컷이야!》

그 벌레들과 여러 번 맞닥뜨린 적이 있는 흰개미 하나가 알려 준다. 아닌 게 아니라 그 소리들은 두 개의 바라로 소리

12 빗살수염벌렛과에 딸린 벌레. 몸빛은 검고 더듬이는 빗 또는 톱날 모양인데 고목의 껍질을 갉아먹고 산다.

를 내듯 서로 화답하는 것 같다.

개미들은 금방 그 벌레들을 찾아내고 사랑을 나누는 두 빗살수염벌레를 엿본다.

원정군 병사들은 밤을 보내려고 하나의 도시인 나무 안으로 들어간다. 코르니게라의 속이 빈 것을 보고 모두들 놀란다.

가장 커다란 가지 안에 있는 방에서 식사를 한다.

개미, 흰개미, 꿀벌과 풍뎅이 들은 영양을 교환한다. 진디를 짜서 달콤한 진디의 물을 나누어 먹는다. 그런 다음 야영 때는 언제나 그랬듯이 대장정의 대상인 손가락들을 주제로 다시 논쟁이 벌어진다.

《손가락들은 신이야.》

신을 믿는 벨로캉의 개미가 주장한다.

《신이라고? 신이 뭔데?》

목실뤼숑 흰개미가 캐묻는다.

신은 모든 것을 주재하는 힘을 지녔다고 23호가 설명한다.

꿀벌, 파리, 흰개미 들은 손가락들을 숭배하고 그들이 세계를 만들었다고 믿는 개미들이 원정군 한복판에 있다는 것을 알고 무척 놀란다.

논쟁은 계속된다. 각자 자기 견해를 발표하고 싶어 한다.

《손가락들은 존재하지 않아.》

《손가락들은 날아다녀.》

《아냐, 손가락들은 기어 다녀.》

《그들은 물 아래로 다닐 수도 있어.》

《그들은 고기를 먹고 살아!》

《전혀 먹지 않고 태어날 때부터 갖고 있는 에너지로만 살아.》

《손가락들은 식물이야.》

《아냐, 파충류야.》

《손가락들은 무수히 많아.》

《다섯 마리씩 무리 지어 지구를 돌아다니는데, 기껏해야 열 내지 열다섯 마리밖에 안 될 거야.》

《손가락들은 죽지 않아.》

《천만에, 우리가 닷새 전에 하나 죽였어.》

《사실 그건 손가락들이 아니었어!》

《그럼, 뭐였는데?》

《손가락들은 공략되지 않아.》

《손가락들은 말벌들처럼 진흙으로 만든 둥지를 가지고 있어.》

《아냐, 새들처럼 나무에서 자.》

《겨울잠은 안 자!》

《그만둬, 무슨 헛소리야. 손가락들도 틀림없이 겨울잠을 잘 거야. 동물들은 모두 겨울잠을 자니까.》

《어떤 흰개미가 그러는데 이상하게 구멍이 뚫린 나무들을 보았대. 그러니까 손가락들은 나무를 먹고 살 거야.》

《아냐, 손가락들은 개미를 먹고 살아.》

《좀 전에 내가 얘기했듯이, 아무것도 먹지 않고 태어날 때부터 저장하고 있는 에너지로만 살아.》

《손가락들은 분홍빛이고 둥글어.》

《그들은 또한 검고 평평하기도 해.》

논쟁은 계속된다. 신을 믿는 개미들과 믿지 않는 개미들이 대립한다. 23호와 24호의 터무니없는 주장이 9호를 화나게 한다.

《다른 원정군 병사들을 전염시키기 전에 저 떼거지들을 죽여야 해.》

그 내부의 적들이 위험하다는 사실을 103호가 인정해 주기를 바라면서 9호가 독한 페로몬을 내뿜는다.

《안 돼, 내버려 두게. 그들도 다양한 세계의 일부를 이루고 있는 것일세.》

9호는 당황한다. 이상한 일이다. 원정이 시작된 이후로 개미들이 변해 가고 있는 듯하다. 이제 개미들은 추상적인 주제를 가지고 토론한다. 그들은 갈수록 혼란스러워하고 두려워하고 있다. 불개미들에게 〈마음의 병〉이라는 감염병이 퍼지고 있는 것일까? 아니면 그들이 점점 개미답지 않게 변해 가고 있는 것일까?

맞서 싸워야 할 괴물들을 앞에 두고 그들은 여전히 토론을 벌이고 있는 것이다. 잠을 자는 게 낫겠다. 행복에 젖은 코르니게라아카시아가 그들의 잠을 지켜 줄 것이다.

밖에선 밤 두꺼비가 울부짖고 있다. 섬유와 나뭇진으로 된 성(城)이 곤충들을 보호하고 있기 때문에 그렇게 많은 먹이를 목전에 두고도 잡아먹을 수 없다는 게 너무나 안타까운 것이다.

원정군 병사들이 모두 잠들어 있다. 간질에 감염된 개미들만이 몽환 상태에서 줄지어 빠져나와 어떤 풀 꼭대기로 기어 올라간다. 양에게 잡아먹히기를 기다리는 것이다. 그러나 이 섬엔 양이 없다. 아침이 되면 그 개미들은 몰래 빠져나갔던 일을 까마득히 잊고 동료들 곁으로 돌아오리라.

다섯 번째 비밀   **개미들의 주인**

146. 신을 믿는 개미들

반체제 개미들은 도시의 통로를 전속력으로 내리닫는다. 꿀단지개미를 빼돌려 리빙스턴 박사에게 가져가려던 그들이 벨로캉 연방 경비대의 추격을 받고 있다. 몇몇 반체제 개미들이 경비대의 추격을 늦추려고 자기 몸을 던지고 있다.

개미산이 분출한다. 신을 믿는 개미 한 마리가 쓰러진다. 또 한 마리가 쓰러진다.

살아남은 것들은 점점 빈대들의 방 쪽으로 내몰린다. 그러나 반체제 개미 모두를 죽이기 전에 여왕 클리푸니는 알고 싶은 게 있다. 여왕은 광신자 하나를 들여보내라고 명령한다.

《너희는 왜 이런 짓을 하는 거지?》

여왕이 묻는다.

《손가락들은 우리의 신이기 때문입니다.》

여전히 똑같은 얘기다. 여왕 클리푸니는 생각에 잠긴 듯 더듬이를 흔든다. 얼마 전부터 이유는 알 수 없지만 반체제 운동이 새롭게 발전하고 있다. 여왕의 첩보 개미에 따르면, 겨우 몇 주 전만 해도 열두 마리뿐이었는데 지금은 1백여 마리나 된다고 한다.

반체제 개미들을 끝까지 추적해서 잡아야 한다. 장차 그들은 너무나 위험한 존재가 될 것이다.

147. 장난감 가게

「이제 어떻게 하죠?」

레티시아 웰스가 물었다.

「자, 들어갑시다.」

자크 멜리에스가 자신감 있게 말했다.

「이 집 사람들이 우리를 들여보낼까요?」

「사실 초인종은 누를 생각도 없어요. 건물 정면에 나 있는 저 창문으로 들어갑시다. 누가 뭐라면, 수색 영장을 제시할 생각이에요. 가짜로 하나는 늘 휴대하고 다니니까요.」

「당신 형편없군요! 정말이지, 경찰과 강도는 크게 다른 게 없다니까.」

레티시아가 쏘아붙였다.

「그렇게 소심하고 감상적이어서는 범죄자들을 해치울 수가 없어요. 자, 갑시다!」

썩 내키지는 않지만 레티시아는 호기심에 끌려서 그의 뒤를 따라 빗물받이 홈통을 타고 벽을 기어오르기 시작했다.

두 사람은 어렵게 어렵게 수직면을 기어 올라갔다. 그들은 손을 긁히고 몇 번 떨어질 고비를 넘긴 후에야 테라스에 올라섰다. 집이 2층밖에 안 되는 것이 다행이었다.

그들은 숨을 돌리고 방사능 탐지 장치를 들여다보았다. 푸른 점은 여전히 화면 중앙에서 움직이지 않고 있었다. 살해범 개미들은 이제 5~6미터쯤 떨어진 곳에 있는 듯했다. 그들은 반쯤 열려 있는, 테라스의 문을 겸한 창문으로 들어

갔다.

손전등으로 비춰 보니, 그곳은 흔히 볼 수 있는 침실이었다. 붉은 셔닐사 이불이 덮인 커다란 침대와 노르망디식 가구가 있었고 꽃무늬 벽지에 여기저기 복제품 산수화들이 걸려 있었다. 방에선 나프탈렌 냄새와 함께 라벤더 향기가 났다.

침실은 〈가구점〉 같은 거실로 통해 있었다. 거기에는 다리가 잘 빠진 안락의자들과 유리 장식이 주렁주렁 달린 샹들리에가 있었다. 까치발 달린 테이블에 동양 향수들을 모아 진열해 놓은 것이 아주 특이해 보였다.

한쪽에서 불빛이 새어 나오고 있었다. 거기에선 아마도 사람들이 텔레비전을 보면서 저녁 식사를 하고 있는 것 같았다.

멜리에스가 방사능 탐지 장치의 화면을 응시했다.

「개미들이 지금 우리들 위에 있어요. 틀림없이 지붕 밑 방이 있을 겁니다.」

멜리에스가 속삭였다.

그들은 천장에 뚜껑 문이 있는지 찾아보았다. 욕실 통로에 지붕 밑 방으로 올라가는 사다리가 하나 있었다. 거기에서 뜻밖에도 불빛이 흘러나왔다.

「올라갑시다.」

연발 권총을 꺼내며 멜리에스가 말했다.

그들은 기이하게 생긴 지붕 밑 방으로 들어섰다. 방 한가운데에 개미 사육통이 놓여 있었다. 레티시아의 사육통과 비슷하게 생겼지만 열 배는 더 커 보였다.

그 거대한 사육통에서 나온 대롱들이 컴퓨터와 연결되어

있었고, 컴퓨터는 다시 아주 다양한 색상의 유리병들과 연결되어 있었다. 인쪽엔 정보 처리 기기들, 돈료 된 작업대, 현미경, 뒤죽박죽 얽힌 전깃줄과 트랜지스터가 있었다. 레티시아가 〈미친 학자의 소굴 같군〉이라고 생각하는 순간, 뒤에서 외마디 소리가 들려왔다.

「손 들엇!」

그들은 천천히 돌아섰다. 커다란 총열을 가진 총 하나가 그들을 겨누고 있었다. 그 총 위로 놀랍게도 낯익은 얼굴이 나타났다. 〈하멜른의 피리 부는 사나이〉는 그들이 이미 오래전부터 알고 있던 얼굴이었다.

148. 백과사전

폭격기딱정벌레

폭격기딱정벌레Brachinus crepitans는 〈기관총〉을 갖고 있다. 그 딱정벌레는 공격을 받으면, 폭발 소리를 내면서 연기를 내뿜는다. 그 곤충은 두 개의 서로 다른 분비샘에서 분비되는 화학 물질을 배합하여 연기를 만든다. 첫 번째 분비샘에선 과산화수소 25퍼센트와 하이드로퀴논 10퍼센트를 함유한 용액을 분비하고, 두 번째 분비샘에선 일종의 촉매 역할을 하는 과산화 효소를 만든다. 이 분비액들이 연소실에서 혼합되어 온도가 100°C에 이르면 연기가 나오고 질산 증기가 분출하면서 폭발하게 된다.

폭격기딱정벌레에 손을 가까이 가져가면, 곧 대포에서 뜨겁고 매우 지독한 냄새가 나는 붉은 증기가 분출할 것이다. 그 질산은 피부에 수포를 일으킨다.

폭격기딱정벌레는 혼합과 폭발이 이루어지는 복부의 배출구로 방향을 조정하며 목표물을 겨눌 줄도 안다. 그럼으로써 몇 센티미터 거리에 있는 표적을 맞힐 수 있다. 설사 빗나가더라도 그 어마어마한 폭음 때문에 어떤 공격자라도 도망가지 않고는 못 배길 것이다. 일반적으로 폭격기딱정벌레는 서너 번 폭격할 혼합물을 비축하고 있다. 그런데 어떤 곤충학자들은, 사람들이 그것들을 자극했을 때 단숨에 스물네 번까지 쏠 수 있는 종을 발견하기도 했다.

폭격기딱정벌레는 오렌지빛과 은빛 파란색이어서 눈에 띄기가 아주 쉽다. 대포로 무장했으니까 아무리 요란한 옷을 입고 자신을 드러내도 끄떡없다고 느끼는 것처럼 행동한다. 대체로 현란한 빛깔과 화려한 딱지날개를 자랑하는 딱정벌레목 벌레들은 모두 호기심 많은 자들을 퇴치할 수 있는 아주 기발한 방어 수단을 가지고 있다.

주(註): 그럼에도 불구하고, 폭격기딱정벌레들이 그 〈기발한 방어 수단〉을 즐겨 사용한다는 것을 아는 생쥐는 혼합과 폭발이 일어나기 전에 딱정벌레의 배를 즉각 모래 속에 처박아 버린다. 모래 속에서 마구잡이 공격을 하면서 이 곤충이 모든 폭약을 헛되이 다 써버렸을 때, 생쥐는 그것의 머리부터 삼킨다.

에드몽 웰스, 『상대적이며 절대적인 지식의 백과사전』 제2권

149. 아침을 노래하다

코르니게라아카시아의 속이 빈 어떤 잔가지 안에 자리를 잡았던 24호가 잠에서 깨어난다. 잔가지 옆구리에는 통풍구로 쓰이는 작은 구멍들이 배의 현창(舷窓)처럼 나 있다. 바닥의 얇은 막을 뚫고 들어가니 방 하나가 나오는데, 육아실로 쓰면 딱 좋게 되어 있다. 다른 개미들은 아직 자고 있다. 24호는 산책을 하러 밖으로 나간다.

코르니게라의 잎자루에는 개미들의 먹이가 들어 있다. 자란 벌레를 위해서는 갑로를 내놓고 애벌레를 위해서는 미세한 분말을 내놓는다. 그 먹이는 단백질과 지방질이 풍부해서 자란 벌레, 애벌레 모두의 영양 섭취에 적합하다.

잔물결이 절벽에 부딪치면서 찰방찰방 소리를 낸다. 진한 박하 향과 사향내가 공기 속에 섞여 있다.

백사장 위로 나아가 보니 붉은 태양이 강물 위를 비추고 있다. 물빈대들이 수면에서 미끄럼을 타고 있다. 고목의 잔가지 하나가 방파제 구실을 하고 있다. 앞으로 나아가 맑은 물속을 들여다보니 거머리들과 장구벌레들이 떼 지어 돌아다닌다. 24호는 섬의 북쪽으로 올라간다.

물 위에 좀개구리밥이 무성하다. 푸르고 둥그런 알갱이들로 이루어진 풀밭 같다. 그 물풀들이 절벽의 기슭을 어루만지고 있다. 그 위로 이따금 송장개구리들의 두 눈이 뒤룩거린다. 멀리 만(灣) 안에는 연보랏빛 줄기를 가진 백련이 보인다. 수련은 곤충들 세계에선 효험 있는 진정제로 잘 알려져 있다. 기근이 드는 시기에 곤충들은 녹말이 풍부한 수련 뿌리줄기를 먹기도 한다.

《자연은 언제나 모든 것을 배려하지.》

24호가 중얼거린다. 치료법은 늘 병의 바로 곁에 있다. 썩은 물가에서 자라는 능수버들의 껍질에는 비위생적인 장소에서 걸리는 질병을 치료하는 살리실산(아스피린의 주성분)이 들어 있다.

섬이 자그마해서 벌써 24호는 동쪽 기슭에 있다. 그곳은 줄기나 물속 깊이 잠긴 수륙 양생 식물로 뒤덮여 있다. 쇠귀나물, 여뀌, 미나리아재비들이 무성하게 자라, 보랏빛과 흰

빛을 푸름 속에 보태고 있다.

24호의 위로 잠자리들이 짝을 지어 선회하고 있다. 수컷들은 자기의 두 생식기를 암컷들의 두 생식기와 결합시키려고 애쓰고 있다. 수컷은 생식기가 가슴 아래와 배 끝에, 암컷은 머리 뒤와 배 끝에 있다. 교미를 하려면 생식기 넷이 동시에 교접해야 하는데, 그러기 위해선 복잡한 곡예가 필요하다.

24호는 계속해서 섬을 돌아다닌다.

섬 남쪽엔 갈대, 골풀, 붓꽃, 박하 등 습지 식물들이 땅에 곧게 뿌리를 박고 있다. 갑자기 대나무 사이로 검은 눈이 나타나 24호를 바라보더니 앞으로 나온다. 도롱뇽의 눈이다. 그것은 도마뱀과 비슷한 동물로, 노란색과 오렌지색의 얼룩무늬가 있는 검은 옷을 입고 있다. 머리는 동글납작하고, 등에는 회색 무사마귀가 퍼져 있는데, 그것은 그의 조상인 공룡에게 있던 뾰족한 돌기들의 마지막 흔적이다. 그 동물이 다가온다. 도롱뇽들은 곤충 먹이를 대단히 즐기지만 동작이 너무 느리기 때문에 대개 먹이들은 도롱뇽에게 잡히기 전에 잽싸게 달아난다. 그래서 도롱뇽들은 비가 세차게 내리고 난 뒤 물에 잠긴 곤충들을 긁어모을 수 있게 되기를 기다린다.

24호는 아카시아 은신처로 질주한다.

《비상, 도롱뇽이다, 도롱뇽!》

24호가 냄새 언어로 소리친다.

개미들이 나무에 뚫린 총구멍을 통해 개미산이 들어 있는 배 끝을 겨눈다. 목표물이 별로 빠르지 않기 때문에 개미산이 쉽게 적중한다. 그러나 시커멓고 단단한 살갗을 가진 도롱뇽에게 개미산 따위는 그저 가소로울 뿐이다. 위턱으로 살

갖을 뚫으려고 그 위로 달려든 개미들은 살갗을 덮고 있는 아주 독한 체액 때문에 죽음을 당한다. 이처럼 때때로 동작이 굼뜬 것이 재빠른 것들을 정복할 수도 있다.

스스로 불사신이라고 굳게 믿는 도롱뇽은 포수 개미들로 가득 찬 가지를 향해 서두르지 않고 서서히 다가온다. 그러다…… 코르니게라아카시아 가시에 찔린다. 도롱뇽은 몸에서 피가 나자 질겁하여 상처를 살펴보고는 되돌아가서 골풀 사이에 몸을 숨긴다. 굼뜨게 움직이던 도롱뇽이 이제 꼼짝도 안 하고 있다.

나무 안에 있던 모든 곤충들은 코르니게라아카시아에게 찬사를 보낸다. 마치 그 나무가 그들을 포식자로부터 지켜 준 동물이라도 되는 것처럼 고마워한다. 곤충들은 가지에 걸쳐 있는 기생 식물들을 마저 치워 주고 뿌리 근처에 배설물을 쏟아 퇴비를 준다.

아침 공기가 따사로워지자 곤충들은 저마다 자기 일에 열중한다. 흰개미들은 강물에 떠내려 온 나무 끝에 구멍을 뚫고, 파리들은 짝짓기를 하느라 정신없다. 곤충들은 각자 좋아하는 구역으로 이동한다. 코르니게라섬은 곤충들이 필요로 하는 모든 먹이를 제공하고 약탈자들로부터 그들을 떼어 놓는다.

강에는 갖가지 먹이가 풍부하다. 개미들이 즙을 짜서 당분이 많은 음료를 얻는 조름나물, 늪물망초, 상처를 소독하는 거품장구채, 가시로 물고기를 잡아 개미들에게 새로운 먹이를 만들어 주는 등골나물 등이 있다.

하늘엔 모기와 잠자리가 떼 지어 떠다니고, 그 아래에 원정군 병사들은 저마다 다람쥐 쳇바퀴 돌듯 하는 대도시의 일상적인 삶에서 벗어나서 섬 생활을 즐기기 시작한다.

어디선가 요란한 소리가 들려온다. 사슴벌레 수컷 두 마리가 싸우고 있다.

집게와 뾰족한 뿔로 무장한 커다란 사슴벌레 두 마리가 빙빙 돌다가 아주 잘 발달된 위턱으로 서로를 움켜잡더니 번쩍 들어 올리면서 둘 다 나둥그러진다. 키틴질로 된 등판이 맞부딪치고 뿔이 충돌한다. 프로레슬링 시합 같다. 먼지가 자욱하고 소리가 요란하다. 그들은 하늘로 올라가 격투를 계속한다.

관중들은 모두 그 굉장한 결투를 보며 열광한다. 그들 속에서 벌써 위턱들이 부딪는 소리가 들린다. 그들 역시 본능적으로 서로 싸우고 싶은 충동을 느끼고 있는 것이다.

두 사슴벌레의 싸움은 몸집이 큰 쪽에 유리하게 돌아가더니 결국 작은 쪽이 공중에서 곤두박질하고 만다. 이긴 사슴벌레는 승리의 표시로 하늘을 향해 날카롭고 긴 집게를 곧추세운다.

103호는 이 사건에서 어떤 낌새를 느끼고, 코르니게라섬에서의 평화로운 시간을 끝내야 할 때임을 깨닫는다. 동물들은 원정을 계속하고 싶어 안달이 나 있다. 이곳에 계속 머물러 있다가는 짝짓기를 둘러싼 다툼, 난투, 언쟁이 다시 벌어질 것이고, 종족 간의 오랜 대립이 다시 나타날 것이며, 동맹은 깨질 것이다. 개미들은 흰개미들과, 꿀벌들은 파리들과, 풍뎅이들은 다른 풍뎅이들과 맞서 싸울 것이다.

파괴하려는 충동을 공동의 적에게 집중시켜야 한다. 원정을 계속해야 한다. 103호는 주위에 그런 생각을 알리는 페로몬을 발한다. 곧이어 내일 아침 따사로운 햇살이 비치자마자 다시 떠나자는 결정이 이루어진다.

황혼이 찾아들고, 원정군 병사들은 천연의 수소 안에 자리를 잡고 여느 때처럼 한담을 나눈다.

어떤 개미가 문득 새로운 제안을 한다. 원정에 참여한 것을 기념하는 뜻으로 각자 산란 번호 대신에 여왕개미들처럼 이름을 갖자고 한다.

《이름이라고?》

《그래…….》

《좋아, 우리 서로 이름을 정하자.》

《난 뭐라고 부를 텐가?》

103호가 묻는다.

〈안내자〉나 〈새를 정복한 자〉, 또는 〈두려워하는 자〉로 부르자는 제안이 나온다.

하지만 103호는 자기의 성격을 가장 잘 특징짓는 것은 회의(懷疑)와 호기심이라고 생각한다. 자기가 무지하다고 생각하기 때문에 끊임없이 알고자 하는 것이 그의 특징이다.

그래서 그는 〈회의하는 자〉로 불러 주기를 바란다.

《나는 〈깨달은 자〉로 불러 주면 좋겠어. 손가락들이 우리의 신(神)이라는 사실을 알고 있기 때문이다.》

23호가 나선다.

《난 〈싸우는 자〉로 불러 줘. 왜냐하면 나는 개미들을 위해 개미의 모든 적과 싸우기 때문이야.》

9호가 주장한다.

다들 무엇인가로 불러 주면 좋겠다고 한마디씩 한다.

얼마 전만 해도 〈나〉는 금기의 단어였다. 개미들이 자기의 이름을 가지려 한다는 것은 자기들을 전체의 부분으로뿐만 아니라 개체로도 인식하고 있다는 것을 의미한다.

103호는 신경이 곤두서는 느낌을 받는다. 이 모든 것은 정상이 아니다. 그는 네 뒷다리로 버티고 서서 이런 생각을 포기할 것을 요구한다.

《모두들 준비하게. 우린 내일 일찍 떠나야 해. 되도록 일찍.》

150. 백과사전

오로빌

인도의 퐁디셰리 근처, 오로빌(오로르빌)[13]의 모험은 인간이 시도한 가장 흥미로운 이상적 공동체 가운데 하나다. 1968년 벵골 철학자 스리 오로빈도와 프랑스 여성 철학자 미라 알파사(〈어머니〉라 불리었음)는 그곳에 이상향의 마을을 세우기 시작했다. 그곳은 모든 것이 중앙으로부터 뻗어 나가는 방사형으로 되어 있었다. 그들은 모든 나라로부터 사람들이 오기를 기다렸다. 주로 절대적 이상향을 추구하던 유럽인들이 오로빌로 모여들었다.

남녀 모두 풍차, 수공업 공장, 배수로, 정보 센터, 벽돌 공장을 건설했다. 그들은 척박한 땅에 작물을 심었다. 〈어머니〉는 자기의 영적 경험을 세세히 기록한 몇 권의 책을 썼다. 공동체 구성원들이 살아 있는 〈어머니〉를 신으로 받들기로 결정하기 전까지는 만사가 순조로웠다. 처음에 그녀는 그런 영예를 사양했다. 그러나 스리 오로빈도가 죽고 나자, 그녀의 곁에서 그녀를 지지해 줄 힘 있는 사람이 아무도 없었다. 미라 알파사는 오래지 않아 숭배자들의 요구에 무릎을 꿇고 말았다.

그들은 그녀를 방에 가두고, 살아서 신이 되고 싶지 않으면 죽은 신이

13 Auroreville. 새벽을 뜻하는 aurore와 도시를 뜻하는 ville을 합친 것.

라도 되라고 강요했다. 미라 알파사는 스스로에게 신적인 요소가 있다고는 생각하지 않았던 듯하다. 그럼에두 미라 악파사는 억지 출향으루 신이 되었다!

마지막으로 대중들 앞에 모습을 드러냈을 때, 〈어머니〉는 아주 쇠약해 보였고 심한 정신적 충격을 받은 듯했다. 자기가 감금되어 있다는 사실과 숭배자들이 부당한 대우를 하고 있음을 폭로하려 하자, 숭배자들은 그녀의 말을 막고 방으로 끌고 갔다. 〈어머니〉는 자기를 숭배하는 척하는 자들이 매일매일 가하는 고통 때문에 점점 쭈그렁 노인이 되어 갔다.

그래도 〈어머니〉는 우여곡절 끝에 자기의 옛 친구들에게 은밀한 전갈을 보낼 수 있게 되었다. 사람들이 자기를 죽은 신, 즉 더 쉽게 숭배할 수 있는 신으로 만들기 위해 자기를 독살하려 한다는 내용이었다.

하지만 구원 요청은 헛된 것이 되었다. 그녀를 도우려던 사람들은 즉각 공동체로부터 쫓겨났다. 최후의 통신 방법으로, 그녀는 갇혀 있던 방 안에서 자신의 비극을 알리기 위해 오르간을 연주하였다. 아무런 효과도 없었다.

〈어머니〉는 1973년에 죽었다. 십중팔구는 치사량의 비소에 의해 희생되었을 것이다.

오로빌 공동체는 그녀를 신으로 예우하면서 장례를 치러 주었다.

그러나 그녀가 없어지자, 더 이상 공동체를 공고히 해줄 것이 남아 있지 않았다. 공동체는 분열되었고 구성원들은 서로 대립했다. 이상 세계에 대한 꿈을 망각한 채, 그들은 서로를 법정으로 끌고 나갔다. 그들이 벌인 많은 소송을 보면서 사람들은 한때 가장 야심만만하고 성공적인 공동체 실험의 하나였던 오로빌에 대해 의혹을 가지게 되었다.

에드몽 웰스, 『상대적이며 절대적인 지식의 백과사전』 제2권

151. 니콜라

《최후의 순간까지 싸워라.》

니콜라는 클리푸니가 무자비하게 탄압하고 있는 반체제 운동이 가까스로 활기를 되찾았다는 것을 알았다. 권능을 가진 신이 되려면 자기 말이 즉각 받아들여질 수 있도록 만들어야 한다. 니콜라 웰스는 지하 공동체 모두가 잠든 시간을 이용하여 컴퓨터 앞에 앉았다. 니콜라는 영감을 떠올린 다음, 컴퓨터의 자판을 두드리기 시작했다. 거실에서 피아노 건반을 두드리는 어린 모차르트 같았다. 다만 니콜라는 음악을 만드는 것이 아니라 자기를 신으로 바꾸어 줄 페로몬의 교향곡을 만들고 있는 것이다.

최후의 순간까지 싸워라.
어떤 대가를 치르더라도 봉헌의 임무에 충실하라.
너희가 우리를 지성으로 공양하지 않았기에 고통과 죽음을 겪는 것이니라.

손가락들은 무엇이든 할 수 있다. 신이기 때문이다.
손가락들은 무엇이든 할 수 있다. 위대하기 때문이다.
손가락들은 무엇이든 할 수 있다. 강하기 때문이다.

이는 진리의…….

「니콜라, 안 자고 뭐 하니?」
조나탕 웰스가 하품을 하고 눈을 비비면서 다가왔다.

니콜라 웰스는 기겁을 하며 컴퓨터를 끄려 했지만 스위치를 잘못 눌러 모니터가 더 밝게 되었다.

조나탕은 언뜻 쳐다본 것만으로도 무슨 일인지 알 수 있었다. 마지막 구절을 읽을 시간밖에 없었지만 그는 모든 것을 알아차렸다.

아들은 개미들이 자기들을 부양하게 하려고 신으로 행세하고 있었다.

조나탕의 눈이 휘둥그레졌다. 그는 곧 개미들을 기만하는 니콜라의 그 술책이 어떤 결과를 낳았는지를 깨달았다.

니콜라가 개미들에게 신앙을 갖게 했다!

조나탕은 너무나 놀라운 사실을 접하고 잠시 할 말을 잊고 있었다. 니콜라는 어찌할 바를 몰라 아버지에게 달려들었다.

「이해해 주세요, 아빠. 우리를 구하려고 그랬어요. 개미들이 우리를 부양하게 하려고…….」

조나탕 웰스는 당황했다.

니콜라가 더듬거리며 말했다.

「모든 개미들이 우리를 숭배하도록 가르치고 싶었어요. 우리가 여기에 오게 된 것도 따지고 보면 개미들 때문이고, 우리를 여기에서 끌어낼 수 있는 것도 개미들이에요. 그런데 개미들이 우리에게 더 이상 양식을 가져오지 않고, 우리를 내팽개쳐서 굶겨 죽이려 했던 일이 벌어졌어요. 그런 상황에서는 누군가가 반격을 가하고 무언가를 할 필요가 있었어요. 그래서 제가 고심해서 해결책을 찾아낸 거예요. 우리는 개미들보다 천 배는 똑똑하고, 강하고, 위대해요. 사람은 누구나 이 곤충에겐 거인이에요. 만약 그것들이 우리를 신으로 여긴다면, 우리가 굶어 죽도록 내버려 두지 않을 거예요. 그래서 저는 개미들이 신을 믿게 했어요. 아빠가 분비꿀과 버섯을 조금이라도 더 먹게 되셨다면 그건 제 덕이에요. 열두 살짜리 어린애인 제가 아버지와 어른들을 구했단 말이에요! 그때 어른들은 스스로를 개미로 여기고 있었고요.」

조나탕 웰스는 빨갛게 손가락 자국이 나도록 아들의 볼을 사정없이 힘껏 때렸다. 그 소리에 다른 사람들이 일어났다. 사람들은 모두 순식간에 무엇이 문제가 되고 있는지를 깨달았다.

「니콜라가……!」

오귀스타 할머니가 아연해하면서 소리쳤다.

니콜라가 울음을 터뜨렸다.

어른들은 아무것도 이해하지 못했다.

부모의 차가운 눈길을 받고 그 기세가 등등하던 개미들의 신이 거짓 울음을 우는 사내아이로 변했다.

조나탕 웰스가 다시 손찌검을 하려고 하자 그의 아내가 말렸다.

「그만둬. 여기에서 다시는 폭력을 사용하지 않기로 했잖아. 폭력을 없애려고 그렇게 애썼는데 왜 이래!」

그러나 조나탕은 극도로 화가 나 있었다.

「저 애가 인간의 특권을 남용했어. 개미의 문화에 〈신〉의 개념을 도입하다니! 누가 그 결과를 예견할 수 있겠어? 종교 전쟁, 이단 심판, 광신, 배척, 그 모든 것이 내 아들 때문에…….」

「우리 모두의 잘못이야.」

뤼시는 관용을 바랐다.

「어떻게 그 엄청난 잘못을 돌이킬 수 있단 말이지? 이제

113

어떻게 해야 할지 모르겠어.」

주나탕은 한숨을 지었다.

뤼시는 남편의 어깨를 안으며 말했다.

「그렇지 않아. 벌써 내 눈엔 해결책이 보여. 어서 니콜라하고 얘기를 나눠 봐.」

152. 코르니게라 자유 공동체의 탄생

날이 밝는다. 오늘 아침 24호는 또다시 안개 낀 지평선을 바라보고 있다.

《해야, 솟아라.》

그러자 태양이 그의 말을 따른다.

24호는 가지 끝에 혼자 앉아 세상의 아름다움에 경탄하며 생각에 잠긴다.

신은 존재하지만, 굳이 손가락들의 몸을 빌려 존재하지는 않을 것이다. 그렇게 거대하고 괴상한 동물로 바뀔 하등의 이유가 없다. 오히려 신들은 저기에 있다. 코르니게라나무가 개미들을 끌어들이려고 만들어 낸 달콤한 먹이 속에, 풍뎅이의 눈부신 딱지 속에, 흰개미 도시의 온도 조절 장치 속에, 강의 아름다움과 꽃의 향기 속에, 빈대들의 난잡한 교미 행각과 나비 날개의 노란 빛깔 속에, 울멍줄멍한 산들과 평온한 강물 속에 개미를 죽이는 비와 새로운 힘을 주는 태양 속에!

23호처럼 초월적인 힘이 세상을 다스린다고 믿고 싶다. 하지만 24호는 그 초월적 힘이 도처에 그리고 모든 곳에 있다는 것을 알게 되었다. 그 힘은 손가락들에 의해서만 구현

되는 것이 아니다!

그가 신이다. 23호가 신이고 손가락들이 신이다. 더 멀리서 찾을 필요가 없다. 더듬이와 위턱이 닿는 모든 곳에 신이 있다.

24호는 103호가 전해 준 개미의 전설을 생각한다. 이제 그는 그 전설을 온전히 이해한다.

《가장 중요한 순간은 언제인가? 지금이다! 행해야 할 가장 중요한 일은 무엇인가? 자기 앞에 놓인 일에 전념하는 것이다. 행복의 비결이란? 땅 위를 걷는 것이다!》

그는 우뚝 선다.

《해야, 더 높이 솟아 환히 비추어라!》

태양은 또다시 고분고분하게 복종한다.

24호는 걸어가다가 그렇게 소중하게 간직하고 있던 나방 고치를 내려놓는다. 메르쿠리우스 임무에 더 이상 집착할 필요가 없다. 그는 이제 모든 것을 깨달았다. 이제 원정을 계속할 필요가 없다. 24호는 늘 자신의 위치를 몰라 길을 잃었다. 그러나 이제 그가 있을 곳이 바로 여기임을 깨닫게 된 것이다. 그가 해야 할 일은 이 섬을 삶의 터전으로 가꾸어 나가는 것이고, 그의 유일한 희망은 한순간 한순간을 삶의 경이로운 선물로 활용하는 것이다.

24호는 더 이상 고독을 두려워하지 않는다. 그리고 다른 어떤 것도 이젠 두렵지 않다. 누구나 자기의 올바른 자리에 있을 때는 아무것도 두려워하지 않는 법이다.

24호는 103호를 찾아 달린다.

침으로 물망초 배를 수선하고 있는 103호를 찾아낸다.

더듬이들의 접촉.

24호는 고치를 103호에게 건넨다.

《이제 이 보물을 운반하지 않을 거예요. 당신 혼자서 이걸 가져가세요. 난 이곳에 남겠어요. 이제 모든 걸 깨달았어요. 싸움에도 신물이 났고 길을 잃고 헤매는 것에도 지쳤어요.》

급작스러운 24호의 페로몬에 놀라 다른 개미들이 모두 더듬이를 곤두세운다. 103호는 얼떨떨해하면서 나방 고치를 받는다.

103호가 무슨 일이냐고 묻는다.

두 개미가 더듬이 끝을 살짝 맞댄다.

《난 여기 남겠어요. 이곳에 도시를 세울 겁니다.》

24호가 되풀이한다.

《하지만 자네가 태어난 둥지 벨로캉이 있는데!》

젊은 개미는 물론 벨로캉이 크고 강력한 연방이라는 걸 인정한다. 하지만 개미 도시끼리 경쟁하는 것엔 더 이상 관심이 없다. 태어나면서부터 각자에게 하나의 역할을 부여하는 계급 제도에도 싫증이 난다. 24호는 그들과 손가락들에게서 멀리 떨어져 살고 싶다. 모든 것을 무(無)에서 다시 시작하고 싶은 것이다.

《하지만 자네 혼자 있게 될 텐데!》

《나 말고도 섬에 남고 싶어 하는 병사들이 있을 겁니다. 그들과 기꺼이 함께하겠습니다.》

불개미 한 마리가 다가온다. 그 개미 역시 이 원정에 지쳐 있다. 손가락들을 지지하지도 반대하지도 않기 때문에 그는 손가락들과 아무런 상관이 없다. 다른 여섯 마리도 역시 섬을 떠나기 싫다고 페로몬을 발한다.

그러자 이번에는 꿀벌 두 마리와 흰개미 두 마리가 원정군과 결별하기로 결정한다.

《개구리들이 너희를 모두 삼켜 버릴 거야.》

9호가 경고한다.

그들은 전혀 그렇게 생각하지 않는다. 코르니게라아카시아 가시가 포식자들로부터 자기들을 지켜 줄 것이라는 믿음이 있다.

딱정벌레 한 마리와 파리 한 마리가 24호의 동아리로 간다. 그리고 다시 개미 열 마리, 꿀벌과 흰개미 각각 다섯 마리가 그들과 합류한다.

어떻게 그들을 만류하겠는가?

불개미 한 마리가 자기는 신을 믿는 개미지만 이곳에서 살고 싶다고 신호를 보낸다. 24호는 손가락들에 대한 신앙과 관련해서, 그들의 공동체는 찬성도 반대도 하지 않는다고 대답한다. 섬에서는 각자 자기 나름대로 생각하면 된다는 것이다.

《자기 나름대로 생각한다…….》

103호는 전율한다.

처음으로 곤충들이 이상적인 공동체를 만든다. 그들은 페로몬으로 〈코르니게라 도시〉라 이름 짓고 나무에 정착하기 시작한다. 호르몬이 가득한 약간의 로열 젤리를 가진 꿀벌들이 생식 개미가 되고 싶어 하는 비생식 개미들을 원하는 대로 바꾸어 준다. 그럼으로써 장차 여왕들이 생길 것이고 공동체는 번영을 누릴 수 있을 것이다.

103호는 그런 결정에 놀란 듯 망연자실한 채 움직일 줄 모른다. 그러더니 다시 더듬이를 움직이면서 원정을 계속할 병사들에게 다시 모이라고 요구한다.

153. 백과사전

나무들끼리의 의사소통

아프리카에는 놀라운 특성을 보여 주는 아카시아들이 있다. 그 나무는 영양이나 염소가 뜯어먹으려고 하면 제 수액의 화학적 성분을 독성 물질로 변화시킨다. 동물은 나무의 맛이 이상하다는 것을 깨닫고 다른 나무를 뜯어 먹으러 간다. 그러면 이 아카시아는 즉각 향기를 발산하여 근처의 다른 아카시아들에게 약탈자의 출현을 알린다. 몇 분 만에 그 아카시아들은 모두 동물들이 뜯어 먹을 수 없는 것들이 된다. 그러면 초식 동물들은 멀어져 간다. 너무 멀리 떨어져 있는 탓에 경보 신호를 감지하지 못한 아카시아를 찾아가는 것이다. 그런데 동물들을 대규모로 사육하는 기술이 발달하면서 염소 떼와 아카시아 무리가 같은 장소에서 맞부딪치는 일이 생기게 되었다. 그 경우에 어떤 일이 벌어질까? 먼저 뜯긴 아카시아가 다른 아카시아들에게 위험을 알리면, 아무것도 모르는 짐승들은 독이 든 나무를 뜯을 수밖에 없다. 그런 까닭에 많은 염소 떼가 독으로 죽게 되는데, 인간은 오랜 세월이 흘러서야 그 이유를 알게 되었다.

에드몽 웰스, 『상대적이며 절대적인 지식의 백과사전』 제2권

154. 세계의 끝이 지척에 있다

정오.

코르니게라섬에 남은 개척자들이 정착할 준비를 하는 동안, 103호는 출항 준비를 한다. 원정군 병사들이 물망초에 올라 자리를 잡는다.

원정군은 배를 댈 건너편 강기슭을 조사해야 했기 때문에

파리들을 정찰 보낸다. 파리들은 정박하기에 가장 좋은 지점, 말하자면 가장 덜 위험한 곳을 찾을 임무를 띠고 있다.

모든 배들이 정박지를 떠난다. 코르니게라 공동체 구성원들이 물가까지 따라와 배를 강으로 미는 것을 돕는다. 개미들은 서로 격려의 페로몬을 교환하느라 더듬이를 곧추세운다. 외딴섬에 자유로운 사회를 건설하는 일이나, 세상 저쪽의 괴물들과 싸우는 일이나 어렵기는 매일반이다. 두 집단 모두 끈기가 있어야 하고, 어떤 시련이 닥쳐오더라도 각자가 세운 목표를 포기해선 안 된다.

배는 강기슭에서 멀어지고, 물망초잎에 승선한 항해자들은 신을 믿는 개미들이 세운 점토 동상이 점점 작아지는 것을 본다. 함대가 줄지어 나아간다.

물방개 사공들이 미는 가냘픈 쪽배들은 강물 위로 빠르게 나아간다. 배들 위에서는 뿔풍뎅이들이 함대에 접근하려는 새들을 몰아낸다.

원정군은 그런 식으로 진군, 또 진군한다.

포근한 대기 속에 페로몬 군가가 울려 퍼진다.

그들은 거대하다, 그들이 저기 있다.

손가락들을 죽이자, 손가락들을 죽이자.

그들은 우리의 창고에 불을 지른다.

손가락들을 죽이자, 우리는 그들을 죽이리라!

그들은 우리 도시를 약탈한다.

손가락들을 죽이자, 손가락들을 죽이자.

그들은 작은 벌레들에 핀을 꽂는다.

손가락들을 죽이자, 우리는 그들을 정복하리라!

그들은 우리의 목숨을 살려 두지 않는다.

손가락들을 죽이자, 손가락들을 죽이자.

이따금 잉어, 송어, 메기가 등지느러미 끝을 드러낸다. 하지만 뿔풍뎅이들의 경호엔 언제나 빈틈이 없다. 수중 괴물들 가운데 배를 위협하는 자가 있으면, 그들은 비호같이 달려들어 이마에 난 창으로 그자의 비늘을 찔러 버린다.

척후 파리들이 녹초가 된 채로 돌아와, 항공모함에 비행기가 내려앉듯 잎에 앉는다. 그들은 둑 가까이에서 세계의 끝을 보았다고 한다. 어디 그뿐이랴. 그들을 검은 띠 저편으로 건네줄 돌로 된 아치도 발견했다는 것이다. 운수 대통이다!

터널을 파지 않아도 되겠군! 103호는 몹시 기뻐한다.

《그 다리가 어디 있는데?》

《조금 북쪽에. 강물을 거슬러 오르면 돼.》

원정군 병사들은 마음이 설렌다. 세계의 끝이 지척에 있다지 않는가.

함대는 큰 피해 없이 맞은편 둑에 닿는다. 배 한 척만이 도롱뇽의 먹이가 되었을 따름이다. 항해에 그만한 위험쯤이야 늘 따르는 법이 아닌가!

부대별, 종족별로 헤쳐 모여.

전진!

파리들이 말한 대로다!

세계의 끝을 결코 본 적이 없는 이들에게는 얼마나 감격스러운 일인가! 저기 있다, 신비와 전설에 싸인 검은 띠가. 저기 덩어리들이, 연기와 탄화수소로 역한 내가 풍기는 뿌연

120

먼지 속을 눈이 핑핑 돌 만큼 빠른 속도로 돌아다니고 있다. 지축을 흔드는 저 힘은 완전히 미지의 것이다. 그것은 결코 자연에 속한 것이 아니다.

103호가 보기에, 돌진하는 그 덩어리들은 세계의 끝의 경비대들이다. 그는 또 그것들을 손가락들의 화신이라고 여긴다.

《자, 저것들을 공격하자!》

병정 흰개미가 페로몬을 발한다.

《안 돼, 우리의 공격 목표는 저것들이 아냐. 게다가 여기선 안 돼.》

103호는 검은 띠가 손가락들에게 놀라운 힘을 준다고 믿고 있다. 덜 위험한 곳에서 싸우는 게 낫다. 세계의 끝 다른 편, 이를테면 다리 저편에서 싸워야 더 쉽게 이길 수 있을 것이다.

어느 부대에나 무분별하고 무모한 자는 있기 마련이다. 흰개미 하나가 그것을 여실히 보여 준다. 검은 띠 위로 나아가자마자, 그는 나뭇잎처럼 납작해지고 만다. 하지만 곤충들이란 그런 것이다. 무엇이건 시험해 보지 않고서는 확신하지 못하는 존재인 것이다.

사고 후, 원정군은 103호를 따라 다리로 가서 손가락들의 무리가 살고 있는 거대한 미지의 땅을 향해 작은 발걸음을 옮긴다.

155. 낯익은 얼굴

뚜껑 문 위로 한 사람이 상반신을 드러내더니, 사다리에선 채로 두 사람에게 소총을 겨누었다. 그녀가 사다리를 몇 단 더 올라와 그들과 마주하게 되자, 자크 멜리에스는 필사적으로 기억을 더듬었다. 〈어디선가 본 적이 있는 얼굴인데.〉

그와 마찬가지로, 레티시아 웰스의 입 안에서는 금방이라도 떠오를 듯 떠오를 듯 어떤 이름 하나가 맴돌고 있었다.

「총을 내려놓고 의자에 앉으시죠, 선생!」

멜리에스는 총을 발치에 놓았다.

이 음색, 이 목소리…….

「우리는 강도가 아니에요. 제 동료는…….」

레티시아가 입을 열었다.

경정이 얼른 말을 가로챘다.

「이 동네에 살고 있소.」

「아무래도 좋아요!」

그 여자는 전깃줄로 그들을 의자에 묶느라 정신이 없었다.

「자, 이제 최상의 조건에서 대화할 수 있겠군요.」

(정말이지 누구였더라?)

「멜리에스 경정과 당신, 『일요 메아리』 기자 레티시아 웰스 씨, 내 집에서 무슨 짓을 하고 있는 거죠? 그것도 둘이 함께. 난 늘 두 사람이 앙숙이라고 생각했는데. 웰스 씨는 신문에 당신을 모욕하는 기사를 썼고, 당신은 그녀를 잡아넣었잖아요! 그런데 두 사람이 작당을 해서 내 집에 숨어들다니, 그것도 한밤중에.」

「그건…….」

이번에는 그녀가 레티시아의 말허리를 끊었다.

「나는 왜 당신들이 이런 성가신 방문을 했는지 잘 알아요.

자, 말해 봐요. 우리 개미들을 어떻게 따라왔지요?」

「여보, 무슨 일이 있소? 거기에서 누구와 얘기하는 거요?」

아래층에서 누군가가 소리쳤다.

「우리 집에 온 불청객들과 이야기하고 있어요.」

뚜껑문 위로 다른 사람의 머리와 몸뚱이가 차례로 올라왔다.

(저 사람은 모르겠는데.)

하얀 수염을 길게 기르고 붉은 체크무늬가 찍힌 회색 셔츠를 입은 남자가 나타났다. 그는 산타클로스, 하지만 너무 나이가 들어 힘이 다 빠져 버린 산타클로스 같았다.

「멜리에스 씨와 웰스 씨예요. 이들이 여기까지 우리의 작은 친구들을 따라왔어요. 어떻게 알았을까요? 이제 우리에게 말할 거예요.」

산타클로스는 아연실색하는 듯했다.

「한데 그들은 둘 다 너무 유명한 사람들이에요. 경찰관으로서, 기자로서 말이오! 그들을 죽이면 안 돼요. 게다가 우리는 사람들을 벌써 너무 많이 죽였어요…….」

「아서, 당신 포기하고 싶으세요? 공든 탑이 다 무너져도 좋아요?」

여자가 냉정하게 물었다.

「그래요.」

아서가 대답했다.

「우리가 포기한다면, 누가 우리의 일을 이어서 하지요? 아무도 없어요, 아무도…….」

그녀는 거의 애원하다시피 했다.

흰 수염의 남자는 손가락을 비틀었다.

「이들이 우리를 발견했다는 것은 또 다른 사람들이 그럴 수 있다는 얘기가 돼요. 그러면 죽이고, 또 죽여야 한단 말이에요! 아무리 해도 우린 임무를 결코 끝내지 못할 거예요. 한 사람을 처치하면 열 사람이 나타날 거요. 난 이 모든 폭력에 진절머리가 나요.」

(산타클로스, 저 남자는 본 적이 없는데…… 저 여자는, 저 여자는…….)

레티시아는 갑작스러운 소동에 머리가 혼란스러워져서, 그 부부가 두 사람의 목숨을 놓고 말다툼을 벌이고 있는데도 그걸 제대로 이해하지 못하고 있었다.

아서는 검버섯이 얼룩덜룩한 손등으로 이마를 문질렀다. 부인과의 말다툼이 그를 지치게 만든 듯했다. 그는 무엇에 매달려 몸을 지탱하려다가 아무것도 붙잡지 못하고 실신한 채 바닥에 쓰러졌다.

여자는 말없이 두 사람을 바라보더니 그들을 풀어 주었다. 두 사람은 묶여 있던 발목과 손목을 기계적인 동작으로 비비댔다.

「당신들이 저분을 침대로 옮기도록 도와주면 좋겠어요.」

「저분에게 무슨 일이 있나요?」

레티시아가 걱정이 되어 물었다.

「병이에요. 요즈음에 점점 흔해지는 병이지요. 이이는 아주 심하게 아파요. 살날이 얼마 남지 않았어요. 이이가 이번 모험에 전력을 다했던 것도 죽음이 임박했다고 느꼈기 때문이죠.」

「제가 전에 의사였는데, 진찰 좀 해볼까요? 아마 이분의 고통을 덜어 줄 수도 있을 거예요.」

여자는 슬픔으로 입을 일그러뜨리며 말했다.

「부질없어요. 무슨 병인 줄 뻔히 아는데요, 뭘. 암이 전신에 퍼졌어요.」

그들은 아주 조심스럽게 아서를 침대 시트 위로 옮겼다. 환자의 아내는 곧바로 진정제와 모르핀이 든 주사기를 들었다.

「이제 이이는 휴식을 취해야 돼요. 체력을 회복하려면 수면이 필요하거든요.」

자크 멜리에스는 그 여자를 한참 동안 쳐다보았다.

「됐어요, 당신이 누군지 알았어요.」

같은 순간 똑같은 생각이 레티시아 웰스의 뇌리에도 떠올랐다. 레티시아 역시 그 사람이 누구인지를 분명히 깨달았다!

156. 백과사전

동시에 이루어지는 진보

1901년에 어떤 과학 실험을 몇 나라에서 동시에 실시한 적이 있었다. 그 실험에서 행한 일련의 지능 검사에서 생쥐는 20점 만점에 6점을 얻은 것으로 나타났다.

1965년, 같은 나라들에서 똑같은 지능 검사를 했는데, 생쥐는 20점 만점에 평균 8점을 맞았다.

이 현상은 지리적 위치와는 아무 상관이 없었다. 유럽의 생쥐가 아메리카, 아프리카, 오스트레일리아 또는 아시아의 생쥐보다 더 영리하지도 덜 영리하지도 않았다. 모든 대륙에 걸쳐, 1965년의 생쥐들은 모두 1901년 그들의 조상 생쥐보다 더 좋은 점수를 얻었다. 전 지구에서 생쥐들은 진보했다. 마치 지구 차원의 〈생쥐적〉 지능이라는 게 존재하면서 시간의 흐름에 따라 향상되고 있는 것처럼 보인다.

인간 세계에서도 어떤 발명품들, 예를 들어 불, 화약, 직물 등은 중국, 인도, 유럽에서 동시에 발명된 것으로 확인되었다. 오늘날에도 발명은 일정한 기간을 놓고 보면 지구의 몇몇 지역에서 같은 시기에 이루어진다.

혹시 어떤 아이디어들이 대기권 밖 공중에서 떠다니고 있고, 그것들을 잡을 수 있는 능력을 부여받은 사람들이 그것을 받아서 인류의 총체적 지식수준을 향상시키는 데 기여하고 있는 것은 아닐는지.

에드몽 웰스, 『상대적이며 절대적인 지식의 백과사전』 제2권

157. 세상의 저쪽

원정군은 가파른 돌들을 따라서 암벽 등반을 하듯이 전진한다. 다리 건너편엔 높은 구조물들이 하늘을 향해 우뚝 솟아 있다. 그것들은 뿌리를 타고나지 않은 것 같다. 원정군 병사들은 꼼짝 않고 서서 산맥처럼 늘어선 그 웅장하고 가파른 형체들을 관찰한다. 손가락들의 둥지인가?

원정군은 이제 세계의 끝을 넘어 손가락들의 나라에 들어와 있다.

이제까지 숱한 감정들을 느껴 왔지만 그 어떤 것보다 강렬한 감정이 원정군 병사들을 사로잡는다.

손가락들의 둥지가 저기 있다! 숲에서 가장 오래된 나무보다도 1천 배나 두껍고 높을 만큼 거대하고 어마어마하다. 선명한 그림자가 수천 걸음이나 늘어져 있다. 손가락들은 터무니없이 큰 둥지를 짓고 있다. 자연은 절대로 그런 둥지를

지어 주지 않는다.

103호는 붙박인 듯 멈추어 있다. 그는 이제 손가락들에 대한 두려움을 떨치고 한껏 용기를 내어 세계의 끝을 건너왔다. 불가능하게만 여겨졌던 일을 끝내 이루어 낸 것이다. 지금 그는 아주 오래전부터 그의 머리를 떠나지 않았던 바로 그곳에 있다. 모든 문명의 밖에 있는 그곳에.

그의 뒤에서 다른 곤충들이 믿기지 않는다는 듯 더듬이 끝을 움직인다.

원정군 병사들은 손가락들 나라의 거대한 모습에 주눅이 들어 한동안 동작을 멈춘 채 침묵하고 있다. 신을 믿는 개미들은 무릎을 꿇는다. 다른 병사들은 너무나도 낯선 손가락들의 세계에 대해 제 나름의 생각들을 해보고 있다. 이 세계는 직선들로 이루어져 있고 무한한 부피를 지니고 있다.

병사들은 다시 모여 수를 헤아린다. 적의 나라에 들어와 있는 그들의 수는 8백이다. 그럼 저런 요새에 숨어 있는 손가락들을 어떻게 죽일 것인가? 저 둥지를 공격해야 한다!

뿔풍뎅이와 꿀벌의 비행 부대는 지원 병력으로 남아 있다가 문제가 발생하는 경우에만 나서기로 한다. 모두가 동의하자 신호에 따라 원정군은 건물 입구로 돌격한다.

하늘에서 이상한 새가 떨어진다. 검은 판이다. 그것이 흰개미 네 마리를 으스러뜨린다. 이제는 도처에서 검은 판들이 떨어져 포병들의 딱지를 부숴 버린다.

손가락들인가?

그 첫 번째 돌격을 하면서 70마리 이상의 병정들이 죽었다.

그러나 원정군은 절망하지 않는다. 잠시 후퇴했다가 그들은 두 번째 돌격을 감행한다.

《전진, 모두 죽이자!》

이번엔 개미 부대가 선두에 선다. 원정군이 돌진한다.

11시다. 많은 사람들이 우체국으로 우편물을 가져온다. 거뭇한 작은 얼룩점들이 땅 위로 눈에 띄지도 않을 정도로 조금씩 미끄러져 가는 것을 발견한 사람은 아무도 없다. 유아차 바퀴, 구두, 운동화가 가뭇한 작은 형체들을 납작하게 만든다.

《손가락들이 우리를 발견하고 도처에서 공격해 오고 있다.》

으깨지기 직전의 병정개미 한 마리가 울부짖는다.

퇴각 페로몬이 퍼져 나간다. 다시 60마리의 사망자가 생겼다.

더듬이들을 맞대고 대책을 논의한다.

《어떤 대가를 치르더라도 손가락들의 둥지를 탈취해야 한다.》

9호가 부대를 다르게 배치하자고 제안한다. 우회 작전을 시도해야 한다. 어떤 판이든 기어오르라는 명령이 떨어진다.

《돌격!》

선두의 포수 개미들이 농구화의 고무창에 독을 뿌린다. 어떤 개미들은 여자 무도화를 빛나게 하는 얇은 플라스틱 막을 갈라놓는다.

후퇴. 다시 세어 보니 또 20마리가 죽었다.

《우리는 신들을 다치게 할 수 없다.》

신을 믿는 개미 무리가 열광적으로 페로몬을 발한다. 그들은 처음부터 뒷전으로 물러나 기도만 하고 있었다.

103호는 어찌할 바를 몰라 메르쿠리우스 임무를 담은 나방 고치만 여전히 움켜쥔 채 위험한 공격에 참여할 엄두를 못 낸다.

손가락들에 대한 두려움이 오롯이 되살아난다. 손가락들을 다치게 할 수 없다는 게 사실일지도 모른다.

하지만 9호는 포기하지 않는다. 그는 비행 부대와 함께 공격하기로 결심한다. 모든 부대가 우체국 맞은편 플라타너스에 다시 모인다. 9호는 뿔풍뎅이 위에 올라타고 자기의 공격 대열 양 날개에 꿀벌을 배치한다.

9호는 손가락들의 둥지의 벌어진 구멍을 보고 호전적인 선동 페로몬을 내뿜는다.

뿔풍뎅이들은 뿔이 조준선에 잘 맞도록 머리를 숙인다.

《자, 손가락들에게 돌격!》

우체국의 여직원이 유리문을 닫으며 〈바람이 너무 세차군〉 하고 말한다.

원정군 병사들에겐 아무것도 보이지 않는다. 그들은 투명한 벽이 나타났는데도 전속력으로 돌진한다. 제동을 걸 겨를이 없다.

뿔풍뎅이들은 산산조각이 나 굴러떨어진다. 뿔풍뎅이 등에 타고 있던 포병 개미들은 뿔풍뎅이 시체 속으로 빠진다.

「우박이 오나?」

우체국 손님이 묻는다.

「아니에요, 르티퓌 씨의 아이들이 돌을 가지고 노는 걸 거예요. 개들은 그걸 좋아하거든요.」

「그러다 유리라도 깨면 어쩌죠?」

「염려 마세요. 두꺼운 유리예요.」

원정군 병사들은 회복 가능한 부상자들을 데리고 온다. 이번 돌격에서 원정군은 다시 80마리의 병사를 잃었다.

《손가락들이 생각보다 더 질긴데.》

어떤 개미가 페로몬을 발한다.

9호는 포기하려 들지 않는다. 흰개미들도 마찬가지다. 이제 시작이다. 검은 판이나 투명한 벽보다 더한 장애물이라도 뛰어넘어야 한다.

원정군들은 플라타너스 아래에서 밤을 보내기로 한다.

모두들 자신감을 잃지 않고 있다. 내일은 또 다른 태양이 떠오를 것이다.

개미들은 어떤 일을 이루어 내기까지 숱한 희생을 치르고, 많은 시간을 들이며, 갖가지 방법을 시도해 본다. 그건 잘 알려진 사실이다.

척후 개미 한 마리가 그들이 전날 공격했던 둥지 전면의 박공에 틈이 나 있는 것을 발견했다. 네모반듯하게 나 있는 틈이었다. 그 척후 개미는 그 틈새가 우회해서 들어가는 입구려니 생각하고 아무에게도 알리지 않은 채 탐색을 하러 들어갔다. 틈새 안으로 들어가 보니 여러 기호들이 새겨져 있었다. 그 개미는 그 의미를 몰랐지만, 개미 세계와 다른 시공간인 인간 세계에서 그 부호들은 〈장거리 항공 우편〉이라는 의미를 담고 있었다. 척후 개미는 하얗고 납작한 판들 아래로 떨어졌다. 그는 그 하얀 판 안에 무엇이 들어 있는지를 알아보려고 그 가운데 하나를 골라 안으로 파고 들어갔다. 그가 거기에서 다시 나오려고 할 때 하얀 벽이 나타나 그를 눌러 비볐다. 그래서 그 척후 개미는 그 자리에서 머물며 기다렸다.

그리하여 3년 뒤, 사람들은 전형적인 프랑스 개미의 군체가 히말라야산맥 한가운데인 네팔에 자리 잡은 것을 발견하고 놀라게 될 것이다. 좀 더 후에, 곤충학자들은 개미들이 어떻게 그렇게 멀리 여행할 수 있었을까 하고 의아해하다가 마침내 순전히 우연의 일치로 프랑스 개미와 닮은 종이 나타났다고 결론을 지을 것이다.

158. 바로 그녀였다

「나를 알아보겠어요?」

자크 멜리에스는 확신했다.

「쥘리에트 라미레 씨가 아니십니까? 그 유명한 〈알쏭알쏭……〉.」

「〈……함정 퀴즈〉의 스타이시죠.」

레티시아가 덧붙였다.

퀴즈 프로그램의 스타와 산타클로스 같은 남자와 살인자 개미 떼 사이에 어떤 연관이 있는지를 생각하느라고 기자의 이마에 주름이 잡혔다.

범죄자들을 심문하는 데 이골이 난 경찰관답게 멜리에스는 라미레 씨가 신경 발작을 일으키기 직전에 있다는 것을 깨닫고 그녀를 진정시키려고 애썼다.

「우리는 그 프로그램을 아주 좋아해요. 언뜻 보기엔 복잡해 보이지만 사실은 아주 간단한 문제들을 가지고 세계를 다른 방식으로 고찰하도록 가르치거든요. 한마디로 〈다르게 생각하기〉를 가르치죠.」

「다르게 생각하기라고요!」

라미레 씨는 한숨을 내쉬더니 더 이상 참지 못하고 오열을 터뜨렸다.

화장도 안 하고, 머리는 헝클어지고, 잘 재단된 물방울무늬 원피스 대신 낡은 실내복을 입고 있는 탓에 라미레 씨는 텔레비전 화면에 나타난 모습보다 더 늙고 피곤해 보였다. 재치가 넘치던 출연자는 한 노부부의 할멈일 뿐이었다.

「내 남편 아서는 개미들의 〈주인〉이에요. 하지만 모든 게 내 잘못이에요. 이제 당신들이 여기까지 오게 되었으니 더 이상 비밀을 간직할 수가 없군요. 모두 털어놓지요.」

그녀는 침대 위의 남편을 바라보며 말했다.

159. 바로잡기

「니콜라, 너에게 할 말이 있다.」

아이는 고개를 숙인 채 아버지의 꾸중을 기다렸다.

「네, 아빠, 제가 잘못했어요. 다시는 안 그럴게요.」

아이는 온순하게 말했다.

「니콜라, 나는 지금 네가 개미들을 기만했던 일에 대해 얘기하려는 것이 아니다. 그보다는 이곳에서 우리가 살아가는 방식에 대해서 얘기하고 싶다. 우리 어른들이 〈개미〉로 살기로 결정했다고 한다면 너는 계속해서 〈정상적으로〉 사는 것을 선택했다고 볼 수 있겠지. 어떤 이들은 너도 우리의 공동체 모임에 참석해야 한다고 생각하지만, 난 먼저 우리의 마음이 어떤 상태에 있는지를 너에게 알려 주고, 그다음에 네가 자유롭게 선택해야 한다고 생각한다.」

조나탕은 다정하게 말했다.

「그래요, 아빠.」

「넌 우리가 무엇을 하는지 이해하고 있니?」

개구쟁이는 시선을 땅에 박고 중얼거렸다.

「어른들은 둥그렇게 둘러앉아 함께 노래해요. 그리고 점점 조금씩 먹어요.」

아버지는 참을성 있는 모습을 보일 마음의 준비가 되어 있었다.

「그건 우리 일을 밖에서 본 모습일 뿐이란다. 다른 것들도 있지. 니콜라, 너는 감각을 몇 가지나 가지고 있지?」

「다섯 가지요.」

「어떤 것들이지?」

「시각, 청각…… 음, 촉각, 미각, 그리고 후각이죠.」

개구쟁이는 엄격한 시험을 치르듯 암송했다.

「그리고 또?」

조나탕이 물었다.

「그게 전부예요.」

「아주 잘했어. 지금 네가 말한 것은 물질의 세계를 파악하는 육체의 오감이란다. 그런데, 정신의 오감으로 느낄 수 있는 또 다른 세계가 존재하지. 만일 네 육체의 오감에만 만족한다면 그것은 손가락들 중 왼손의 다섯 개만 사용하는 것과 같단다. 왜 너의 오른손 다섯 손가락은 사용하지 않지?」

니콜라는 아버지의 말에 어리둥절해했다.

「아빠가 말한, 〈정 - 신 - 외〉 다른 오감은 뭐예요?」

「감정, 상상, 직관, 보편적인 양심, 그리고 영감이란다.」

「머리로는 그저 생각만 하는 걸로 알고 있었고 지금도 그래요.」

「아니, 생각하는 방식에는 아주 여러 가지가 있단다. 우리의 뇌는 컴퓨터와 같아서, 프로그램을 잘 짜기만 하면 우리가 생각하기 어려운 아주 어마어마한 일들도 해낼 수 있지. 우리는 모두 뇌를 가지고 있지만 그 도구의 완벽한 사용 방법을 아직 찾아내지 못하고 있단다. 현재 우리는 뇌의 10퍼센트만 이용하고 있다. 아마 1천 년 후엔 50퍼센트를, 1백만 년 후엔 90퍼센트 정도 이용할 수 있을지도 모른다. 우리의 두뇌만 놓고 생각해 보면 우리는 모두 어린애지. 우리는 우리 주위에서 일어나는 것의 반도 이해하지 못한단다.」

「과장이에요. 현대 과학은…….」

「천만에! 과학은 아무것도 아니야. 그것은 과학에 대해서 아무것도 모르는 사람들에게만 감동을 줄 뿐이야. 참된 과학자들은 자신이 아무것도 모른다는 것, 그리고 앞으로 나아갈수록 자기의 무지를 더 잘 깨닫게 된다는 것을 알고 있단다.」

「하지만 에드몽 종조부는 많은 것을 알고 계셨잖아요. 그리고 그분은…….」

「그렇지 않단다. 에드몽 할아버지는 우리 자신을 해방시키는 방법을 가르쳐 주셨지. 그분은 우리에게 문제를 탐구하는 방법을 보여 주셨지만 해답을 제시하진 않았단다. 『상대적이며 절대적인 지식의 백과사전』을 읽기 시작하면, 모든 것을 더 잘 이해할 듯한 느낌을 받지. 그러나 그것을 계속 읽다 보면 더 이상 아무것도 이해할 수 없다는 느낌이 든단다.」

「저는 그 책 속에 무슨 내용이 들어 있는지 알 것 같은데요.」

「넌 운이 좋구나.」

「그 책에는 자연, 개미, 우주, 사회적 행동, 지구에 사는 종족끼리의 대결에 관한 것이 들어 있어요. 그 속에서 요리법과 수수께끼까지 보았어요. 전 그 책을 보면서 더 똑똑해지고 전능해지는 걸 느꼈어요.」

「정말 운이 좋구나. 난 더 많이 읽을수록, 모든 것들이 얼마나 이해할 수 없고 우리가 도달해야 할 목표가 얼마나 멀리 있는가를 깨닫게 된단다. 더 이상 도움이 안 돼. 그 책은 이제 우리에게 도움이 안 돼. 단어의 나열일 뿐이란다. 문자는 그림이고, 단어는 명칭 뒤에 있는 사물, 관념, 동물 등을 포착하려고 하지. 〈하얀색〉이란 단어는 고유의 진동을 가지고 있단다. 그런데 〈하얀색〉은 다른 언어에서는 다른 단어로 일컬어지지. 〈화이트〉, 〈블랑코〉 등으로 말이야. 그것은 〈하얀색〉이란 단어가 이 색깔을 정의하기에 충분치 않다는 것을 분명히 보여 주는 것이지. 옛날에 누군가가 발명해 낸 근사치이지. 책은 단어들의 나열이고, 죽은 상징들의 나열이며, 근사치들의 나열에 불과하단다.」

「하지만 『상대적이며 절대적인 지식의……』.」

「『백과사전』은 실제적 삶에 비하면 아무것도 아니야. 어떤 책도 현재의 행위에 대해 사고하는 순간을 따라잡을 순 없어.」

「난 도대체 아빠의 말을 종잡을 수가 없어요!」

「미안하구나, 내가 너무 앞서 나간 모양이로구나. 자 그럼 이제부터 내가 얘기하는 것을 잘 들어라. 잘 듣는 게 중요하단다,」

「저는 분명히 귀담아듣고 있는데 아빠는 제가 잘 듣고 있지 않다고 생각하시나 보죠?」

「귀담아듣는다는 건 어려운 일이지……. 대단한 주의를 필요로 하거든.」

「이상해요, 아빠.」

「너를 이해시키지 못해 미안하구나. 네게 뭔가 보여 주고 싶은데. 눈을 감고 잘 들어 봐. 레몬을 생각해 봐. 보이니? 노란 레몬이야. 샛노랗지. 햇빛에 반짝이고 있어. 까칠까칠하고 향기가 진하구나. 냄새가 나니?」

「네.」

「좋아. 이제 커다란 칼을 하나 드는 거야. 뾰족하고 잘 드는 칼이지. 레몬을 둥근 조각으로 자르려무나. 자, 레몬이 벌어진다. 레몬의 둥근 조각을 햇빛에 비추어 보면 과즙으로 가득 찬 살들이 하나의 그물처럼 드러나지. 레몬 조각을 눌러 보렴. 살이 터지고 즙이 흐르지. 아주 노랗고 향긋해……. 냄새가 나니?」

니콜라는 여전히 눈을 감고 있다.

「아, 네.」

「좋아, 입 안에 침이 고이니?」

「음…….」

아이는 입맛을 다셨다.

「예, 입 안에 침이 가득 고였어요! 어떻게 이런 일이 생겼죠?」

「육체에 생각의 힘이 미쳤기 때문이지. 너도 보았다시피,

단지 레몬을 생각함으로써 통제하기 어려운 생리적 현상을 일으킬 수 있단다.」

「대단하군요!」

「이건 첫걸음마일 뿐이야. 우리 자신을 신으로 속일 필요가 없어. 우리는 미처 깨닫지 못하는 사이에 이미 오래전부터 신이 되어 있는 거야.」

아이는 잔뜩 달떠 있었다.

「저도 그처럼 되는 법을 배우고 싶어요. 아빠, 제 정신으로 모든 것을 다스리는 법을 가르쳐 주세요. 어떻게 하면 되나요?」

160. 로메쿠사의 마약

내전이 도시 안으로 점점 번져 나간다. 신을 믿는 반체제 개미들이 한 구역을 완전히 점령했다. 꿀단지개미들이 있는 구역이다. 그럼으로써 반체제 개미들은 손가락들에게 영원히 분비꿀을 제공할 수 있게 되었다.

상황이 그렇게 호전되었는데 정작 손가락들은 리빙스턴 박사를 통해 더 이상 명령을 내리지 않는다. 예언자의 목소리도 끊겼다.

그런 침묵이 종교에 대한 열광을 사그라지게 하지는 않는다.

반체제 개미들은 죽은 동료들을 방 하나에 가지런히 모아 놓고, 싸우러 가기 전에 그들을 찾아온다. 시체들은 대부분 전투하던 때의 자세로 동상처럼 꼼짝 않고 있는데, 반체제 개미들은 그들과 대화를 나누고 영양을 교환하는 시늉을 한다.

한번 시체방에 받은 들여놓은 개미들은 모두 더듬이의 냄새를 쇄신하고 나온다. 죽은 자들을 원래 모습 그대로 보관하는 것은 산 자들에게 중요한 의미를 부여한다.

신을 믿는 개미들의 운동은 도시의 구성원들이 언제라도 초개(草芥)처럼 버려질 수 있는 하찮은 개체들만은 아니라는 것을 처음으로 확인해 준다.

신을 믿는 반체제 개미들이 다른 개미들을 끌어들이는 방식은 로메쿠사가 마약으로 홀리는 것과 같다. 그들이 신들의 이야기를 꺼내기만 하면 다른 개미들은 그들의 이야기에 솔깃하여 자신도 모르게 더듬이를 기울이게 된다.

그러고 나면 〈손가락들 종교〉에 감염된 개미들은 더 이상 일을 하지 않고, 알도 돌보지 않으며, 양식을 빼돌려 지하의 손가락들 집단에게 가져갈 궁리만 한다.

여왕 클리푸니는 반체제 운동이 다시 부흥하는 것에 별로 당혹해하지 않는 것 같다. 여왕은 원정군 소식에만 관심이 쏠려 있다.

날파리가 가져온 정보에 따르면, 지금 원정군 병사들은 세상의 끝을 통과하고 벌써 손가락들에 대항하여 전투를 개시했다고 한다.

《좋았어. 가엾은 손가락들, 우리에게 도전한 것을 얼마나 후회하게 될까! 거기에서 그들을 정복하고 나면, 반체제 운동은 이곳에 더 이상 존재할 이유가 없게 될 테지.》

여왕이 페로몬을 발한다.

161. 백과사전

이야기

프랑스어에서 〈이야기〉를 뜻하는 conte와 〈셈〉을 뜻하는 compte는 발음이 같다. 그런데, 거의 모든 언어에서 숫자와 문자 사이에 이런 일치를 볼 수 있다. 그 예를 열거하면 다음과 같다. 영어에서 〈세다to count〉, 〈이야기하다to recount〉, 독일어에서 〈세다zählen〉, 〈이야기하다erzählen〉. 히브리어에서 〈세다li saper〉, 〈이야기하다le saper〉. 중국어에서, 〈세다shu〉, 〈이야기하다shu〉.

숫자와 문자는 언어의 요람기 때부터 결합되어 있었다. 각각의 문자는 하나의 숫자에 대응하고, 각각의 숫자는 하나의 문자에 대응한다. 히브리인들은 일찍부터 그런 사실을 알고 있었다. 그래서 성경은 신비로운 책이고 암호 같은 이야기 형태로 제시된 과학적인 지식들로 가득 찬 책이다. 만일 각 문장의 첫 글자에 수치를 부여한다면 숨겨져 있는 첫 번째 의미를 발견하게 될 것이고, 단어를 이루는 글자들에 수치를 부여한다면 전설이나 종교와 상관없는 어떤 공식과 조합을 발견하게 될 것이다.

에드몽 웰스, 『상대적이며 절대적인 지식의 백과사전』 제2권

162. 뜻하지 않은 사고

곤충들은 대대적인 공격을 준비한다. 저기 바로 맞은편에, 견딜 수 없게 자신들을 모욕하는 손가락들의 둥지가 버티고 있다.

원정군 부대는 결연하다. 그들은 맹렬하게 싸울 것이다. 저 첫 번째 둥지는 개미들의 승리를 기리는 표상이 될 것이

다. 저 둥지는 그들의 공격을 버텨 내지 못할 것이다. 원정군이 종족별로 정렬한다. 〈큰 뿔〉에 걸터앉은 103호는 손가락들이 나타나면 두 개의 밀집된 방진으로 나누어 공격하자고 제의한다. 이 전술은 개양귀비 전투에서 난쟁이 개미들이 사용한 것인데 큰 성과가 있었다.

각자 재무장을 하고 마지막으로 영양을 교환한다. 앞장선 개미들이 가장 사나운 페로몬을 뿜어낸다.

《돌격!》

마지막 남은 원정군 개미 570마리의 대열이 사납고 결연하게 진군한다. 그들의 더듬이 위에서는 독침을 내민 꿀벌들이 파닥거리고 뿔풍뎅이들이 위턱을 맞부딪쳐 소리를 낸다.

9호는 얼마 전에 어떤 손가락들을 공격했을 때처럼 다시 손가락들의 살갗에 구멍을 뚫어 벌의 독을 주입하고 싶어 한다. 뭐니 뭐니 해도 그 방법이 손가락들과 싸워 이길 수 있는 유일한 사냥 기술이라고 9호는 생각한다.

공격대 제1진과 제2진이 움직이기 시작한다. 가볍게 무장한 보병들의 양 날개에 가늘고 긴 다리를 가진 기병대가 껑충거리며 나아간다. 그것은 벨로캉, 제디베이나캉, 아스콜레인, 목실뤽숑 무리로 구성된 웅장한 군대이다. 뿔풍뎅이들은 동료들의 원수를 갚겠다고 벼르고 있다. 느닷없이 튀어나와 동료들을 으깨어 버린 그 벽을 응징하고 싶은 것이다.

공격대 제3진과 제4진이 움직이기 시작한다. 거기엔 중포병 대열과 경포병 대열이 포함되어 있다. 이제까지 어느 누구도 그 포병 부대에게 겁을 주지 못했다.

공격대 제5진과 제6진이 죽음이 임박한 손가락들에게 최후의 일격을 가할 준비를 하고 있다. 그 공격대의 병사들은 위턱 끝에 꿀벌의 독을 발라 놓고 있다.

곤충 군대가 자기 둥지에서 이렇게 멀리 나와 싸워 보기는 이번이 처음이다. 원정군 병사들은 모두 장차 주변의 모든 영토를 정복하느냐 못 하느냐가 이번 전투에 달려 있다는 것을 알고 있다!

게다가 이것은 한 번의 전투에 그치는 것이 아니라 세계를 지배하느냐 못 하느냐가 걸린 일대 세계 대전이다. 이 전쟁의 승리자가 이 행성의 주인이 될 것이다.

9호는 그런 사실을 분명하게 깨닫고 있다. 그가 아주 공격적인 자세로 위턱을 내밀고 있음을 보고 다른 병사들은 그가 아주 과감하게 싸우리라는 것을 예감하고 있다.

이제 손가락들의 둥지가 겨우 수천 걸음 앞으로 다가왔다.

8시 30분. 우체국 문이 방금 열렸다. 첫 손님들은 누군가가 자기들을 노리고 있다는 사실을 깨닫지 못한 채 안으로 들어간다.

곤충들의 걸음이 속보에서 구보로 바뀐다.
《앞으로, 돌격!》

퐁텐블로시의 청소 업무는 매일 아침 8시 30분에 이루어지고 있었다. 비눗물을 가득 실은 작은 덤프트럭 한 대가 보도를 씻기 위해 비눗물을 뿌리고 있었다.
《무슨 일이야?》
원정군 사이에 공포가 번져 나간다. 매운 물이 태풍처럼 몰려온다.

원정군 전체가 문살에 두들겨 맞고 물에 잠겨 버린다.

《흩어져!》

103호가 소리친다.

풍랑은 수십 걸음의 높이로 모든 세상을 침수시킨다. 튀어 오른 물이 비행 부대를 치려고 하늘로 솟구친다.

원정군 병사들은 모두 기진맥진해 있다.

몇몇 뿔풍뎅이들이 질겁한 개미 무리를 잔뜩 실고 이륙한다. 뿔풍뎅이 위에서 떨어지지 않으려고 모두들 안간힘을 쓴다. 개미들이 흰개미들을 밀어낸다. 종족 간의 연대와 협조는 더 이상 안중에도 없다! 각자 자기 목숨은 자기가 지킨다는 식이다.

병사들을 너무 많이 실은 뿔풍뎅이들은 힘겹게 파닥거리다가 살찐 비둘기의 맛좋은 먹이가 되어 버린다.

아래에서는 대참사가 벌어지고 있다.

여러 개의 군단이 물벼락에 휩쓸려 간다. 딱지로 덮인 병사들의 시체가 광장을 굴러 길가 도랑에 떨어진다.

이리하여 원정군의 대대적인 군사 모험은 끝이 난다. 매운 비눗물로 40초 동안 공격을 받은 원정군은 더 이상 진군할 수가 없다. 손가락들을 끝장내기 위해 동맹을 맺었던 여러 종족의 3천여 곤충들 중 중경상을 당한 한 줌의 부상자들만이 살아남았다. 대부분의 병사들은 도시의 청소차가 내뿜는 물에 휩쓸려 갔다.

신을 믿는 자, 신을 믿지 않는 자, 개미, 꿀벌, 풍뎅이, 흰개미, 파리 할 것 없이 모두 방향을 잃은 채 물 소용돌이에 쓸려 간다.

덤프트럭을 운전하는 시의 청소부는 아무것도 깨닫지 못했다. 아주 보잘것없는 호모 사피엔스 하나가 지구적인 규모의 대전투를 승리로 이끌었음에도 그것을 아는 사람은 아무도 없었다. 사람들은 점심에 무얼 먹을까 오늘은 무슨 일을 할까를 생각하면서 계속 자기들의 일에 몰두할 뿐이다.

곤충들은 자기들이 세계 대전에서 졌다는 것을 잘 알고 있다.

무슨 일이 일어나는지 미처 깨달을 사이도 없이 모든 게 너무나 빠르고 급작스럽게 일어났다. 수 킬로미터를 달려온 다리들, 산전수전을 다 겪으며 싸워 온 위턱들, 세상의 온갖 냄새를 다 맡아 온 더듬이들이 불과 40초 만에 모두 올리브색 물 위를 떠다니는 파편들이 되어 버렸다.

손가락들을 응징하겠다던 최초의 원정군은 이제 더 이상 진군을 할 수가 없고 앞으로도 영영 진군하지 못하리라. 비눗물의 소용돌이 속에 원정군의 마지막 운명이 기다리고 있을 줄 그 누가 알았겠는가.

163. 니콜라

니콜라 웰스는 다른 사람들과 합류했다. 그럼으로써 니콜라의 음파가 더해져 집단의 진동인 〈옴〉이 더 풍성해졌다. 니콜라는 한순간 자기가 높이높이 솟아오르더니 물체를 통과하는 무형의 구름이 되었다고 느꼈다. 개미들의 신이 되는 것보다 천배는 더 좋았다. 자유다! 니콜라는 자유로웠다.

164. 결투

9호는 재빨리 반사적인 동작을 취하여 물에 휩쓸려 가는 것을 면했다. 그는 하수도 맨홀 뚜껑의 가는 홈에 발톱을 깊이 박고 있다. 9호는 참담한 심정으로 광장의 포도(鋪道) 위로 기어간다. 한편 103호는 〈큰 뿔〉과 함께 가까스로 공중으로 날아오른다. 물의 소용돌이를 피할 수 있었다. 아스팔트 구멍에 숨어 있던 23호도 그와 마찬가지로 무사하다.

살아남은 뿔풍뎅이들은 조종사를 싣고 멀찌감치 달아나고, 마지막 남은 최후의 몇몇 흰개미들은 코르니게라섬에 남지 않은 것을 후회하면서 줄행랑을 놓는다.

세 벨로캉 개미가 한자리에 모인다.

《손가락들은 너무 강해서 우리는 상대조차 안 돼.》

9호가 비눗물 때문에 가려운 눈과 더듬이를 문지르며 비탄에 잠긴다.

《손가락들은 신이에요. 손가락들은 전능해요. 우리가 이러한 사실을 끊임없이 주장했지만 당신들은 우리를 믿지 않았어요. 이 피해 상황을 좀 봐요!》

23호가 한숨 섞인 페로몬을 발한다.

103호는 여전히 두려움으로 떨고 있다. 손가락이 신이든 아니든 간에 그들이 공포의 대상이라는 사실엔 변함이 없다.

세 개미들은 서로의 몸뚱이를 비비대며 영양을 교환한다. 돌이킬 수 없게 참패를 당한 원정군 가운데 자기들처럼 살아남은 자들만이 서로를 어루만지고 먹이를 나눌 수 있다고 생각하니 안타까움에 가슴이 미어질 듯하다.

그러나 103호의 모험은 여기서 끝나는 것이 아니다.

103호에겐 아직 수행해야 할 임무가 남아 있다. 그가 나방 고치를 꽉 움켜쥐는 모습을 보고 여태껏 참고 있던 9호가 묻는다.

《자네 원정이 시작될 때부터 그걸 들고 다니던데 그 안에 무엇이 들어 있지?》

《별거 아닐세.》

《어디 보세.》

103호는 거절한다.

9호가 화를 낸다.

《자네 좀 수상했어. 나는 줄곧 자네가 손가락들에게 매수당한 첩자일 거라고 생각했네. 자네가 선봉장임을 자처하면서 우리를 이 함정 속으로 끌어들인 건 아닌가!》

103호는 23호에게 고치를 맡기고 결투에 응한다.

두 개미는 서로 마주 보고 위턱을 한껏 벌린 다음 더듬이 끝으로 상대를 겨눈다. 그들은 상대의 약점을 탐색하려고 빙빙 돌다가 돌연 서로에게 덤벼든다. 딱지들을 맞부딪고 가슴으로 상대를 밀어낸다.

9호는 왼쪽 위턱을 휘두르다가 턱으로 공기를 가르며 상대의 키틴질 딱지에 깊이 박는다. 투명한 피가 흐른다.

9호가 두 번째로 위턱 공격을 해오자 이번에는 103호가 그것을 피해 내고, 상대가 돌진하는 틈을 노려 더듬이 끝을 잘라 버린다.

《이 쓸데없는 싸움을 그만두세. 이제 남은 건 우리뿐일세. 이러다가 우리가 죽으면 좋아할 건 손가락들뿐일세.》

그러나 9호는 제정신이 아니다. 오로지 배신자의 눈구멍에 우람한 더듬이를 박고 싶어 안달이 나 있을 뿐이다.

9호가 103호의 눈을 향해 더듬이를 휘둘렀으나 103호가 아슬아슬하게 피한다. 103호는 개미산을 쏘리라 마음먹고 배 끝을 조준한 다음 한 방울을 내뿜는다. 그러나 그 개미산은 어떤 우체부의 바지 아랫단에서 자취를 감추어 버린다.

9호도 역시 개미산을 쏜다. 103호의 개미산 주머니가 텅 비어 버리자 9호는 상대를 완전히 죽일 순간이 왔다고 믿었지만, 103호에겐 아직 위기를 벗어날 다른 수단이 남아 있다. 103호는 위턱을 벌리고 돌진하여 왼쪽 가운데 다리를 잡고 앞뒤로 비튼다.

9호도 103호의 오른쪽 뒷다리를 잡고 비튼다. 서로 상대의 다리를 먼저 뽑으려고 있는 힘을 다한다.

103호는 전투 교훈 중 하나를 생각해 낸다. 〈똑같은 방법으로 다섯 번 공격하고 나서 여섯 번째도 같은 방식으로 공격하려고 하면 적은 그 공격을 피할 것이다. 그러면 적을 공격하기가 어려울 것이다.〉

103호는 더듬이 끝으로 9호의 입을 다섯 번 친다. 그런 다음 상대의 위턱 아래에 있는 목을 잡는다. 103호는 날쌘 동작으로 9호의 목을 자른다.

지저분한 포장 도로 위로 9호의 머리가 데굴데굴 구른다.

굴러가던 머리가 멈추자 103호가 다가가 물끄러미 지켜본다. 개미 몸뚱이의 모든 부분은 죽은 뒤에도 약간의 독자적인 움직임이 있다.

《자넨 잘못 생각하고 있어, 103호.》

9호의 머리가 페로몬을 발한다.

103호는 머리 하나가 마지막으로 페로몬을 뿜으려고 애쓰는 장면을 이미 경험한 적이 있었다는 느낌이 든다. 그러나 그것은 이곳에서의 일이 아니었고 이 페로몬도 아니었다. 그것은 벨로캉 왕국의 쓰레기터 위에서였다. 그곳에 버려져 있던 반체제 개미가 그에게 전한 페로몬이 그의 삶의 방향을 완전히 바꾸어 버렸다.

9호의 더듬이가 다시 움직인다.

《자넨 잘못 생각하고 있어, 103호. 자네는 모두를 다 만족시킬 수 있다고 생각할지 모르지만, 그럴 수는 없는 걸세. 자네가 손가락을 위해 싸우든, 개미를 위해 싸우든 간에 한 진영을 선택해야만 해. 아무리 훌륭한 이상이라도 폭력으로부터 우리를 벗어나게 할 수는 없어. 폭력에 의해서만 폭력을 피할 수 있어. 오늘 자네는 나보다 강하기 때문에 이겼어. 하지만 충고 하나 하겠네. 절대로 나약하게 굴지 말게. 자네의 추상적인 이상이 자네를 구해 줄 수 있는 건 아니니까 말일세.》

23호가 다가와 많은 페로몬을 발하고 있는 그 머리를 확실하게 쏘아 버린다. 그리고 103호에게 승리를 축하하며 고치를 건네준다.

《이제, 무엇을 하셔야 하는지 아시죠?》

《자네는 어떻게 할 텐가?》

23호는 바로 대답하지 않고 얼버무린다. 그는 손가락 신들을 섬기는 자임을 자처하고 있고, 때가 되면 자기가 수행해야 할 일을 손가락들이 일러 주리라고 생각한다. 그때를 기다리면서 그는 세계의 끝 너머, 이 손가락들의 땅에서 떠돌아다닐 것이다.

103호는 23호의 용기를 북돋워 주고 〈큰 뿔〉 위에 올라 그의 더듬이에 신호를 보낸다. 뿔풍뎅이는 딱지날개를 미끄러뜨린 다음 긴 갈색 날개를 펴고 시동을 건다. 돛의 활대를 돌리듯 날개맥이 있는 날개가 손가락들 나라의 오염된 공기를 휘젓는다. 103호는 공중으로 솟아올라 마주 보이는 손가락들의 첫 번째 둥지 꼭대기로 돌진한다.

165. 요정들의 주인

먼동이 터오도록 레티시아 웰스와 자크 멜리에스는 쥘리에트 라미레의 입술을 뚫어지게 바라보며 그 놀라운 이야기를 듣고 있었다.

늙어 지쳐 버린 산타클로스 같던 그 남자는 쥘리에트 라미레의 남편 아서 라미레였다. 아서는 어려서부터 자질구레한 것을 고치고 만들고 하는 일에 몰두했다. 그는 원격 조종 장치로 조종할 수 있는 장난감, 비행기, 자동차, 배들을 만들었다. 물체와 로봇은 그의 어떤 명령에도 복종했다. 그의 친구들은 그를 〈요정들의 주인〉이라고 불렀다.

「누구나 한 가지 재능은 타고 나는 법이지요. 그 재능을 계발하느냐 못 하느냐의 차이는 있겠지만요. 내 친구 중에는 십자수에 뛰어난 재주를 가진 여자가 있어요. 그 친구가 만든 벽걸이는요…….」

그러나 듣고 있던 두 사람은 십자수를 아무리 잘한다 한들 그게 뭐 그리 대단한 것이랴 하고 아주 시큰둥해했다. 라미레 씨가 말을 이었다.

「아서는 원격 조정 장치를 능숙하게 다루는 재주를 가지고 있기 때문에 자기가 인류에게 작은 〈보탬〉이 될 수 있다고 생각했어요.」

당연히 그는 로봇 공학 쪽으로 진로를 정했고 쉽게 기술 자격증을 땄다. 그는 타이어 자동 교체 기계와 인간의 지능을 가진 자동차 변속 장치, 그리고 원격 조종되는 등긁개까지 발명했다.

마지막 전쟁 중엔, 〈강철 늑대〉라는 로봇을 발명하였다. 그 로봇은 다리가 네 개라서 다리가 두 개인 로봇보다 훨씬 안정적이었다. 게다가 어둠 속에서도 촬영할 수 있는 적외선 카메라 두 대, 코 높이에 기관총 두 정, 입에 35밀리미터 소구경 포 한 문을 갖췄다. 〈강철 늑대〉는 밤에 기습을 했고 병사들은 50킬로미터 이상 떨어진 안전지대에서 원격 조정을 했다. 그 로봇들의 성능은 대단했다. 그것들이 지나가는 곳에서는 단 한 사람의 적군도 살아남지 못했다.

그러던 어느 날 아서는 〈강철 늑대〉 때문에 생긴 피해 상황을 담은 극비 필름을 보게 되었다. 로봇을 원격 조종하는 병사들은 전자오락을 하는 기분에 사로잡혀 통제 화면에 뭐든지 움직이는 게 나타나면 닥치는 대로 학살했다.

회의에 빠진 아서는 정년도 되기 전 퇴직을 결심하고 장난감 가게를 차렸다. 어른들은 무책임해서 자기의 발명을 유용하게 쓰지 못하므로, 그의 재능을 어린이들을 위해 발휘하기로 했다.

그때 우체국에서 일하고 있던 쥘리에트를 만났다. 쥘리에트는 우편환, 우편엽서, 등기 우편 등 우편물을 그에게 배달했다. 그들은 곧 한눈에 반해 결혼을 했고, 그 〈사고〉가 일어나기 전까지는 페닉스가의 이 집에서 행복하게 살았다.

그녀가 〈사고〉라고 부르는 그 사건의 경위는 이러하였다. 어느 날 평상시처럼 그녀가 우편물을 배달하고 있는데 개 한 마리가 우편낭에 달려들어 사정없이 물어뜯어 버렸다.

일을 마친 쥘리에트는 파손된 소포를 집으로 가져왔다. 손재주가 좋은 아서가 수취인이 눈치채지 못하게 수선을 해줄 것이고, 그럼으로써 손해 배상을 요구하기 일쑤인 우편 이용자들과의 마찰을 피할 수 있을 것이라고 생각한 것이었다.

그러나 아서는 그 소포를 끝내 원래대로 해놓을 수가 없었다.

그 소포를 다루다가 아서는 내용물에 흥미를 느꼈다. 수백 쪽의 두꺼운 서류 뭉치, 이상한 기계 설계도, 편지 한 통이 들어 있었다. 호기심을 억누르지 못하고 그는 그것들을 찬찬히 훑어보았다. 서류와 편지를 읽고, 설계도를 검토했다.

그런 뒤에 그들의 삶은 완전히 달라졌다.

아서 라미레는 개미밖에 모르는 사람이 되었다. 그는 지붕 밑 방에 거대한 개미 사육통을 설치했다. 아서는 개미들이 인간들보다 더 영리하다고 말하곤 했다. 한 개미 군체의 지력의 총화는 그 군체를 구성하는 개미들의 지력을 단순히 합해 놓은 것을 능가하기 때문이라는 것이었다. 그는 개미 세계에서는 〈1+1=3〉이라고 확신했다. 사람의 몸에서 여러 기관이 한 가지 기능을 수행하기 위해 공동 작용을 하듯이 개미 군체에서는 사회적인 공동 작용이 이루어진다. 아서는 개미들이 집단적인 생존의 새로운 방식을 보여 줌으로써 인간의 사고를 혁신시킨다고 생각했다.

쥘리에트 라미레는 한참 지나서야 설계도가 무엇을 나타내는지 알았다. 그것은 로제타석이라는 기계에 대한 것이었다. 그 기계는 인간의 음절을 개미의 페로몬으로 바꾸고 역으로 개미의 페로몬을 인간의 음절로 바꿈으로써 개미 사회와 대화를 할 수 있게 해주는 기계였다.

「아니…… 이럴 수가…… 그건 저희 아버지의 계획이었어요!」

레티시아가 소리쳤다.

「알아요, 당신을 대하게 되니 너무나도 부끄럽군요. 그 소포의 발송인은 바로 당신의 아버지 에드몽 웰스였고, 수취인은 레티시아 웰스 당신이었어요. 그리고 그 서류는 『상대적이며 절대적인 지식의 백과사전』제2권의 내용이었고, 편지는…… 당신한테 쓴 것이었죠.」

라미레 씨는 그렇게 말하면서 찬장 서랍에서 정성스레 접은 하얀 종이를 꺼냈다.

레티시아는 그녀의 손에서 편지를 낚아채어 읽기 시작했다.

〈사랑하는 딸 레티시아에게. 먼저 나의 죄를 묻지 말라는 부탁을 하고 싶다…….〉

레티시아는 글자 한 자 빠뜨리지 않고 꼼꼼하게 편지를 읽었다. 편지는 〈딸아, 사랑한다〉라는 애정이 듬뿍 담긴 말로 끝나 있었고 아버지의 서명이 들어 있었다. 레티시아는 화가 치밀어 울먹거리며 소리쳤다.

「어떻게 그럴 수가 있어요? 당신들은 도둑이에요! 이건 다 내 것이란 말이에요! 나의 유일한 유산을 당신들이 훔친 거예요. 아버지가 후계자를 지정한 유서를 은폐했어요. 하마터면 나는 아버지께서 나를 정신적 상속자로 생각하고 계셨다는 사실을 영영 모른 채 죽을 뻔했어요! 당신들이 어떻게 그럴 수가…….」

레티시아는 멜리에스에게 쓰러졌다. 흐느낌을 억누르며 들썩이는 그녀의 가녀린 어깨를 그가 감싸 안았다.

「면목이 없어요.」

쥘리에트가 사과했다.

「난 편지가 있으리라고 확신했어요. 그래요, 확신했어요! 줄곧 그것을 기다렸단 말이에요!」

「당신 아버지의 정신적 유산이 나쁜 무리의 손에 들어가지 않았다고 말씀드리면 우리를 덜 원망하실지도 모르겠네요. 우연 혹은 숙명이라고나 할까요…… 우리 집에 이 소포가 온 것은 어떤 운명의 장난이었는지도 몰라요.」

아서는 설계도의 내용을 이해하자마자 기계를 설계도대로 만들어 냈다. 그는 몇 가지 기능을 더 발전시키기도 했다. 그 결과, 부부는 사육통에 있는 개미들과 대화를 나눌 수 있게 되었다. 정말로 그들은 곤충들과 의사를 소통하게 되었다!

한편으로는 화가 나고 또 한편으로는 놀랍기도 해서 레티시아는 마음을 제대로 가눌 수가 없었다. 레티시아와 멜리에스가 다음 이야기를 재촉했다. 라미레 씨의 이야기가 이어졌다.

「처음엔 얼마나 행복했던지! 개미들은 그들 연방이 움직이는 방식을 설명했고, 종족 사이의 전쟁과 분쟁에 대해서 이야기했어요. 우리 신발창 높이에 지능이 뛰어난 또 다른 세계가 우리와 나란히 존재한다는 걸 알았어요. 당신들도 알다시피, 개미들은 도구를 사용하고, 그들 나름의 농사를 짓고, 첨단 기술을 발전시켰죠. 개미들의 세계에는 민주주의, 계급, 노동의 분담, 살아 있는 자들 사이의 상부상조 등과 같은 추상적인 개념들을 연상시키는 것들이 있어요.」

개미의 도움으로 그들의 사고방식을 더 잘 알게 된 아서 라미레는 〈개미 군체의 정신〉을 재생하는 컴퓨터 프로그램을 고안했고 소형 로봇인 〈강철 개미〉를 구상했다.

그의 목표는 수백의 개미 로봇으로 이루어진 인공적인 개미 군체를 만드는 것이었다. 각각의 개미 로봇은 기억 소자(素子) 안에 입력된 전산 프로그램의 형태로 독자적인 지능을 갖게 되지만 그것들을 집단 전체에 연결해서 공동으로 사고하고 공동으로 행동하게 만들겠다는 것이었다. 라미레 씨는 적절한 표현을 찾느라 애쓰다가 말을 이었다.

「뭐랄까요…… 로봇 전체가 다양한 요소를 지닌 하나의 컴퓨터, 혹은 밀접한 관련을 가진 신경 세포들로 나뉜 하나의 뇌를 구성하는 것입니다. 〈1+1=3〉이고 따라서 〈100+100=300〉이죠.」

아서 라미레는 그의 〈강철 개미〉들이 우주 정복에 아주 적합하다고 판단했다. 그의 개미 로봇을 이용하게 되면, 현재 사용하고 있는 우주 공학 기술처럼 멀리 떨어진 행성에 탐사 로봇 하나를 보내는 것이 아니라, 개별적이면서도 집단적인 지능을 가진 1천 개의 작은 탐사 로봇을 보낼 수 있게 된다. 그것들 중 하나가 고장이 나거나 부서지면, 다른 999개가 바통을 이어받게 되는 것이다. 그렇게 되면 현재와 같이 탐사 로봇 한 대가 기계적인 고장을 일으켰다고 해서 하나의 우주 개발 계획 전체를 백지화하는 어리석은 일은 일어나지 않을 것이다.

멜리에스는 경탄하는 기색을 감추지 못하며 말했다.

「무기의 측면에서 보더라도, 아주 단순하지만 서로 밀접하게 결합되어 있는 1천 개의 작은 로봇을 파괴하는 것보다 지능이 아주 뛰어난 한 개의 커다란 로봇을 파괴하기가 더 쉽지요.」

「그게 바로 협동의 원리죠. 단결은 각각의 재능을 단순히 합쳐 놓은 것보다 더 큰 힘을 낳으니까요.」

라미레 씨가 강조했다.

그런데, 라미레 부부에겐 그런 원대한 계획을 실행하기 위한 돈이 부족했다. 작은 부속들이 너무 비싸서, 장난감 가게의 수입과 쥘리에트의 우체국 월급으로는 필요한 경비를 감당할 수 없었다. 그때 머리가 비상한 아서 라미레가 기발한 생각을 해냈다. 쥘리에트를 「알쏭알쏭 함정 퀴즈」에 출연시키자는 것이었다. 하루에 1만 프랑이면 대단한 횡재가 아닐 수 없었다. 그는 에드몽 웰스의 『상대적이며 절대적인 지식의 백과사전』에 실린 수수께끼들 중에서 좋은 것들을 골라 그 프로그램 제작자들에게 보냈고, 그녀가 방송에 나가서 그것을 풀었다. 그가 보낸 에드몽 웰스의 수수께끼는 언제나 채택되었다. 누구도 그것들만큼 정교한 수수께끼를 고안해 낼 수 없었기 때문이었다.

「그러니까 모든 것이 속임수였군요.」

멜리에스는 기분이 상했다.

「세상에, 그게 다 속임수였다니. 그런데 어쩌면 그렇게 감쪽같이 속일 수가 있었지요. 예를 들어 숫자 1, 2, 3이 나오는 그 수수께끼 말이에요. 그 수수께끼에서는 왜 그리 오랫동안 답을 모르는 척하셨는지 모르겠네요.」

레티시아가 말했다.

대답은 간단했다.

「에드몽 웰스의 수수께끼가 무궁무진하지는 않기 때문이죠. 조커를 이용해서 날마다 1천 프랑을 벌어들이면서 게임을 지속시킨 거죠!」

그 수입은 부부를 편안하게 살 수 있게 해주었고, 그동안에 아서는 〈강철 개미〉의 제작과 개미들과의 대화에서 많은 진전을 이루었다. 그렇게 모든 것이 아주 순조롭게 진행되고 있던 어느 날, 아서는 텔레비전에서 어떤 광고를 보고 전율을 느꼈다. 〈크락크락 가는 곳에 벌레 전멸!〉이라는 CCG 상품 광고였다. 화면에는 독한 살충제를 먹고 바둥거리는 개미 한 마리가 클로즈업되어 있었다.

아서는 격분했다. 그 작은 곤충을 독살시키고자 저렇게 해로운 살충제를 만든단 말인가! 그때 마침 그의 〈강철 개미〉 가운데 하나가 작동되고 있었다. 곧바로 그는 그것을 정탐하기 위해 〈강철 개미〉를 CCG 실험실로 보냈다. 그 개미 로봇은 살타 형제가 국제적인 전문가들과 함께 〈바벨〉이라는 한층 더 잔혹한 프로젝트에 참여하고 있다는 사실을 알아냈다.

「바벨은 너무나 위험한 프로젝트였습니다. 환경 보호 운동가들이 알았다면 당장 반대하고 나섰을 것입니다. 그래서 살충제 분야의 전문가들이 아주 은밀하게 작업을 진행하고 있었던 것입니다. CCG 간부들조차 모르고 있을 정도였으니까요.

바벨은 효능이 완벽한 개미 살충제예요. 종래의 유기인(有機燐) 살충제로는 개미를 효과적으로 몰아낼 수 없었죠. 그런데, 바벨은 그와 같이 독이 아니라, 개미들끼리 더듬이를 통해 의사소통하는 것을 망가뜨릴 수 있는 물질이에요.」

라미레 씨가 설명했다.

바벨은 완성 단계에 가면 분말 형태가 되는데, 그 분말을 땅에 뿌리기만 하면 냄새가 발산되면서 개미들의 페로몬을 교란시킨다는 것이다. 그 분말 1온스만으로도 사방 수 킬로미터를 오염시킬 수 있다. 그런데 통신을 할 수 없으면 개미는 여왕개미가 살아 있는지, 자기 임무가 무엇인지, 자기에게 무엇이 좋고 무엇이 위험한지를 더 이상 알지 못하게 된다. 지구 표면 전체에 이 약품을 뿌려 놓으면 5년 후에는 지구상에 개미가 더 이상 존재하지 않게 될 것이다. 개미들은 서로 의사소통을 못하게 되느니 차라리 죽어 버리는 것을 선택하게 될 것이다.

개미들에게는 의사소통이 삶의 전부인 것이다!

살타 형제와 그의 동료들은 의사소통이 개미 세계의 필수 조건임을 알아냈다. 그런데 그들에게 개미는 일소해야 할 해충일 뿐이었다. 그들은 개미의 소화기에 독을 넣는 것이 아닌 완전히 뇌를 마비시키는 방법을 발견한 것에 자부심을 느꼈다.

「무서운 일이에요!」

레티시아가 한숨을 내쉬었다.

「자그마한 첩보 로봇의 힘을 빌려 남편은 바벨 프로젝트와 관련된 정보들을 속속들이 알고 있었어요. 그 화학자들은 지구상의 개미를 일거에 멸종시키겠다는 생각을 가지고 있었어요.」

「당신의 남편이 개입하기로 결정한 것이 그때였습니까?」

경정이 물었다.

「네, 그래요.」

레티시아와 멜리에스는 아서가 어떻게 행동했는지 이미 깨닫고 있었다. 그의 아내의 말은 그것을 확인하는 것에 불과했다. 아서는 척후 개미를 보내 표적이 될 사람의 냄새가 밴 미세한 천 조각을 오려 오게 했다. 그런 후 냄새의 주인공을 살해할 개미 로봇들을 풀어 놓았다.

자기가 생각했던 대로임을 알고 흡족해하면서 멜리에스가 전문가답게 그 범죄에 대해 평가를 내렸다.

「라미레 씨, 당신의 남편은 내가 이제껏 만나 보지 못한 가장 완벽한 범죄 방법을 고안했군요.」

쥘리에트 라미레는 찬사인지 비난인지 모를 그 말에 얼굴을 붉혔다.

「다른 사람들이 어떻게 범행하는지 모르지만 우리의 방법은 틀림없이 매우 효과적이었어요. 게다가 누가 우리에게 혐의를 두겠어요? 모든 알리바이를 우리가 마음대로 할 수 있는데요. 우리 개미들이 독자적으로 행동했지요. 범행 장소에서 1백 킬로미터나 떨어진 곳에 있는 우리야 관계없죠!」

「범죄를 저지른 개미들이 자율적으로 행동했어요?」

레티시아가 놀란 음성으로 물었다.

「물론이죠. 개미를 이용하는 것은 새로운 살인 방식에 그치는 것이 아니라, 일을 생각하는 새로운 방식이기도 하지요. 그 일이 살해하는 임무인 경우라도 마찬가지예요. 이것은 아마도 최고의 인공 지능일 거예요! 웰스 씨, 당신 아버님은 아주 잘 깨닫고 계셨어요. 책에 설명이 되어 있어요, 자 보세요!」

라미레 씨는 개미 군체의 개념이 어떻게 인공 지능을 혁신시켰는가를 보여 주는 『백과사전』의 한 대목을 읽어 주었다.

살타 형제의 집으로 보낸 개미들은 원격 조종을 받고 있지는 않았다. 개미들은 자율적이었다. 하지만 아파트에 모여, 냄새를 식별하고, 그 냄새를 풍기는 모든 것을 죽이고, 이어서 범죄 흔적을 모두 치우도록 전산 프로그램이 짜여 있었다. 사건의 목격자가 있다면 아무 자취도 남기지 말고 모두 제거하라는 명령도 입력이 되어 있었다.

개미들은 하수도와 배수관을 통해 돌아다닌다. 그것들은 소리 없이 나타나 몸의 내부에 구멍을 뚫어 죽인다.

「발각되지 않는 완벽한 무기!」

「하지만 멜리에스 경정, 당신은 그것들로부터 도망을 쳤어요. 사실 달려가기만 하면 죽음을 피할 수 있죠. 여기까지 개미들을 따라오면서 아셨겠지만 우리 로봇 개미는 아주 천천히 전진하지요. 그런데 대부분의 사람들은 개미가 습격할 때 문 쪽으로 서둘러 도망을 치기보다는 두려움과 놀라움으로 어쩔 줄 모르죠. 더욱이 습격을 피하려 해도 요즈음 자물쇠가 너무 복잡해서 부들부들 떨리는 손으로 재빨리 열기란 여간 어려운 일이 아니죠. 안전을 위해서 문에 가장 좋은 잠금 장치를 갖춰 놓은 사람들이 꼼짝 못 하게 갇혀서 가장 먼저 죽는다는 게 우리 시대의 역설이죠.」

「그렇게 해서 살타 형제, 카롤린 노가르, 막시밀리앵 매커리어스, 오데르진 부부, 그리고 미귀엘 시녜리아즈가 죽게 되었군요!」

멜리에스가 정리했다.

「그래요. 그들은 바벨 프로젝트의 주창자들이었어요. 우리가 당신들이 만들어 놓은 가짜 다카구미의 방으로 개미들을 보낸 것은 바벨 프로젝트에 참가한 일본인이 우리로부터 도망칠까 봐 두려웠기 때문이에요.」

「당신네 개미 로봇들이 대단한 성능을 가지고 있다는 것은 익히 알고 있습니다. 그것들을 볼 수 있을까요?」

라미레 씨는 지붕 밑 방으로 개미를 가지러 올라갔다. 살아 있는 곤충이 아닌 마디마디 연결된 로봇을 식별하려면 아주 가까이서 관찰해야 한다. 금속 더듬이 광각 렌즈로 된 소형 비디오카메라 눈, 일정한 압력을 유지하고 있는 캡슐로 되어 있어서 개미산을 발산할 수 있는 배, 면도칼처럼 뾰족하고 녹슬지 않는 위턱, 로봇은 가슴에 있는 리튬 전지로 에너지를 얻는다. 머리엔 극소형 정보 처리 장치가 있어서 관절의 모든 모터를 조종하고 인공 감각기에 감지된 정보를 처리한다.

레티시아는 확대경을 들고 아주 정밀하게 제작된 자그마한 걸작품을 보고 감탄을 금치 못했다.

「이 작은 장난감이 응용될 수 있는 분야가 얼마나 많을까! 첩보 활동, 전쟁, 우주 정복, 인공 지능 체계의 혁신……. 이건 진짜 개미와 겉모습이 똑같군요.」

「겉모습만 똑같아선 안 돼요. 이 로봇의 성능을 아주 좋게 하기 위해선, 개미와 똑같이 복제하고 개미와 똑같은 기질을 불어넣어야 했죠. 아버지의 말씀을 들어 봐요!」

라미레 씨가 힘주어 말하고는 『백과사전』을 훌훌 넘기다가 한 대목을 레티시아에게 가리켰다.

166. 백과사전

신인 동형론(神人同形論)

인간은 그들의 척도와 가치에 모든 것을 귀결시키면서, 늘 같은 방식으로 사고한다. 자기들의 두뇌에 만족하고 자부심을 갖기 때문이다. 스스로 논리적이고 분별 있다고 생각한다. 또한 인간은 늘 자신들의 관점에서 사물을 본다. 의식이나 직관과 마찬가지로 지능은 인간에게만 존재한다고 생각한다. 프랑켄슈타인은, 신이 아담을 창조하였듯이 인간도 자기와 똑같은 형상의 사람을 만들 수 있다는 신화를 대표하는 인물이다. 인간은 무엇이든 인간을 닮은 형태로 만들고 싶어 한다. 로봇을 만들 때, 인간은 자기들의 모습과 행동 방식을 그대로 복제한다. 아마도 언젠가는 대통령 로봇, 교황 로봇도 만들겠지만, 그것은 인간의 사고방식에 어떠한 변화도 가져오지 않을 것이다. 하지만 사고방식에 변화를 줄 다른 것들도 많이 존재한다! 개미도 다른 사고방식 가운데 하나를 우리에게 가르친다. 아마 외계인들도 우리에게 다른 사고방식들을 가르쳐 줄 것이다.

에드몽 웰스, 『상대적이며 절대적인 지식의 백과사전』 제2권

자크 멜리에스는 껌을 자분자분 씹고 있었다.

「모든 게 대단히 흥미롭군요. 그런데 무엇보다도 궁금한 게 하나 있습니다. 라미레 씨, 당신은 왜 나를 죽이려 했죠?」

「오, 먼저 우리가 경계한 것은 당신이 아니라 웰스 씨였어요. 우리는 기사를 읽고 그녀가 에드몽 웰스의 후손임을 알았어요. 당신의 존재까진 몰랐어요.」

멜리에스는 아주 신경질적으로 껌을 잘근잘근 씹어 댔다. 쥘리에트가 말을 이었다.

「그녀를 감시하기 위해, 우린 개미 로봇 하나를 그녀의 집으로 보냈죠. 우리의 첩보 개미가 당신들의 대화를 녹음해서 테이프를 전해 주었고 우리는 두 사람 중 통찰력이 예리한 사람은 멜리에스 당신이라는 걸 알았죠. 당신이 〈하멜른의 피리 부는 사나이〉에 대해 이야기할 때, 우리는 곧 당신이 비밀을 알아내리라고 생각했죠. 그래서 당신에게도 또한 살해단을 보내기로 결정했어요.」

「그 때문에 내가 혐의를 뒤집어썼고요. 다행히 당신들의 살인이 계속되어서…….」

「미겔 시녜리아즈 교수는 수중에 바벨 완제품을 가지고 있었어요. 우리가 가장 먼저 없애려고 했던 게 그것이었죠.」

「그런데, 그 유명한 개미 살충제 바벨은 어디 있죠?」

「시녜리아즈가 죽은 후 우리 개미 특공대 중의 하나가 그 더러운 물질이 들어 있는 시험관을 부수어 버렸어요. 우리가 아는 한 그건 더 이상 존재하지 않아요. 훗날 다른 연구원들이 다시는 그와 유사한 발상을 하지 않기를 기원합시다. 에드몽 웰스는 아이디어가 지천으로 널려 있다고 썼어요……. 좋은 아이디어와 나쁜 아이디어가 함께 섞여서 말이에요!」

라미레 씨는 한숨을 지었다.

「자, 이제 모든 것을 아셨죠. 당신들의 질문에 모두 답했어요. 하나도 숨김없이.」

라미레 씨는 멜리에스가 호주머니에서 메모지 한 장을 꺼내자 기다렸다는 듯이 손을 내밀었다.

「나를 심문하고, 체포하고, 구속하세요. 하지만 남편은 내버려 두세요. 그이는 선량한 사람이에요. 그이는 단지 개미가 멸종된 세상을 감당할 수 없었던 거예요. 그이는 교만함

때문에 제정신을 잃은 소수 학자들로부터 위협을 받는 풍요
로운 지구를 구하길 원했어요. 제발, 아서는 내버려 두세요.
그이는 이미 암으로 심판을 받았어요.」

167. 원정군에게서는 소식이 없다

《원정군 소식은 어떻게 됐지?》

《더 이상 없습니다.》

《어째서 더 이상 소식이 없는 거지? 혹 동쪽에서 전령 날
파리가 한 마리도 도착하지 않았는가?》

클리푸니는 더듬이를 입술 가까이로 모아 꼼꼼하게 닦는
다. 일이 자기의 바람처럼 되어 가고 있지 않다는 예감이 든
다. 개미들이 손가락들을 죽이느라 너무 지쳐 있는지도 모를
일이다.

여왕 클리푸니는 〈반체제 개미〉 문제가 이제는 완전히 해
결되었는지 묻는다.

머지않아 2백 마리 내지 3백 마리가 될 것이며, 그들을 찾
아내기가 쉽지 않다고 한 병정개미가 대답한다.

168. 백과사전

열한 번째 계명

오늘 밤 이상한 꿈을 꾸었다. 파리 시가지가 거대한 삽으로 퍼 올려진
다음 투명한 단지에 담겨졌다. 단지 속에서 모든 것이 너무 흔들려서
에펠탑 끝이 우리 집 화장실 벽과 부딪혔다. 모든 것이 전복되었다. 나
는 천장에서 뒹굴고 있었고, 수천의 행인들이 우리 집의 닫힌 창문에

부딪혔다. 자동차들은 길에서 부딪히고, 가로등은 바닥에서 치솟아 있었다. 가구들이 나뒹굴었다. 나는 아파트에서 빠져나왔다. 밖은 모든 게 엉망이었다. 개선문은 산산조각이 났고, 노트르담 대성당도 거꾸로 되어 종루가 땅에 깊숙이 처박혀 있었다. 지하철 차량들이 갈라진 땅에서 튀어나와 으깨진 사람들을 뱉어 냈다. 나는 폐허 속으로 달려가 거대한 유리벽 앞에 도착했다. 뒤에도 눈이 하나 있었다. 하늘 전체만큼이나 큰 외눈이 나를 주시했다. 잠시 후, 나의 반응을 보고 싶어 하는 듯 그 눈은 커다란 숟가락 같은 것으로 벽을 두드리기 시작했다. 귀청을 찢는 듯한 종소리가 울렸다. 아파트의 아직 깨지지 않은 유리들이 모두 박살 났다. 눈은 여전히 나를 바라보았는데 크기가 태양의 1백 배는 되었다. 나는 그런 것이 나타나는 것이 탐탁지 않았다. 그 꿈 이후로 숲으로 더 이상 개미집을 찾으러 가지 않았다. 지금 키우고 있는 개미들이 모두 죽고 나면 다시는 어떤 개미도 키우지 않을 것이다. 그 꿈은 열한 번째 계명이라고 할 만한 것을 나에게 불러일으켰다. 나는 그 계명을 주위 사람들에게 강요하기에 앞서 내가 먼저 실천하려고 한다. 그 계명이란 〈남이 너에게 행하기를 원치 않은 일을 남에게 행하지 말라〉[14]는 것이다.

여기에서 〈남〉이란 말을 나는 다른 〈모든〉 생명이라는 뜻으로 이해하고 있다.

에드몽 웰스, 『상대적이며 절대적인 지식의 백과사전』 제2권

169. 바퀴 나라에서

고양이 한 마리가 이상한 동물이 날아가는 것을 보았다. 그러다가 그 동물이 발코니 철책을 지나갈 때 그것을 후려쳤

14 『논어(論語)』 제12, 「안연(顏淵)」편, 〈己所不欲, 勿施於人〉.

다. 뿔풍뎅이 〈큰 뿔〉이 떨어진다. 뿔풍뎅이가 땅바닥에 떨어지기 직전에 103호는 풍뎅이의 등을 박차며 뛰어내린다.

다리에 충격을 받는다. 14층, 역시 높다.

풍뎅이는 운이 없었다. 그의 두툼한 딱지가 땅바닥에서 부서져 버렸다. 하늘을 나는 용감무쌍한 투사, 〈큰 뿔〉은 그렇게 전사하고 말았다.

103호가 추락할 때 오물로 가득 찬 커다란 쓰레기통이 충격을 덜어 주었다. 그는 여전히 고치를 놓치지 않고 있다.

103호는 쓰레기통의 알록달록하고 갈라진 표면 위를 걸어간다. 얼마나 놀라운 곳인가! 이곳에선 모든 것이 먹을 수 있는 것이다. 103호는 지천으로 깔린 그 먹이로 영양을 섭취한다. 진한 향기와 악취가 뒤섞여 풍기지만 식별할 겨를이 없다.

103호는 위쪽의 나달나달해진 요리책 위에서 자기를 흘깃거리고 있는 수없이 많은 벌레들을 발견한다. 그들은 긴 더듬이를 분주히 움직이고 있다.

《손가락들 나라에도 벌레가 살고 있구나!》

103호는 그들을 알아본다. 바퀴들이다.

곳곳에 바퀴들이 있다. 통조림통에서, 찢어진 슬리퍼에서, 잠든 쥐에서, 효소 분말 세제 통에서, 비피더스 요구르트 병에서, 깨진 건전지에서, 용수철에서, 붉게 물든 반창고에서, 수면제 갑에서, 신경 안정제 갑에서, 유통 기한이 지나 손도 대지 않고 버려진 냉동 식품 통에서, 꼬리도 머리도 없는 정어리 깡통에서 바퀴들이 나온다. 바퀴들이 103호를 에워싼다. 개미는 이처럼 큰 바퀴를 본 적이 없다. 그들은 갈색의 딱지날개를 가지고 있고, 마디가 없는 구부슴한 더듬이도 갖고 있다. 바퀴들은 빈대보다는 덜하지만 고약한 냄새가 나는데, 썩는 냄새가 뒤섞이니 더 매캐하고 구역질 나는 악취를 풍긴다.

양 옆구리는 투명하고, 반투명한 키틴질 속으로 꿈틀거리는 내장, 두근거리는 심장, 피가 흐르는 가는 동맥을 볼 수 있다. 103호는 강한 인상을 받는다.

딱지날개가 누르스름하고 작은 살고리로 뒤덮인 다리가 달린 늙은 바퀴 한 마리가 분비꿀 썩는 냄새와 비슷한 악취를 풍기면서 103호에게 대화를 걸어 온다.

바퀴는 그곳에 무엇을 하러 왔는지 묻는다.

103호는 손가락들 둥지에서 손가락들을 만나려 한다고 답한다.

손가락들이라고! 모든 바퀴들이 그를 조롱하는 듯하다.

《지금 손가락들이라고 한 거야?》

《그래, 왜 그렇게 놀라지?》

《손가락들은 도처에 있어. 그것들을 만나기는 어렵지 않아.》

늙은 바퀴가 말한다.

《둥지 하나로 나를 안내해 줄 수 있겠나?》

개미가 요청한다.

늙은 바퀴가 다가온다.

《그대는 손가락들이 어떤 자들인지 정말로 알고 있는 거야?》

103호가 마주 보며 답한다.

《그들은 거대한 동물들이지.》

103호는 바퀴가 그렇게 묻는 이유를 이해하지 못하고

165

있다.

마침내 늙은 바퀴가 답한다.

《손가락들은 우리의 노예야.》

103호는 그것을 믿기가 어렵다. 어떻게 거대한 손가락들이 혐오감을 주는 작은 바퀴의 노예가 될 수 있단 말인가?

《그게 무슨 뜻인가?》

늙은 바퀴는 매일 막대한 양의 먹이를 공급하도록 손가락들에게 어떻게 가르쳤는가를 설명한다. 손가락들은 그들에게 쉴 곳은 물론 양식과 따뜻함까지도 마련해 준다. 손가락들은 바퀴들의 지시대로 움직이며 바퀴들에게 세심한 배려를 한다.

매일 아침, 어떤 손가락들이 와서 먹이를 치워 가기도 하지만, 바퀴들은 다른 손가락들이 바친 산더미 같은 공물 중 약간의 음식만을 겨우 맛볼 뿐이다. 그래서 언제나 먹을 것이 넘친다. 그것도 아주 신선한 최고급 먹이가 말이다.

다른 바퀴들의 이야기에 따르면 그들 역시 전에는 숲에서 살았는데, 손가락들 나라를 발견하여 이곳에 정착하게 되었다고 한다. 그 이후로, 그들은 영양을 섭취하기 위해 사냥을 할 필요가 없게 되었다. 손가락들이 가져다주는 먹이들은 달콤하고, 기름지고, 다양하며…… 특히 달아나지 않는다는 장점이 있다.

《우리 선조들이 작은 사냥감들을 쫓지 않게 된 지 15년이 되었어. 매일 손가락들에 의해 아주 신선한 먹이들이 제공되거든.》

등이 검은 뚱뚱한 바퀴가 득의양양하게 페로몬을 발한다.

《당신들은 손가락들과 대화도 하는가?》

103호가 묻는다. 그는 바퀴들의 이야기도 이야기려니와 자기 눈앞에 보이는 거대한 먹이 더미 때문에도 어리둥절해하고 있다.

손가락들에게 말할 필요가 없다고 늙은 바퀴가 설명한다. 그들은 바퀴가 요청하기도 전에 복종한다.

세상에 그럴 수가!

한번은 제물이 좀 늦게 도착했다. 바퀴들이 배로 벽을 두드리며 불만을 표시하자, 다음 날 마침내 음식이 제시간에 도착했다고 한다. 대개 쓰레기는 매일같이 쏟아져 내려온다.

《나를 그들의 둥지로 데려다줄 수 있겠나?》

103호가 페로몬을 발한다.

바퀴들이 더듬이를 맞대고 의견을 나눈다.

모두가 동의한 것 같지는 않다. 늙은 바퀴가 회의 결과를 전한다.

《우리는 당신이 〈엄중한 시련〉을 치르고 난 후에라야 손가락들의 둥지로 안내하기로 했다.》

〈엄중한 시련〉이라고?

바퀴들이 개미를 건물 지하 1층에 있는 창고로 안내한다. 거기엔 잡동사니를 넣어 두는 방이 하나 있는데, 그 안에는 낡은 가구, 살림 도구, 판지 등이 가득하다.

그들은 103호를 자기들이 생각하고 있는 어떤 장소로 데려간다.

《그 〈엄중한 시련〉이란 게 뭔가?》

〈엄중한 시련〉의 중요한 내용은 누군가를 만나는 것이라고 어떤 바퀴가 대답한다.

《누군가를 만난다고? 그게 누구지? 적인가?》

《그렇다. 당신보다 훨씬 더 강한 적이다.》

바퀴 하나가 알쏭달쏭한 대답을 한다.

그들은 일렬로 맞붙어서 나아간다.

이윽고 바퀴들이 103호를 문제의 그 장소로 데려간다. 다리털이 헝클어진 개미가 한 마리 있다. 걸음걸이가 사나워 보이는 병정개미다. 그 개미 역시 바퀴들에 둘러싸여 있다.

103호는 더듬이를 앞으로 내밀다가 이상한 점을 발견한다. 그 개미는 신분 페로몬을 전혀 가지고 있지 않다. 그는 백병전에 능숙한 용병임에 틀림없다. 다리와 가슴에 위턱 공격을 받아 생긴 상처가 많다는 점이 그 사실을 말해 준다.

103호는 이런 낯선 환경에서 소개받은 그 개미가 왜 그렇게 대뜸 적대적인 태도로 나오는지 이해할 수가 없다. 저자는 누구인가? 냄새도 나지 않고 오래 굶주린 초췌한 행색에 걸음걸이는 꽤나 거만하고 다리의 털을 핥지 않은 지가 이틀은 되어 보이는 저자, 성깔 사나운 개미가 틀림없으렷다!

《저자는 누구인가?》

103호의 반응을 궁금해하며 그를 지켜보고 있는 바퀴들에게 그가 묻는다.

《바로 당신을 만나게 해달라고 요청한 자다.》

바퀴들이 대답한다.

103호는 의구심이 든다. 왜 저 개미는 자기를 만나기를 원했고, 그리고 지금은 왜 그에게 아무런 페로몬도 뿜지 않을까? 103호는 몇 가지 시험을 해본다. 머리를 가볍게 흔드는 척하다가 갑자기 위협하는 자세로 위턱을 크게 벌려 본다. 상대는 항복할까 아니면 도전에 응할까? 그가 위턱으로 전투태세를 취하기가 무섭게 상대도 마찬가지로 위턱 두 개로 싸울 자세를 취한다.

《너는 누구냐?》

대답이 없다. 그 개미가 더듬이를 바로 세운다.

《너는 여기서 뭘 하는 거지? 너도 원정군인가?》

이제 결투가 불가피하다.

103호는 개미산을 쏠 자세를 하고 가슴 아래로 배를 내밀면서 좀 더 강하게 위협을 한다. 상대가 103호의 개미산 주머니가 비어 있다는 것을 아는 것 같지는 않다.

마주 선 개미도 똑같이 움직인다. 개미 사회의 이 두 대표자들에게 관심이 집중된 바퀴들은 꼼짝 않고 지켜보고 있다. 103호는 지금 이 시련의 의미를 잘 이해하고 있다. 바퀴들은 개미들의 결투를 보고 싶어 하며 승자를 그들 집단으로 받아들이려는 것일 게다.

103호는 같은 개미를 죽이고 싶지는 않지만 그의 사명이 더 중요하기 때문에 어쩔 도리가 없다. 바퀴 한 마리가 결투하는 동안 그의 고치를 지켜 주기로 했다. 103호는 앞에 마주한 자가 점점 더 사나워지고 있음을 깨닫는다. 페로몬도 발하지 않고 세계의 끝에 제일 먼저 도달한 103호를 알아보지조차 못하는 이 건방진 자는 누구일까?

《난 103683호다!》

상대는 다시 더듬이를 세우지만 여전히 대답을 하지 않는다. 그들은 둘 다 사격 자세를 취하고 있다.

《서로에게 사격은 하지 않기로 하자.》

상대의 주머니에는 틀림없이 산이 가득 들어 있으리라고 생각하면서 103호가 페로몬을 발한다.

103호는 자기 봄에서 나는 소리를 듣고 개미산 주머니 바닥에 마지막으로 한 방울이 남아 있음을 느낀다. 만일 그가 재빨리 쏜다면 기습의 효과는 있을 것이다.

그는 배의 근육으로 힘껏 한 방울을 밀어낸다.

하지만 상대도 거의 같은 자세로 동시에 쏘아서 개미산 두 방울은 서로 부딪혀 천천히 아래로 내려간다. (천천히라고? 액체가 허공에서 천천히 미끄러져 내려갈 수는 없었다. 그러나 103호는 그것을 전혀 눈치채지 못하고 있다.) 위턱을 잔뜩 벌리고 돌격하던 103호는 단단한 것에 부딪힌다. 상대의 위턱 끝이 아주 정확히 그의 위턱 끝을 친 것이다!

103호는 숙고한다. 상대는 신속하고, 끈질기며, 그가 공격하려는 순간과 공격 지점을 예상하면서 정확하게 막아 낼 줄 아는 자다.

이런 상황에서의 결투는 바람직하지 않다.

103호는 바퀴들에게서 돌아서서, 이 개미는 자기와 같은 불개미여서 그와 싸우는 것을 포기하겠다고 선언한다.

《우리 둘 다를 받아들이든지 아니면 어느 누구도 받아들이지 않는 것이 좋다.》

바퀴들은 그 페로몬에 놀라지 않는다. 바퀴들은 103호가 결투에서 이긴 것이라고 엉뚱한 이야기를 한다. 103호는 이해할 수가 없다. 바퀴들이 그에게 설명한다. 사실 103호와 마주한 상대는 결코 없었으며 유일한 상대자는 103호 자신이었다고.

103호는 여전히 이해할 수가 없다.

그러나 바퀴들은 그가 어떤 마술 벽 앞에 있었으며, 그 마술 벽은 〈자기 자신을 마주하게 하는〉 물질로 덮여 있다고 덧붙인다.

《그 벽은 우리 세계에 들어오는 낯선 자들에 대해서 우리에게 많은 것을 가르쳐 준다. 특히 그 외래자(外來者)들이 스스로를 어떻게 평가하고 있는지를 알게 해준다.》

늙은 바퀴가 말한다.

어떤 자를 평가하는 방법으로, 그자를 자신의 영상 앞에 세워 놓고 어떻게 반응하는지를 살펴보는 것보다 더 나은 방법이 무엇이 있겠는가?

바퀴들은 아주 우연히 마술 벽을 발견했다. 그것을 처음 발견했을 때 바퀴들이 보였던 반응이 재미있었다. 어떤 바퀴들은 자신의 영상과 몇 시간이고 싸웠고, 어떤 바퀴들은 욕을 해댔다. 대부분 자기들 앞에 있는 동물이 공격을 받아 마땅하다고 판단했다. 어쨌든 냄새가 없거나 자신과 같은 냄새가 나지 않았기 때문이다. 거의 모두가 자기의 영상과 단번에 형제처럼 친해지려고 하지 않았다.

《다른 자들에게는 우리를 받아 달라고 요청하면서 정작 자기 자신은 받아들이지 않는 셈이지…….》

늙은 바퀴가 위엄 있게 말한다. 자신을 도울 준비가 되어 있지 않은 자를 어떻게 도울 마음이 생기겠는가? 자신을 존중하지 않는 자를 어떻게 존중할 수 있겠는가?

바퀴들은 〈엄중한 시련〉을 고안해 낸 자신들에게 대단한 자부심을 갖고 있다. 바퀴들에 따르면, 자기 자신의 모습에 저항할 수 있는 자는 아무리 큰 동물이든 작은 동물이든 존재하지 않는다.

103호는 그의 영상과 동시에 다시 거울 앞으로 돌아온다.

그는 거울을 본 적이 한 번도 없다. 그는 곧 자기가 이제껏 본 것 중에서 거울이 가장 경이로운 것이라고 생각한다. 자기와 동시에 움직이는 또 다른 자기를 보여 주는 벽이라니!

그는 아마도 자신이 바퀴들을 과소평가했나 보다고 여긴다. 바퀴들이 마술 벽을 만들 수 있다면, 그들은 정말로 손가락들을 지배할 수 있을지도 모른다!

《자네가 스스로를 받아들이게 되었으니 우리도 자네를 받아들이겠네. 자네가 스스로를 돕고 싶어 하니까 우리도 자네를 기꺼이 돕겠네.》

늙은 바퀴가 말한다.

170. 두 사람의 휴식

레티시아 웰스는 자크 멜리에스와 함께 페닉스가를 걷고 있었다. 레티시아는 장난스럽게 그의 팔을 잡으며 말했다.

「당신이 그렇게 합리적인 사람인 줄은 몰랐어요. 난 당신이 그 착한 노부부를 당장 체포할 거라고 생각했거든요. 경찰관들은 대개 일은 투미하게 하면서도 소송 절차엔 지나치게 엄격하잖아요.」

그는 해방된 기분이었다.

「당신이 사람 마음을 제대로 모른다는 것은 이미 잘 알고 있어요.」

「사람을 완전히 바보로 만드는군요!」

「당신이 사람들을 미워하는 건 그럴 수 있다고 쳐도, 당신은 나마저도 이해하려 들지 않았어요. 당신은 나를 머리만 잘 굴리는 멋대가리 없는 남자로만 알고 있었어요.」

「사실 당신은 멋대가리 없는 남자예요.」

「내가 설사 그렇더라도 당신은 나를 평가할 자격이 없어요. 당신은 편견으로 가득 차 있고 어느 누구도 사랑하지 않아요. 모든 사람들을 증오하니까. 당신 마음에 들려면 다리는 두 개가 아니라 여섯 개여야 하고, 입술이 아니라 위턱을 가져야 할걸요.」

멜리에스는 그녀의 눈길을 정면에서 마주 보았다. 이제 그녀의 눈초리가 매서워져 있었다.

「당신은 오로지 귀여움만 받고 자란 아이처럼 구는군요. 언제나 자기가 옳다고 자만하지요. 난 그래도 내가 틀렸을 때 잘못을 인정할 줄은 압니다. 당신은 정말.」

「나 말이에요? 난 피곤에 지친 남자고, 어떤 기자 앞에서 지나치게 참을성 있는 모습을 보인 남자일 뿐이오. 그런데 그 기자는 어떤 사람인 줄 알아요? 나를 기죽이는 데 시간을 보내고 독자들에게 자기 자랑이나 실컷 늘어놓는 그런 기자라고요.」

「나를 모욕하는 것은 쓸데없는 일이에요. 나, 가요.」

「그렇죠, 진실을 듣는 것보다 도망치는 것이 훨씬 쉽겠지요. 그런데 어디로 가는 거죠? 이 이야기를 한시바삐 기사로 써서 세상에 폭로하려는 겁니까? 나는 똑똑한 기자보다 실수를 저지르는 경찰관이 더 좋아요. 난 라미레 부부를 체포하지 않았어요. 하지만 당신 때문에, 단지 당신이 다른 사람들의 관심을 끌려고 하기 때문에, 그들 부부는 철창 안에서 여생을 마쳐야 할지도 모른단 말이에요!」

「함부로 말하지 마요!」

그녀가 그의 뺨을 치려 하자, 그의 뜨겁고 억센 손이 그녀의 손을 낚아챘다. 검은 눈동자와 연보랏빛 눈동자가 마주쳤다. 흑단나무 숲과 열대의 바다가 맞부딪치는 듯했다. 그렇게 눈길이 마주치고 보니 이내 웃음이 터져 나오려고 했다. 그리고 그들은 함께 목젖이 보이도록 마음껏 웃었다.

그들은 방금 아주 어려운 수수께끼를 해결했고, 아주 은밀하고 놀라운 다른 세계를 목격하고 왔다. 그 세계에서는 사람들이 연대할 줄 아는 로봇을 만들고 있었고, 개미들과 대화하고 있었으며, 완전 범죄를 자유자재로 실행하고 있었다. 그 세계에서는 함께 손을 맞잡고 공동으로 계획하고 숙고했던 그들이 서글프게도 그 페닉스가에서 어린애들처럼 싸우고 있는 것이었다.

레티시아는 균형을 잃고 비틀거리다가 마음껏 웃으면서 보도 위에 주저앉았다. 새벽 3시였다. 하지만 그들은 젊었고 즐거웠으며 피곤한 줄도 몰랐다.

그녀가 먼저 숨을 가다듬고 말했다.

「미안해요. 내가 어리석었어요.」

「아니, 당신이 아니라 내가 어리석었어요.」

「그렇지 않아요, 나예요.」

그들은 다시 웃음에 흠뻑 젖어 들었다. 거나하게 취해 흥청거리며 늦게 귀가하던 남자가 그 젊은 남녀를 측은한 눈길로 바라보았다. 그는 그 젊은이들이 함께 즐길 곳이라곤 보도밖에 없는 사람들로 여기는 듯했다. 멜리에스는 레티시아를 부축하여 일으켜 세웠다.

「갑시다.」

「뭐 하게요?」

「길에서 밤을 보낼 생각이에요?」

「물론이죠.」

「그렇게 합리적인 당신이 어떻게 된 거죠?」

「그 합리적이란 말, 이젠 진저리가 나요. 불합리한 사람들이 오히려 옳을 수도 있죠. 나는 라미레 부부 같은 사람이 되고 싶어요!」

그는 그녀의 비단결 같은 머리채와 얇은 천의 검은 옷에 감싸인 그녀의 몸이 새벽이슬에 젖지 않게 하려고 길모퉁이 어떤 집의 현관 아래로 그녀를 데려갔다.

그들은 너무 가까이에 있었다. 그가 용기를 내어 그녀의 얼굴을 어루만지려고 손을 내밀었다. 레티시아는 얼굴을 돌려 버렸다.

171. 달팽이 이야기

니콜라는 침대 속에서 안절부절못하고 있었다.

「엄마, 개미들의 신으로 군림하려고 했던 나 자신을 도저히 용서하지 못하겠어요. 정말 큰 잘못을 저질렀어요. 어떻게 하면 용서받을 수 있죠?」

뤼시 웰스가 아들에게 몸을 기울이며 말했다.

「무엇이 옳고 그른지 누가 결정할 수 있겠니?」

「그건 분명히 나빠요. 너무 부끄러워요. 저는 아주 어리석은 짓을 했어요.」

「무엇이 좋고 나쁜지를 잘라 말하기는 쉽지 않단다. 애야, 내가 이야기 하나 해줄까?」

「예, 그러세요. 엄마.」

뤼시 웰스는 아들의 머리맡에 앉았다.

「이건 중국의 옛이야기란다. 옛날에 두 수도자가 도교 사원의 뜰을 거닐고 있었어. 그중 한 사람이 마침 길 위로 기어

가던 달팽이를 발견했어. 동료 수도자가 무심코 그 달팽이를 막 밟으려던 찰나에 그가 때맞추어 동료를 붙들었지. 그는 몸을 숙여 그 달팽이를 집어 들고 이렇게 말했어. 〈이보게, 하마터면 우리가 이 달팽이를 죽일 뻔했네. 이 달팽이도 하나의 생명이고, 하나의 개체를 넘어 계속 이어져 가야 할 숙명을 가진 게 아니겠나. 이 달팽이는 살아남아서 윤회를 계속해야 해.〉 그러면서 그는 달팽이를 조심스럽게 풀밭에다 내려놓았어. 그러자 다른 수도자가 화를 내며 소리쳤어. 〈뭘 모르는군! 자네는 이 보잘것없는 달팽이는 구하면서, 우리 일꾼이 애써 가꾼 채소는 안중에도 없단 말인가? 미물의 목숨 하나를 구하고자 우리 동료의 농사를 망쳐도 되느냐 말일세.〉 그 두 사람이 말다툼을 하고 있을 때, 그리로 지나가던 다른 수도자가 궁금해하며 그들을 지켜보았지. 서로 자기가 옳다고 주장하며 결론을 내리지 못하자, 달팽이를 구했던 수도자가 제안을 하나 했지. 〈스승님께 여쭤 보러 가세. 그분은 현명하시니까 우리 중 누가 옳은지 판단을 내려 주실 거야.〉 그들은 그 일의 결말을 궁금히 여기는 세 번째 수도자와 함께 스승의 거처로 갔단다. 첫 번째 수도자가 자초지종을 말하고 미래 또는 과거에 수천의 다른 생명들을 품고 있는 고귀한 생명 하나를 구했노라고 이야기했다. 그 말을 들은 스승은 고개를 끄덕이더니, 이렇게 말했어. 〈너는 해야 할 일을 했구나. 네가 옳다.〉 두 번째 수도자가 펄쩍 뛰었어. 〈어째서 그렇습니까? 채소를 갉아 먹는 달팽이를 구한 것이 옳은 일이 될 수 있다는 것입니까? 오히려 채소밭을 보호하기 위해 달팽이를 죽여야 한다고 생각하는데요.〉 스승은 그 얘기를 다 듣고 역시 고개를 끄덕이며 말했어. 〈그래, 네 말이 맞구

나. 마땅히 그래야겠지. 네가 옳다.〉그때까지 말없이 듣고 있던 세 번째 수도자가 나아가서 말했어. 〈하지만 이 두 사람의 의견은 정반대가 아닙니까? 어떻게 그 두 사람이 다 옳을 수가 있습니까?〉스승은 세 번째 수도자의 말을 한동안 생각하더니 고개를 끄떡이며 말했어. 〈그래, 네 말도 옳구나.〉」

마음이 편안해진 니콜라는 이불 속에서 조용히 코를 곯았다. 뤼시는 다정히 이불잇을 여며 주었다.

172. 백과사전

경제

옛날에 경제학자들은 성장하는 사회가 건전한 사회라고 생각했다. 성장률은 국가, 기업, 가계 등 모든 사회 구조의 건강성을 재는 척도였다. 그러나 늘 앞으로만 나아가기는 불가능하다. 우리에게 아직 성장의 여력이 남아 있는데도 성장이 멈추는 때가 왔다. 더 이상의 경제 성장은 없을지도 모른다. 오로지 힘의 균형이라고 하는 지속적인 상태만 존재한다. 건전한 사회, 건전한 국가, 건전한 노동자란 그들을 둘러싸고 있는 환경에 타격을 주지도 않고 타격을 입지도 않는다. 우리는 이제 더 이상 자연과 우주를 정복할 생각을 하지 말아야 한다. 오히려 우리는 자연과 우주에 통합되어야 한다. 우리의 유일한 슬로건은 조화이다. 외부 세계와 내부 세계 사이의 조화로운 상호 침투. 외부 세계와 내부 세계가 조화롭게 어우러져야 하고 폭력을 없애고 겸허해져야 한다. 인간은 우주와 하나가 될 것이다. 인류는 평형 상태를 맞게 될 것이고 미래에 자신을 던지지 않게 될 것이며 멀리 있는 목표를 겨냥하지 않을 것이다. 아주 소박하게 인류는 현재에 살 것이다.

에드몽 웰스, 『상대적이며 절대적인 지식의 백과사전』 제2권

바퀴들은 울퉁불퉁한 통로를 따라 올라간다. 103호는 위턱 사이에 〈메르쿠리우스 임무〉를 위한 나방 고치를 간직하고 있다. 올라가는 길이 무척 더디다. 한없이 긴 통로 위쪽에서 이따금 빛이 비친다. 바퀴들이 그에게 몸을 벽에 바싹 기대고 더듬이를 뒤로 하라고 신호를 보낸다.

과연 그들은 손가락들의 나라에 대해 잘 알고 있다. 빛의 신호가 떨어진 직후 요란한 굉음이 들리고 곧바로 쓰레기 통로를 따라 냄새가 고약한 묵직한 덩어리가 떨어졌다.

「여보, 쓰레기 통로에 쓰레기봉투 버렸어요?」

「그래, 그게 마지막 봉투였어. 다른 봉투를 사 와야겠는데. 더 큰 걸로 말이야. 지난번 것은 용량이 너무 적어서 못 쓰겠더군.」

곤충들은 쓰레기 덩어리들이 또 떨어질까 봐 두려워하면서 위로 올라간다.

《나를 어디로 데려가는 것인가?》

《자네가 가고 싶어 하는 곳으로.》

그들은 수직 통로를 몇 층 더 올라간 다음 멈춘다.

《저길세.》

늙은 바퀴가 말한다.

《당신들도 함께 가는 건가?》

103호가 묻는다.

《아니. 바퀴 속담에 〈저마다 자기의 문제가 있다〉라는 게

178

있지. 자네의 힘으로 고비를 넘겨 보게. 자네의 최상의 동맹군은 바로 자네일세.》

늙은 바퀴는 103호에게 부엌 개수대로 통하는 쓰레기 통로의 뚜껑문을 가리킨다.

103호는 고치를 꼭 그러쥐고 안으로 들어간다.

〈그런데 내가 여기에 뭣 하러 왔지? 손가락들을 그토록 무서워하면서 그들의 둥지 안에서 거닐고 있다니!〉

하지만 그는 자기 도시와 자기 세계로부터 너무 멀리 떨어져 있어서 계속 나아가는 것만이 자기가 할 수 있는 최선의 선택임을 깨닫는다.

103호는 모든 것이 아주 반듯한 기하학적 형태를 취하고 있는 그 이상한 나라에서 거닐고 있다. 그는 굴러다니는 빵 조각을 갉아 먹다가 부엌을 발견한다.

용기를 북돋우기 위해 원정군의 마지막 생존자인 그는 벨로캉의 노래를 부른다.

그날이 오면
불이 물과 맞서고
하늘이 땅과 맞서며
높은 것이 낮은 것과 맞서고
작은 것이 큰 것과 맞서게 되리라
그날이 오면
단순한 것이 복잡한 것과 맞서고
둥근 것이 세모난 것과 맞서며
검은 것이 무지개와 맞서게 되리라

그 단조로운 가락을 흥얼거려 보았지만 여전히 두려움은 가시지 않고 다리가 후들거린다. 불이 물과 맞서면 수증기가 생기고, 하늘이 땅과 맞서면 비가 천지를 덮어 버리고, 높은 것이 낮은 것과 맞서면 만물이 어지럽도다.

174. 연락이 끊기다

「내 잘못이 너무 엄청난 결과를 가져오지 않기를 바란다.」

〈신〉의 사건이 있은 후, 그들은 로제타석을 부수어 버리기로 결정했다. 니콜라는 확실히 잘못을 뉘우치고 있었지만, 언제 또다시 아이가 신이 되고자 하는 유혹에 빠질지 모르므로 아예 그 소지를 없애는 게 낫다고 생각하는 것이었다. 결국 니콜라는 어린애였고 굶주림이 견디기 어려워지면 또다시 그 어리석은 짓을 저지를 수도 있었다.

자종 브라젤은 컴퓨터 본체를 꺼내 왔고, 모두가 단호하게 그것을 밟아 산산조각을 냈다.

〈개미들과의 연락은 이로써 완전히 끊겼군.〉

그들은 그렇게 생각했다.

불완전한 세계에서 너무 많은 것을 이루려 한 것은 위험했다. 에드몽 웰스가 옳았다. 개미 세계와의 만남은 시기상조였다. 아주 작은 실수 하나가 개미들의 문명 전체를 유린하는 결과를 낳을 수도 있는 것이었다.

니콜라는 아버지의 눈을 똑바로 쳐다보며 말했다.

「걱정 마세요, 아빠. 개미들은 제가 이야기한 모든 것을 대수롭지 않게 생각했을 거예요.」

「그럴 게다. 니콜라. 나도 그러리라고 생각한다.」

《손가락들은 우리의 신이라네.》

벽에서 뛰쳐나온 반체제 개미 한 마리가 강렬하게 페로몬을 내뿜는다. 그러자 기다렸다는 듯이 병정개미 한 마리가 배를 가슴 아래로 내밀고 개미산을 쏜다. 신을 믿는 개미가 쓰러진다. 최후의 반사적인 행동으로 반체제 개미는 자기의 몸을 여섯 개의 가지가 달린 십자가처럼 쭉 뻗는다.

175. 음양(陰陽)

아침이 되어 두 사람은 레티시아의 아파트 쪽으로 서두르지 않고 걸어갔다. 다행히 아파트는 아주 가까운 곳에 있었다. 라미레 부부처럼, 그리고 예전에 그의 사촌 조나탕이 그랬듯이 퐁텐블로 숲 기슭에 거처를 정해 놓고 있었다. 그렇지만 그녀의 동네가 페닉스가 있는 동네보다 한층 더 살기가 좋았다. 그곳에는 호화로운 상점과 보도가 딸린 도로, 넓은 녹지가 있었고, 미니 골프장과 우체국도 있었다.

그들은 거실에서 축축한 옷을 벗고 안락의자 위에 털썩 주저앉았다.

「졸려요?」

멜리에스가 다정하게 물었다.

「아뇨, 나는 그래도 좀 잤거든요.」

멜리에스는 간밤에 레티시아를 지켜보느라고 잠을 한숨도 이루지 못했다. 그의 얼굴에 어린 아주 피곤한 기색만이 그것을 증언하고 있었다. 그래도 그의 정신은 활력에 차 있었고, 새로운 수수께끼, 새로운 모험에 임할 준비가 되어 있었다. 레티시아가 함께 치를 다른 일거리를 제안해 오기만

한다면 좋으련만.

「꿀술 좀 드릴까요? 올림포스의 신들과 개미들의 음료 말이에요.」

「아, 그 개미라는 말은 더 이상 입에 올리지 말아요. 개미 얘기라면 이제 넌더리가 나요.」

레티시아는 안락의자의 팔걸이 위에 걸터앉았다. 그들은 건배를 했다.

「수사가 끝났으니 이제 개미와도 작별합시다. 이제 개미 끝!」

멜리에스가 말했다.

「지금 제 상태가 어떤지 알아요? 잠을 잘 수도 없을 것 같고 너무 피곤해서 일도 못 하겠어요. 보리바주 호텔의 그 방에서 개미들을 감시하면서 멋진 시간을 보냈을 때처럼 체스나 한판 하면 어떨까요?」

「개미 얘긴 하지도 말라면서요.」

레티시아가 웃으며 말했다.

「재미있는 놀이가 하나 생각났어요. 중국식 체스라고 할 만한데요. 상대의 말을 잡지는 않고 그것들을 이용해 자기 말을 더 빨리 나아가게 하는 놀이예요.」

레티시아가 설명했다.

「별로 복잡하지 않고 머리나 좀 식힐 수 있는 놀이면 좋겠는데……. 배우면서 해야 돼요?」

레티시아 웰스는 안으로 들어가서 육각형의 대리석 판을 가져왔다. 그 판 위에는 뾰족한 여섯 개의 뿔로 이루어진 커다란 별 하나가 새겨져 있었다.

레티시아가 놀이의 규칙을 가르쳐 주었다.

「별의 뾰족한 뿔마다 유리 막대들이 모여 하나의 진영을 이루고 있어요. 각 진영은 고유의 색깔을 가지고 있고요. 자기편의 유리 막대나 상대편의 유리 막대를 건너서 앞으로 나아가는 거예요. 막대를 건너뛸 때에는 막대 앞 칸이 비어 있으면 돼요. 건너뛸 공간이 있다면 아무 방향으로나 건너가고 싶은 만큼 건널 수 있어요.」

「그럼 건너뛸 막대가 없을 때에는?」

「한 칸씩 한 칸씩 아무 방향으로나 나아갈 수 있어요.」

「뛰어넘은 막대는 잡아 버리는 건가요?」

「아니요. 전통적인 체스와는 반대로 말을 잡는 게 아니고 빈 공간을 이용해서 맞은편 진영에 되도록 빨리 도달하는 길을 찾으면 되는 거예요.」

그들은 놀이를 시작했다.

레티시아는 한 칸씩 벌려서 막대를 늘어놓음으로써 일종의 길을 만들었다. 레티시아의 막대들은 그 길을 이용해서 차례차례 멀리 나아갔다.

멜리에스도 레티시아를 따라서 했다. 첫 번째 판이 끝났을 때 멜리에스는 자기의 막대를 모두 레티시아의 진영으로 옮겨 놓았다. 그러나 막대 하나가 남아 있었다. 깜빡 잊고 빠뜨린 낙오자였다. 그가 홀로 남은 유리 막대를 옮기고 있을 때, 레티시아는 모든 막대들을 자기의 진영에 다 채워 넣고 있었다.

「당신이 이겼어.」

그가 서서히 패배를 시인했다.

「초보자치고 아주 요령 있게 잘하는데요. 이제부터는 하나라도 빼놓으면 안 된다는 것을 염두에 두세요. 되도록 빨리 하되 단 하나도 빠뜨리지 말고 모든 막대를 한꺼번에 보낼 생각을 해야 돼요.」

그는 더 이상 듣지 않고 놀이판을 보는 데 몰두하고 있었다.

「몸이 별로 안 좋은가 봐요? 하긴 간밤에…….」

그녀가 걱정이 되어 물었다.

「괜찮아, 아주 좋아요. 그런데 이 놀이판 좀 봐요. 자세히 봐요.」

「네, 보고 있어요. 그런데요?」

「그런데요라니, 이게 해답이란 말이에요!」

그가 소리쳤다.

「이미 모든 해답을 찾았는데 무슨 말을 하는 거예요?」

「아니. 그 수수께끼의 해답은 못 찾았잖아요. 라미레 씨의 그 마지막 수수께끼 말이에요. 성냥개비 여섯 개로 정삼각형 여섯 개를 만들라는 문제 말이에요.」

레티시아는 육각형 놀이판을 살펴보았으나 멜리에스가 뭘 말하고 있는지 알 수 없었다.

「다시 잘 봐요. 여섯 개의 뾰족한 뿔로 이루어진 별 모양대로 성냥개비를 놓으면 돼요. 이 판이 그걸 가르쳐 주고 있잖아요. 삼각형 두 개를 이렇게 포개면 작은 정삼각형 여섯 개가 나오잖아요…….」

레티시아는 놀이판을 한층 더 주의 깊게 살펴보았다.

「이것은 다윗의 별이에요. 대우주의 인식과 결합된 소우주의 인식을 상징하지요. 무한히 큰 것과 무한히 작은 것과의 만남…….」

「나는 이 개념이 아주 좋아요.」

멜리에스는 자기의 얼굴을 레티시아의 얼굴에 가까이 가져가며 말했다. 그들은 놀이판을 들여다보면서 그렇게 얼굴을 맞대고 있었다.

「그것은 또한 하늘과 땅의 결합이라고도 말할 수 있지요. 이 이상적인 기하학적 형태 속에서 모든 것이 완성되고 혼연일체가 되지요. 각각의 구역들이 자기의 특수성을 간직하면서 서로 하나가 되는 거예요. 그것은 높은 것과 낮은 것의 혼합을 의미해요.」

그들은 경쟁이나 하듯 서로 대조되는 것들을 나열했다.

「음과 양.」

「빛과 어둠.」

「선과 악.」

「추위와 더위.」

레티시아는 서로 대조되는 것들을 찾느라고 양미간을 찌푸렸다.

「슬기로움과 어리석음.」

「정신과 육체.」

「능동과 수동.」

「당신이 가르쳐 준 중국식 체스에서처럼 별은 각자 자기의 관점에서 출발하여 다른 것의 관점을 받아들입니다. 그래서 그 수수께끼의 힌트가 〈다른 사람과 같은 방식으로 생각해야 한다〉였군요. 그런데 나는 아직도 당신에게 제안하고 싶은 관념의 결합이 있어요. 미(美)와 지성의 조화를 어떻게 생각하세요.」

레티시아가 말했다.

「그러면 당신은 남자와 여자의 결합을 어떻게 생각하

지요?」

그가 그녀의 얼굴에 좀 더 가까이 다가가자, 그의 수염이 레티시아의 보드라운 볼을 찔렀다. 그는 손을 그녀의 비단결 같은 머리채 속에 집어넣고 어루만졌다. 그녀는 다소곳하게 있었다.

176. 신비한 세계

103호는 개수대에서 내려와 통풍기 가장자리 위로 기어 올라간다. 다시 통로를 지나 의자 위로 올라가고, 벽 위를 기어 올라가서는 탁자 뒤에 숨었다. 잠시 후에 탁자에서 내려와, 화장실 변기 위 가파른 가장자리 위를 기어오른다.

아래에 작은 호수가 있지만 내려가고 싶지 않다. 세면대로 가서 마개가 잘못 닫힌 치약 튜브의 박하 향과 면도 후에 바르는 화장수의 향긋한 냄새를 맡고, 마르셀 비누 위로 올라갔다가, 계란 모양의 샴푸병 속으로 미끄러지던 찰나 가까스로 익사를 면한다.

이미 볼 만큼 다 보았지만 이 둥지엔 손가락들이 전혀 없다.

그는 다시 길을 떠난다.

그는 혼자다. 자기가 원정군의 가장 초라하고 볼품없는 종말을 상징하고 있는 것만 같다. 결국 모든 것이 그가 어떻게 하느냐에 달려 있다. 그에게는 아직도 손가락들을 지지할 것인가 아니면 손가락들에 대항할 것인가 하는 선택이 남아 있다.

103호 혼자서 손가락들 모두를 없애 버릴 수 있을까?

그럴 수 있을지도 모른다. 그러나 쉽지는 않을 것이다.

이미 원정군 병사들은 3천 마리나 희생이 되었는데 손가락들은 단 한 마리밖에 죽지 않았다!

생각하면 생각할수록 지상의 모든 손가락들을 자기 혼자서 해치우겠다는 생각은 포기해야 할 것만 같다.

그는 어항 앞으로 가서 몇 분 동안 어항 벽에 들러붙은 채, 알록달록한 이상한 새들이 형광을 반짝이며 나른하게 날아다니는 모습을 지켜본다.

그런 다음 103호는 현관문 아래를 지나 계단을 이용해 한 층을 더 올라간다.

그는 욕실, 부엌, 거실을 둘러본다. 비디오 녹화기 뚜껑 속에서 길을 잃어 잠시 전자 부품 사이에서 헤매다가 다시 나와서 어떤 방으로 깊숙이 들어간다. 아무도 없다. 멀리 둘러보아도 손가락들의 모습은 전혀 보이지 않는다.

쓰레기 통로를 따라 또 한 층을 올라간다. 부엌, 욕실, 거실을 차례로 둘러본다. 역시 아무도 없다. 그는 멈춰 서서 페로몬을 토해 내어 손가락들의 풍습에 대해서 자기가 관찰한 것을 기록한다.

분야: 동물학

주제: 손가락들

정보 제공자: 103683호

정보 제공 연도: 100000667년

손가락들은 모두 외형이 비슷한 둥지를 가지고 있는 것 같다. 둥지들은 뚫을 수 없는 바위로 된 커다란 동굴이다. 그것들은 입방형으로 되어 있으며 층층이 쌓여 있다. 그 동굴 안은 대개 훈훈하다. 천장은 하얗고 바닥은 색깔이 있는 잔디 같은 것으로 덮여 있다. 손가락들이 그곳에 머무는 일은 드물다.

103호는 발코니로 나와 다리에 붙어 있는 접착성이 강한 흡착판을 사용하여 건물의 정면을 기어오른 다음 앞의 것들과 비슷한 새 아파트로 들어간다. 거실로 들어가니 마침내 손가락들의 모습이 보인다. 103호가 나아가자 손가락들이 그를 죽이려고 쫓아온다. 103호는 고치를 꽉 쥔 채 가까스로 도망친다.

177. 백과사전

방향

인류의 위대한 원정들은 대부분 동쪽에서 서쪽으로 이루어졌다.

예부터 사람들은 불덩어리가 잠기는 곳이 어디인가 궁금해하면서 태양의 운행을 쫓았다. 오디세우스, 크리스토퍼 콜럼버스, 아틸라 등 모두 서쪽에 그 답이 있다고 믿었다. 서쪽으로 떠나는 것, 그것은 미래를 알고자 하는 것이었다.

태양이 〈어디로〉 가고 있는지 궁금해하는 사람들이 있었던 반면에 그것이 〈어디로부터〉 오는지 알고 싶어 하는 사람들도 있었다.

마르코 폴로, 나폴레옹, 호빗 빌보(톨킨의 『반지의 제왕』에 나오는 주인공 가운데 하나) 등은 동쪽으로 갔던 인물들이다. 그들은 모든 것이 시작되는 동방이야말로 발견할 거리가 많은 곳이라고 믿었다.

모험가들의 상징체계에는 여전히 두 개의 방향이 남아 있다. 그 방향들의 의미는 다음과 같다. 북쪽으로 가는 것은 자신의 힘을 시험하기 위한 장애물을 찾아가는 것이다. 남쪽으로 가는 것은 휴식과 평온을 찾아 나서는 것이다.

에드몽 웰스, 『상대적이며 절대적인 지식의 백과사전』 제2권

178. 방황

103호는 그의 소중한 짐을 들고 신비한 손가락들의 세계에서 오랫동안 떠돌아다녔다. 그는 많은 둥지들을 방문했다. 그것들은 비어 있는 때도 있었고 손가락들이 안에 있다가 그를 죽이려고 쫓아온 때도 있었다.

한때 〈메르쿠리우스 임무〉를 포기하고 싶은 유혹도 생겼다. 그러나 이제 와서 그만둔다면 산전수전을 다 겪으면서 바친 그 많은 노력이 물거품이 되고 말 것이다. 착한 손가락들을 만나야 한다. 개미들에게 우호적인 손가락들을.

103호는 거의 1백여 채의 아파트를 방문했다. 영양분을 취하기는 쉬웠다. 여기저기에 많은 음식이 널려 있었다. 그러나 각진 곳이 많은 공간에서 홀로 있으니 모든 것이 기하학적이고 초자연적인 색깔로 장식된 다른 행성에 와 있는 느낌이었다. 반짝이는 흰색, 윤기 없는 밤색, 파르스름한 불빛, 산뜻한 오렌지빛, 연초록빛이 어우러진 세계.

기이한 나라!

나무, 풀, 모래는 거의 없고 오로지 매끈매끈하고 차가운 물건들과 물질들만 가득하다.

동물도 거의 없다. 그저 그가 다가가면 줄행랑을 놓는 좀벌레 몇 마리가 보일 뿐이다. 그 좀벌레들에게는 103호가 숲

에서 온 야수처럼 보이기라도 하는 모양이다.

103호는 걸레 속에서 길을 잃었다가 밀가루 봉지에서 악전고투하고 신기한 물건이 담긴 서랍 속을 탐색한다.

후각이나 시각으로 감지되는 것이라고는 죽어 있는 형체들, 죽어 있는 가루들, 손가락들이 가득 들어 있거나 비어 있는 둥지들뿐이다. 어떤 것이든 그 중심을 찾아야 한다.

《어떤 것이든 그 중심을 찾는 게 중요하다.》

벨로키우키우니의 말이 떠오른다. 하지만 서로 포개져 있거나 붙어 있는 수많은 사각형 둥지 가운데서 어떻게 중심을 찾는단 말인가?

게다가 그는 혼자고 너무나 외롭고 자기 도시에서 이토록 멀리 떨어져 있는데!

고향이 그립다. 그는 벨로캉의 안정된 피라미드, 동료들의 움직임, 영양 교환할 때의 포근함, 자기들의 씨를 퍼뜨려 달라고 요청하는 식물들의 매혹적인 향기, 마음을 편안하게 해주는 나무 그늘이 그리워진다. 지금 그에겐 태양의 에너지를 마음껏 받아들이게 해주는 바위들, 수풀 사이에 뿌려진 페로몬의 자취가 너무나 아쉬운 것이다!

그래도 103호는 예전에 원정군이 그랬듯이 계속 나아간다. 그의 존스턴 기관들은 전파, 광파, 전자파, 자기파 등 갖가지 파동들 때문에 혼란에 빠진다. 이 손가락들의 나라에는 거짓 정보들이 와글와글대고 있을 뿐이다.

103호는 관이나 대롱이나 전화선이나 밧줄을 따라 아파트를 배회하고 있다. 아무것도 없다. 자기를 환대하는 어떠한 신호도 없다. 손가락들은 그를 알아보지 못한다.

103호는 낭패감에 빠진다.

너무 지쳐 버린 나머지 그는 〈해봤자 무슨 소용이 있담? 뭣 하러 이런 짓을 하지?〉라고 푸념을 늘어놓는다. 그때 돌연 숲속에 사는 불개미의 냄새가 풍겨 온다. 기쁜 마음에 103호는 기적적인 냄새가 날아오는 쪽으로 달려간다. 달려가면 달려갈수록 냄새의 정체가 분명해진다. 지울리캉의 냄새다! 원정군이 출정하기 직전에 손가락들에게 납치되었던 둥지인 지울리캉!

향긋한 냄새가 자석처럼 그를 끌어당긴다.

틀림없다. 지울리캉의 둥지가 저기 고스란히 있다. 지울리캉 개미들은 모두 무사하다. 103호는 그들과 함께 있고 싶어 더듬이를 내밀었으나, 그들 사이에 모든 접촉을 차단하는 단단하고 투명한 벽이 놓여 있다. 도시가 입방체 안에 갇혀 있다. 103호는 지붕 위로 기어 올라간다. 거기에는 더듬이로 비집고 들어가기에는 너무 비좁지만 페로몬을 교환하기에는 충분한 작은 구멍들이 나 있다.

지울리캉 개미들은 자신들이 어떻게 이 인공 둥지로 오게 되었는지 페로몬으로 전해 준다. 그들이 여기에 강제로 정착한 이후로 손가락들이 그들을 연구하고 있다. 손가락들은 공격적이지 않다. 그들은 개미들을 죽이지 않는다. 그런데 한번은 이상한 사건이 발생했다. 그들에게 낯선 다른 손가락들이 그들을 들어 올려 사정없이 흔들어 대는 바람에 많은 지울리캉 개미들이 죽었다.

하지만 그들이 이곳에 다시 온 후 더 이상의 문제는 없다. 매력적인 손가락들이 그들에게 먹이를 주고, 보살피고, 그들을 지켜 준다.

103호는 몹시 기뻤다. 그가 그토록 갈망하던 착한 손가락들을 만나게 될 것 같았기 때문이다.

인공 둥지에 갇혀 있는 개미들이 냄새와 몸짓으로 착한 손가락들에게 가는 길을 가르쳐 준다.

179. 상념

오귀스타 웰스는 공동체 의례에 참여하고 있었다. 모두들 〈옴〉 소리를 내고 있었다. 그 소리가 하나의 정신적인 공간을 만들자 모두가 나란히 그 안으로 들어갔다.

저 위, 머리 위 1미터 지점, 천장 아래 50센티미터 지점에 자리 잡은 상상의 공간에는 더 이상 배고픔도 추위도 두려움도 없고, 그곳에서는 모두가 자기를 잊고 공중에 떠다니는 생각하는 거품에 지나지 않는다.

하지만 오귀스타 웰스는 서둘러 그 거품 속에서 빠져나와 자기의 육체로 다시 돌아왔다. 오귀스타 할머니는 제대로 정신을 집중할 수 없었다. 뭔가 다른 것에 몰두해 있었고 잡념이 끼어들었다. 지상에 있었을 때의 정신과 자아가 온전히 남아 있었다. 니콜라 사건이 할머니에게 많은 생각을 불러일으켰다.

인간 세계는 한 마리 개미에겐 아주 강렬한 인상을 줄 것임에 틀림없으리라는 생각이 든다. 자동차, 커피 자동판매기, 기차 검표기가 무엇인지 결코 이해하지 못할 것이다. 개미 세계와 인간 세계와의 거리는 아마도 인간 세계와 초월적인(신의?) 어떤 세계를 갈라놓는 거리만큼 될 것이다.

인간 세계보다 더 높은 차원의 시공간에 또 다른 니콜라가 존재할지도 모른다. 사람들은 신이 왜 저렇게 행동하는가 의

문을 갖기도 하지만, 그 신은 심심풀이로 장난을 치는 철부지 어린아이일 수도 있지 않을까! 누군가가 그 철부지 어린아이에게 간식 시간이 되었으니 인간들과 장난치는 것을 그만두라고 이야기할 때는 언제일까?

오귀스타 할머니는 그런 생각을 하다 보니 머리가 혼란스러워지고 정신이 아찔해지는 느낌마저 들었다.

개미들이 기차의 자동 검표기를 상상할 수 없다면 인간 세계보다 우월한 시공간의 신들은 어떤 독창적인 개념들을 다루고 있는 것일까?

터무니없고 쓸데없는 생각일 뿐이었다. 할머니는 다시 정신을 집중하여 공동체 모임의 부드러운 정신적 공간 안으로 들어간다.

180. 목표가 다가오고 있다

소리와 냄새와 열기가 가득 차 있다. 이곳엔 틀림없이 손가락들이 살고 있다.

103호는 붉고 두꺼운 융단 밀림에서 길을 잃지 않으려고 애쓰면서 소리와 진동이 나는 곳으로 다가간다. 길엔 물렁한 장애물들이 뿌려져 있다. 화려한 천들이 바닥에 널려 있다.

최후의 원정군 병사 103호는 자크 멜리에스의 저고리 위로 기어올랐다가 다시 바지 위로 올라간다. 그런 다음 검은 비단 투피스를 밟으며 계속 나아가 경정의 셔츠 위로 올라가더니 이번에는 험준한 산맥처럼 생긴 레티시아의 브래지어를 오르내린다. 그는 소란스러운 곳을 향해 나아간다.

정면에 뜨개질한 침대 시트 자락이 나타나자 그는 그 위로 기어 올라간다. 올라갈수록 손가락들의 냄새, 손가락들의 열기, 손가락들의 소리가 있다. 저 위에 그들이 있는 것이 확실하다. 이제 곧 그들을 만나게 될 것이다. 103호는 나방 고치를 끄집어낸다. 〈메르쿠리우스 임무〉의 완수가 목전에 다다랐다. 침대의 꼭대기로 기어 올라간다.

과연 어떠한 일이 일어날 것인가?

레티시아 웰스는 연보랏빛 눈을 감고, 멜리에스의 양기가 자기의 음기와 합쳐지는 것을 느끼고 있었다. 그들의 몸이 엉켜 춤을 추고 있는 찰나였다. 살포시 눈을 뜬 레티시아는 소스라치게 놀랐다. 그녀의 코 바로 앞에서 개미가 위턱 사이에 작게 접은 종이를 낀 채 흔들고 있었다!

그 광경을 보고 레티시아는 마음이 흐트러져서 움직임을 멈추고 벌떡 일어나 침대에서 빠져나왔다.

그 갑작스러운 중단에 자크 멜리에스는 당황했다.

「무슨 일이죠?」

「침대 위에 개미가 있어요!」

「틀림없이 당신 개미집에서 나온 걸 거예요. 하루 종일 개미와 함께 있었고, 그것들을 추적했어요. 자, 이리 가까이 와요!」

「잠깐만요, 기다려요. 저건 다른 개미들과 달라요. 뭔가 특별한 것을 갖고 있어요.」

「라미레 부부의 개미 로봇 가운데 하나가 아닐까요?」

「아뇨, 정말 살아 있는 개미예요. 믿기지 않겠지만 위턱 사이에 접은 종잇조각이 있어요. 우리에게 전해 주고 싶어 하는 것 같아요.」

경정은 투덜거리면서도 그 사실을 확인하기 위해 마지못해 일어났다. 실은 그도 개미가 접은 종잇조각을 물고 있는 것을 보고 알고 있었다.

103호는 자기 앞에 많은 손가락들이 있음을 깨닫는다.

대개 그 동물은 다섯씩 짝을 지은 두 무리로 이루어져 있다. 그런데 여기 있는 것은 더 고등한 동물임에 틀림없다. 왜냐하면 다른 손가락들보다 더 두터운 데다 다섯씩 두 무리가 아니라 네 무리로 되어 있기 때문이다. 어쩌면 하나의 분홍빛 뿌리에서 나온 스무 개의 손가락들인지도 모른다.

103호는 앞으로 나아가 위턱 끝으로 편지를 내민다. 그 어마어마한 존재들이 불러일으키는 너무나 당연한 두려움에 함몰되지 않으려고 무진 애를 쓴다.

숲에서 손가락들을 상대로 싸웠던 일을 떠올리자 재빨리 달아나고 싶은 충동이 인다. 그러나 목표를 바로 눈앞에 두고 거기에 당당하게 맞서지 않는다는 것은 얼마나 어리석은 짓인가.

「자, 저 개미가 위턱 사이에 물고 있는 것이 무엇인지 알아보세요.」

자크 멜리에스는 아주 천천히 개미에게 손을 내밀었다. 그가 중얼거렸다.

「설마 저 개미가 나를 물거나 개미산을 쏘지는 않겠죠?」

「지금 저 작은 개미를 무서워하는 것은 아니겠죠?」

레티시아가 그의 귀에 대고 속삭였다.

손가락들이 다가오자 두려움이 밀려온다. 103호는 어렸을 때 벨로캉에서 배운 교훈들을 상기한다. 포식자와 마주쳤을 때는 그가 더 강하다는 사실을 잊어야 한다. 다른 것을 생각해야 한다. 침착해야 한다.

포식자는 언제나 약한 상대가 달아나길 기다리고 있다가 달아나기 시작하면 즉각 행동에 들어간다. 그러나 두려움을 내비치지 않고 당당하게 맞서고 있으면 그자는 당황하면서 감히 공격할 생각을 못 한다.

손가락들 다섯이 침착하게 그를 맞으러 다가온다. 그들은 전혀 당황하는 것 같지 않다.

「개미를 놀래지 않도록 조심하세요! 기다려요, 천천히 해요, 개미가 달아나지 않게끔…….」

「저 개미가 움직이지 않는 것이 꼭 내가 가까이 다가가기를 기다렸다가 나를 물려고 하는 것 같은데요.」

그러면서도 멜리에스는 천천히 그러나 일정한 속도로 손을 들이밀고 있었다.

103호에게 다가오는 손가락들은 그를 해칠 생각은 없는 것 같다. 적은 행동을 취할 기미가 전혀 보이지 않는다. 그래도 경계해야 한다. 함정임에 틀림없다. 하지만 103호는 겁을 먹고 달아나지 않으려고 애쓴다.

〈겁내지 말자. 겁내지 말자. 겁내지 말자. 자, 난 그들을 만나러 아주 먼 곳에서 왔고, 지금 저기에 그들이 있는데, 이제 와서 전속력으로 도망갈 생각을 하다니! 힘내라, 103호. 넌 이미 그들과 맞섰으면서도 죽지 않았잖는가.〉

하지만 자기보다 높이로 보나 덩치로 보나 열 배가 넘는 다섯 개의 분홍빛 공들이 다가오고 있는 마당에 움직여서는 안 된다고 스스로에게 타이르기란 결코 쉽지 않다.

「살며시, 살며시, 개미가 불안해하고 있는 거 보이죠? 더
듬이를 계속 떨고 있잖아요.」

「내가 하는 대로 그냥 내버려 둬요. 저 개미는 내 손이 점
점 다가가는 것에 조금씩 익숙해지고 있어요. 동물들은 느리
고 규칙적인 현상은 두려워하지 않아요. 옳지, 귀여운 것. 자,
자.」

이건 본능이다. 손가락들이 스무 걸음 이내로 다가오자
103호는 위턱을 크게 벌리고 공격하려 한다. 위턱에 접은 종
이가 틀어막혀 있어서 더 이상 물 수도 없다. 그는 더듬이 끝
을 앞으로 내민다.

그의 머리에서 열이 난다. 세 개의 뇌가 대화를 하며 각자
자기 의견을 내놓는다.

〈달아나자!〉

〈겁먹지 마. 이러려고 우리가 그동안 그렇게 고생을 한
거야.〉

〈우리는 곧 박살 날지도 몰라.〉

〈달아나고 싶어도 손가락들이 너무 가까이에 있어서 달아
날 겨를이 없어!〉

「그만둬요, 개미가 놀라서 죽겠어요.」

레티시아가 명령조로 말했다.

멜리에스의 손이 멈췄다. 개미는 세 걸음을 물러서더니
더 이상 움직이지 않는다.

「당신도 보았죠, 내가 멈추니까 더 두려워하잖아요.」

103호는 잠시 쉬고 싶었지만 손가락들이 다시 다가온다. 그가 아무것도 하지 않는다면, 몇 초 후에 손가락들이 그를 건드릴 것이다. 103호는 손가락들이 개미들을 튀겼을 때 어떤 일이 일어나는지를 이미 잘 알고 있다. 그는 미지의 것 앞에서 취하는 두 가지 태도를 떠올린다.

행동하라! 아니면 모든 고통을 참아야 한다. 103호는 도무지 고통을 참아 낼 수 없을 것 같아서 행동하는 쪽을 택한다.

놀라운 일이다. 개미가 손 위로 기어 올라왔다. 자크 멜리에스는 깜짝 놀랐다. 개미는 돌진하여 그의 몸 위로 달리다가 팔을 도약판으로 삼아 레티시아 웰스의 어깨 위로 뛰어올랐다.

103호는 신중한 걸음걸이로 나아간다. 먼젓번 손가락들 위를 걷는 것보다 여기가 더 기분이 좋다. 여유를 가지면서 자기가 보고 느낀 모든 것을 분석한다. 그 내용을 잘 정리해 두면 훗날 손가락들에 대한 동물학 페로몬을 만드는 데 많은 도움이 될 것이다. 손가락 위에 올라와 보니 여간 신기한 게 아니다. 깨끗하고 연한 분홍빛의 평평한 표면에 가는 줄무늬가 나 있다. 달짝지근한 냄새가 나는 땀으로 가득 찬 작은 우물들이 규칙적인 간격으로 배열되어 있다. 103호는 레티시아 어깨의 하얗고 둥근 부분 위에서 거닌다. 레티시아는 개미를 다치게 할까 저어하면서 꼼짝 않고 있다. 개미는 그녀의 목으로 기어오른다. 그 목을 감싸고 있는 새틴 천의 감촉에 개미는 황홀해한다. 개미는 입으로 다가가서 짙은 장밋빛의 도톰한 살갗 위에 제 다리의 모든 무게를 싣는다.

그러더니 레티시아의 오른쪽 콧구멍 안에서 잠시 방향을 잃는다. 레티시아는 재채기를 참느라고 안간힘을 쓴다.

103호는 콧구멍에서 나와 왼쪽 눈동자 위로 몸을 기울인다. 그곳은 촉촉하고 움직임이 있다. 상앗빛 바다 한가운데에 연보랏빛 섬이 하나 있다. 103호는 거기에 다리가 빠질까 두려워 그곳으로 들어가지 않는다. 그러길 잘했다. 끝에 검은 솔이 달린 일종의 커다란 막 같은 것이 벌써 눈동자를 덮어 버리고 있다.

103호는 다시 목으로 가는 길을 따라 내려와 가슴 사이로 미끄러져 들어간다. 주근깨 몇 개가 있는데 103호는 거기에 걸려 잠시 비틀거린다. 가슴을 덮고 있는 얇은 천에 매료되어 젖무덤 위로 올라간다. 젖무덤의 발그레한 꼭지가 반짝거린다. 그는 그 위에 멈춰 서서 몇 가지 정보를 기록한다. 그가 손가락들 위에 올라와 있다는 것은 손가락들이 그에게 방문을 허락했다는 것을 의미한다. 지울리캉 개미들이 옳았다. 이 손가락들은 정말로 우호적이다. 젖무덤 꼭대기에서는 다른 쪽 젖무덤과 배의 골짜기가 일망무제(一望無際)로 바라다보인다.

그는 거기에서 내려오면서 그 깨끗하고 따뜻하고 보드라운 표면에 감탄한다.

「움직이지 마요. 당신 배꼽으로 가고 있어요.」

「나도 그러고 싶어요. 하지만 너무 간지러워요.」

103호는 배꼽 샘에 빠졌다가 다시 올라와 긴 허벅지 위를 질주하여 무릎 위로 올라간 다음, 발목으로 다시 내려와 발뒤꿈치로 기어오른다. 끝을 붉게 물들인 통통하고 짤막한 손가락들이 보인다. 103호는 다시 다리로 기어오른다. 장딴지 위를 질주하다가 그 하얗고 매끄러운 살갗 위에서 미끄러진다. 103호는 그녀의 털이 나 있지 않은 따뜻하고 발그레하고 매끄러운 살갗 위를 달려 무릎을 지나고 허벅지 위쪽으로 올라간다.

181. 백과사전

6

6이란 수는 구조를 만들기에 적합한 수이다. 6은 천지 창조를 뜻하는 수이다. 하나님은 엿새 만에 천지를 창조하고 7일째에는 휴식을 취했다. 클레망 달렉상드리에 따르면, 우주는 서로 다른 여섯 방향에서 창조되었다고 한다. 즉, 동서남북과 천정점(관측점을 기준으로 천구상 가장 높은 점)과 천저점(관찰자를 기준으로 천구상의 가장 낮은 점)이다. 인도에서 얀트라라고 부르는 여섯 뿔박이 별은 사랑의 행위, 즉 요니와 링감[15]의 결합을 의미한다. 솔로몬의 옥새라고도 불리는 다윗의 별을 히브리 사람들은 우주를 이루는 모든 요소의 총화를 상징한다고 생각한다. 위로 뾰족한 삼각형은 불을 뜻하고 아래로 뾰족한 삼각형은 물을 뜻한다.

연금술에서는 별의 여섯 개 뿔이 각각 하나의 금속과 행성에 대응한다고 한다. 가장 위쪽에 있는 뿔은 달과 은에 해당한다. 시계 반대 방향으로 돌면서 각각의 뿔은 차례로 금성과 구리, 수성과 수은, 토성과 납, 목

15 힌두교 신화에 나오는 생식 숭배의 상징. 요니는 자연이 지닌 최고의 여성적인 힘으로 숭배되고, 링감은 창조와 파괴를 관장하는 시바신을 나타낸다.

성과 주석, 화성과 철에 해당한다. 여섯 원소와 여섯 행성이 오묘하게 결합되면서 중앙에는 태양과 금이 놓인다.

회화에서 여섯 뿔박이 별은 색깔들이 결합할 수 있는 모든 경우를 보여 주기 위해서 사용된다. 모든 색깔을 결합하면 가운데 육각형 안에 하얀 빛이 만들어진다.

에드몽 웰스, 『상대적이며 절대적인 지식의 백과사전』 제2권

여섯 번째 비밀

**손가락들의
나라**

182. 목표에 더욱 가까이 가다

103호가 허벅지 윗부분으로 올라간다. 그러나 다섯 개의 긴 손가락들이 다가와 허벅지 살갗 위에 내려서더니 그가 살에 닿기 전에 길을 차단한다. 긴 여정은 끝났다.

103호는 으스러질까 두려워한다. 그러나 손가락들은 마치 그와 만날 약속을 하고 기다리고 있기나 한 것처럼 그대로 머물러 있다. 과연 지울리캉 개미들이 옳았다. 이 손가락들은 나쁜 성품을 지닌 자들이 아니다. 103호는 여전히 살아 있다. 그는 뒷다리로 버티며 몸을 곧추세우고, 허공을 향해 그 편지를 내민다.

레티시아 웰스는 매니큐어를 칠한 엄지손가락과 집게손가락 손톱으로 섬세한 핀셋을 놀리듯이 접힌 종이를 천천히 잡는다.

103호는 잠시 머뭇거리다가 위턱을 크게 벌리고 그의 귀중한 짐을 내준다. 바로 이 놀라운 순간을 위해서 그토록 많은 개미들이 죽었다.

레티시아 웰스는 손바닥 위에 종이를 올려놓았다. 종이의

205

크기는 우표의 4분의 1정도였는데, 양면에 깨알 같은 글자들이 씌어 있었다. 글자가 너무 작아 읽을 순 없었지만, 그것이 사람의 필체라는 것은 알 수 있었다.

「이 개미가 우리에게 편지를 가져왔어요.」

조그만 쪽지를 읽으려고 애를 쓰면서 레티시아가 말했다.

자크 멜리에스가 그의 커다란 조명 돋보기를 가져왔다.

「이 돋보기로 그 편지를 해독하면 훨씬 쉬울 겁니다.」

그들은 개미를 작은 병 속에 넣고 옷을 입은 후, 허리를 숙이고 돋보기로 쪽지를 들여다보았다.

「이제 잘 보이는군요. 판독한 단어를 적게 만년필을 줘요. 일단 적고 나서 빠진 단어를 생각해 보도록 합시다.」

멜리에스가 말했다.

183. 백과사전

흰개미

우연한 기회에 흰개미 전문 학자들을 만난 적이 있다. 그들은 내가 몰두하고 있는 개미들에 대해 물론 관심이 가긴 하지만, 개미들의 문명은 흰개미들이 이루어 놓은 문명의 절반에도 미치지 못한다고 말했다.

사실 그렇다.

흰개미들은 〈완벽한 사회〉를 이룬 유일한 모듬살이 곤충임에는 틀림이 없다. 흰개미들은 절대 군주 체제의 형태로 조직되어 각 구성원이 여왕개미를 섬기는 데 행복하며, 모두들 서로 이해하고 서로 돕고, 어느 누구도 사소한 야심이나 이기적인 생각을 품지 않는다.

〈연대 의식〉이란 말이 가장 강한 의미를 띠는 곳은 분명 흰개미 사회이다. 이미 2억 년 전에 최초로 도시를 세운 동물이기 때문일 것이다.

하지만 흰개미 사회의 그러한 성공에도 문제점이 없는 것은 아니다. 완벽하다는 것은 이론상 더 이상 개선할 것이 없다는 것을 의미한다. 따라서 흰개미 도시는 이의 제기, 혁명, 내분을 모르고 지낸다. 그곳은 잡것이 섞이지 않은 건전한 유기체처럼 너무 잘 돌아가기 때문에, 흰개미들은 아주 단단한 진흙으로 만든 정교한 둥지에서 그저 행복을 즐기기만 하면 된다.

그에 비하면 개미는 훨씬 무질서한 사회 체제에서 산다. 개미들은 시행착오를 통해서 진보하고, 그들이 시도한 모든 일에서 오류를 범하면서 발전한다. 개미들은 현재 소유하고 있는 것에 만족하는 일이 없으며 목숨을 걸고서라도 모든 것을 경험해 보고 싶어 한다. 개미 군체는 그리 견실한 체제는 아닐지라도, 기상천외한 해결책이 나타날 때까지 갖가지 방법을 시도하고 자멸할 위험을 무릅쓰면서까지 끊임없이 새로움을 모색하는 사회이다. 바로 이것이 내가 흰개미보다 개미에게 한층 더 관심을 보이는 이유이다.

에드몽 웰스, 『상대적이며 절대적인 지식의 백과사전』 제2권

184. 편지 해독

몇 분 동안 해독을 한 후에 멜리에스는 편지 한 통의 내용을 이해할 수 있었다.

〈우리를 구해 주십시오. 개미집 아래에 스물한 명이 갇혀 있습니다. 당신들에게 이 편지를 전한 개미는 우리를 적극적으로 돕고 있습니다. 그 개미가 당신들이 우리를 구하러 올 길을 안내할 것입니다. 우리들 위에 화강암 너럭바위가 있으니, 망치와 곡괭이를 가지고 오십시오. 서둘러 주십시오. 조나탕 웰스〉

레티시아 웰스가 벌떡 일어났다.

「조나탕! 조나탕 웰스라고요! 구원을 요청한 사람이 내 사촌 조나탕이라니!」

「그를 안단 말이에요?」

「만나 본 적은 없지만 내 사촌이에요. 시바리트 거리의 지하실로 사라져 죽은 줄로 알고들 있었는데……. 그 지하실 사건 기억나요? 조나탕이 첫 번째 희생자였어요!」

「살아 있기는 한데, 모두가 개미집 아래에 갇혀 있다니!」

멜리에스는 그 작은 종잇조각을 살펴보았다. 그 메시지는 바다 속에 던져진 병과 같았다. 아마도 죽음의 위기에 처해서 떨리는 손으로 쓴 것 같았다. 개미가 이 편지를 가지고 오는 데 얼마나 오랜 시간이 걸렸을까? 그는 개미들이 얼마나 더디게 이동하는지 알고 있었다.

또 다른 의문이 들었다. 편지는 분명히 보통 크기의 종이에 쓰인 뒤, 복사기를 사용해서 여러 차례 축소된 듯했다. 그렇다면 그들이 갇혀 있는 곳은 복사기와 전기 시설도 갖추어져 있다는 말인가?

「이게 사실일까요?」

「개미가 이 편지를 갖고 이리저리 헤매고 다녔다는 사실을 달리 설명할 방법이 없잖아요?」

「하지만 이 개미가 당신 아파트에 정확히 도달했다는 것을 우연이라고 말하기에는 너무나 공교롭지 않나요? 퐁텐블로 숲은 커요. 그리고 퐁텐블로시는 개미 쪽에서 볼 때 엄청나게 크죠. 그럼에도 불구하고 이 개미가 5층에 있는 당신의 아파트를 찾아냈다……. 이건 좀 비약이 심하지 않아요?」

「그래요. 하지만 때때로 어떤 일들이 1백만 번 가운데 한

번 일어나는 경우도 있어요.」

「그럼 당신은 개미집 아래에 〈갇혀 있는〉 그 사람들의 목숨이 개미의 뜻에 따라 좌지우지되고 있다고 생각하는 거예요? 그건 불가능해요. 개미 집단은 발뒤꿈치로 한 번 밟아 버리면 궤멸되어 버리고 말 텐데요!」

「지하실 사람들이 자신들을 차단하고 있는 화강암 너럭바위에 대해서 얘기하고 있잖아요.」

「하지만 어떻게 사람들이 개미집 아래로 들어갈 수 있단 말이죠? 분명 제정신이 아님에 틀림없어요. 이건 장난이에요!」

「그렇지 않아요. 시바리트가의 지하실 사건은 하나의 불가사의였어요. 위험을 무릅쓰고 그 지하실에 들어갔던 사람들이 감쪽같이 사라졌었어요. 지금, 문제는 갇혀 있는 사람들을 구하는 일이에요. 꾸물거릴 때가 아니에요. 내가 보기에 우리를 도울 수 있는 자는 하나밖에 없어요.」

「누구 말인가요?」

그녀는 병정개미 103호가 바둥거리고 있는 유리병을 가리켰다.

「저거예요. 저 개미가 우리를 사촌과 그의 동료들에게로 안내할 수 있다고 편지에 적혀 있잖아요.」

그들은 개미를 유리병 감옥에서 석방했다. 그들의 수중엔 개미에 표시를 해놓는 데 쓸 방사능 물질이 없었다. 레티시아는 다른 개미들과 구별하기 위해 그 개미의 머리에 붉은 매니큐어를 칠해 놓았다.

「자 개미야, 가렴. 우리에게 길을 안내하렴!」

아무리 기다려도 개미는 움직이지 않았다.

「죽은 거 아니오?」

「아뇨, 더듬이가 움직여요.」

「그런데 왜 나아가지 않죠?」

자크 멜리에스가 손가락으로 밀었다.

아무런 반응도 없었다. 더듬이가 점점 더 빠르게 움직였다.

「우리를 안내하고 싶지 않은가 봐요. 문제를 해결할 방법은 하나뿐이에요. 이 개미와…… 대화를 나누어야 해요.」

「맞아요. 아서 라미레의 로제타석 기계가 어떻게 작동하는지 볼 수 있는 아주 좋은 기회로군요.」

185. 개척지

24호는 새로운 도시를 건설하는 과정에서 생겨나는 문제들을 어디서부터 풀어 가야 할지 몰라 안타까워한다. 서로 다른 두 종족이 어울려 이상적인 공동체를 창조한다는 것은 아름다운 일이다. 코르니게라아카시아가 도와주고 강물이 포식자들로부터 섬을 지켜 주고 있으니 그 일이 한층 더 순조롭다. 그러나 모두가 서로를 이해하며 화목하게 지내려면 어떻게 해야 할까?

신을 믿는 개미들은 거석(巨石)으로 조상을 세우느라 대부분의 시간을 보내고 모퉁이에 신을 믿는 개미들의 시체를 묻을 수 있게 해달라고 요구한다.

흰개미들은 마르고 굵은 널조각을 찾아서 거기에 죽치고 있다. 꿀벌들은 코르니게라아카시아 나뭇가지에 작은 벌집을 만들고 있다. 개미들은 버섯 재배장으로 쓸 방을 만들고 있다.

모든 것이 정상적으로 가동된다. 그런데 왜 24호는 모든 것을 질서 정연하게 만들려고 그렇게 애를 쓰는 걸까? 각자 남을 방해하지 않으면서 자기 자리에서 자기 마음에 드는 일을 하면 그것으로 충분하지 않은가.

저녁마다 공동체의 구성원인 모든 곤충들이 코르니게라 아카시아나무의 방에 모여서 서로 자기들의 세계에 관한 이야기를 들려준다.

병정벌들이나 집 짓는 흰개미들이 냄새로 전해 주는 이야기에 모든 곤충들이 더듬이를 기울이는 바로 그 평범한 순간들이 공동체를 끈끈하게 결속시켜 주는 주요한 때이다.

코르니게라 공동체는 갖가지 이야기나 전설을 통해 결속력을 강화한다. 냄새로 주고받는 영웅담들이 아주 쉽게 공동체 구성원들을 하나로 맺어 준다.

신을 믿는 개미들의 종교는 다른 곤충들 사이에서는 단지 하나의 이야기일 뿐이다. 어떤 곤충도 그 종교가 옳다거나 그르다고 판단하지 않을 것이다. 단 한 가지 기준이 중요할 뿐이다. 그 종교가 꿈을 꾸게 해주는가, 그리고 신이라는 개념이 그들에게 꿈을 주는가 하는 것이다.

24호는 가장 아름다운 전설들의 채록을 제안한다. 벨로캉의 화학 정보실의 통과 비슷한 통 안에 개미, 꿀벌, 흰개미 또는 풍뎅이들의 전설 중에서 좋은 것들을 모아 전수하자는 것이다.

코르니게라아카시아나무의 현창(舷窓) 같은 구멍으로 어슴푸레한 달빛이 비쳐 든다.

오늘 밤은 꽤 덥다. 곤충들은 해변에서 자신들의 이야기를 나누기로 결정한다.

《왕 흰개미가 여왕 흰개미의 산란실 주위에서 이제나저제나 하면서 빙빙 돌고 있는데, 나무를 파던 흰개미들이 갑자기 나타나 빗살수염벌레 때문에 여왕 흰개미의 성적 욕구가 식어 버렸다고 알려 주더라고…….》

어떤 곤충이 페로몬을 발한다.

《말벌이 나타나 침을 앞으로 내민 채 나에게 덤벼들었어. 나는 겨우 피했어…….》

또 다른 곤충이 이야기한다.

모든 곤충들은 아스콜레인 꿀벌과 마찬가지로 지난날의 두려움으로 떨고 있다.

하지만 주위의 노란 수선화 향기와 강기슭을 쓰다듬는 평온한 물결이 그들을 편안하게 다독거려 준다.

186. 최후의 심판

건강이 훨씬 좋아진 아서 라미레가 멜리에스와 레티시아를 따뜻하게 맞이했다.

아서는 그들이 경찰에 자기 부부의 범죄 사실을 밝히지 않은 것에 대해 고마워했다. 라미레 씨는 「알쏭알쏭 함정 퀴즈」 프로에 출연하러 가고 집에 없었다.

기자와 경정은 도저히 있을 법하지 않은 새로운 사건, 즉 개미가 그들에게 사람의 손으로 쓴 편지를 가져온 일이 일어났다고 설명했다.

그들은 그에게 편지를 보여 주었다. 아서는 즉시 그 문제의 핵심을 이해했다. 그는 흰 수염을 한번 쓰다듬고는 자기의 기계 로제타석을 작동시키는 걸 승낙했다.

그는 그들을 지붕 밑 방으로 안내했다. 그리고 몇 대의 컴퓨터를 작동시키고는 페로몬을 만들어 내는 물질이 들어 있는 플라스크들에 불을 비추고 아무런 침전물도 생기지 않도록 투명한 대롱을 흔들었다.

레티시아는 아주 신중하게 103호를 작은 유리병에서 끄집어내었고, 아서는 개미를 유리 덮개 아래에 옮겨 놓았다. 두 개의 대롱이 그 덮개와 연결되어 있었다. 하나는 개미의 페로몬을 흡수하는 대롱이었고 다른 하나는 개미에게 인간의 메시지를 번역해 주는 인위적인 페로몬을 전달해 주는 대롱이었다.

라미레는 조종 장치가 모여 있는 판 앞에 앉아 몇 개의 톱니바퀴를 조정하고 몇 개의 표시등들을 다시 한번 확인하고는 전위차계(電位差計)들을 돌렸다. 모든 준비가 끝났다. 이제 인간의 단어들을 입력하기만 하면 되었다. 그의 『프랑스어-개미어 사전』은 인간의 단어 10만 개와 페로몬 10만 가지를 수록하고 있다. 아서는 마이크 앞에 자리를 잡고 또박또박한 소리로 조심스럽게 말했다.

발신「만나서 반갑다.」

그는 손가락으로 버튼 하나를 눌렀다. 그러자 비디오 화면에 그 말이 화학식으로 바뀌어 나타났다. 그런 다음 그 화학식이 페로몬을 만드는 물질이 담긴 플라스크들에 전달되고, 거기에서 컴퓨터에 입력된 조제법에 따라 분자들이 배합되면서 냄새가 만들어졌다. 각각의 단어마다 그것에 맞는 특별한 냄새가 있었다.

그 메시지를 담고 있는 기체는 공기 펌프에 의해 대롱 속으로 들어간 다음 개미가 들어 있는 유리 덮개 안에 다다랐다. 개미가 더듬이를 흔들었다.

수신 《반갑다.》

메시지가 접수되었다.

개미의 응답 메시지를 깨끗하게 포착하기 위해 송풍기로 유리 덮개 안에 남아 있는 불필요한 냄새를 제거했다.

개미가 다시 더듬이를 흔들었다.

페로몬이 투명한 대롱을 타고 올라와서 그것을 분자로 분해하는 분광계와 색층 분석 흡착판에 도달했다. 그럼으로써 각각의 페로몬에 대응하는 단어가 나타났다.

하나의 문장이 조금씩 컴퓨터의 화면 위에 나타났다. 동시에 음성 합성 장치가 그 문장을 발음했다.

모두들 개미의 메시지를 들었다.

수신 《당신은 누구인가? 나는 당신의 페로몬을 이해하기가 어렵다.》

레티시아와 멜리에스는 경탄했다. 에드몽 웰스의 기계가 정말 작동하고 있었던 것이다!

발신 「당신은 인간과 개미 사이를 의사소통할 수 있게 해주는 기계 안에 있다. 이 기계 덕택에 우리는 당신에게 얘기할 수 있고 당신의 페로몬을 이해할 수 있다.」

수신 《인간들? 인간들이란 뭐지? 손가락들의 일종인가?》

분명히 그것은 놀라운 일이었다. 개미는 그들의 기계에 대해 거의 놀라지 않았다. 개미는 대수롭지 않게 페로몬을 발하고 있었고, 자기가 〈손가락들〉이라고 부르는 사람들을 알고 있는 것처럼 보이기까지 했다. 그래서 대화는 아무런 어려움 없이 진행될 수 있었다. 아서 라미레가 마이크를 잡았다.

발신 「그렇다. 우리는 손가락들의 연장체이고, 손가락들은 우리 몸의 일부이다.」

대답이 컴퓨터 위에 설치된 확성기를 통해 울려 퍼졌다.

수신 《우리는 당신들을 〈손가락들〉이라고 부른다. 나도 당신을 손가락들이라고 부르고 싶은데 어떤가?》

발신 「당신이 원하는 대로 불러도 상관없다.」

수신 《당신은 누구인가? 리빙스턴 박사는 아닌 것 같은데……》

세 사람 모두 그 말에 깜짝 놀랐다. 개미가 어떻게 19세기에 아프리카를 탐험했던 리빙스턴 박사를 안단 말인가? 그리고 그 당시에 아프리카 흑인들이 백인을 만나면 으레 〈당신은 리빙스턴 박사이시군요〉라고 말하던 것을 흉내 내어 〈리빙스턴 박사는 아닌 것 같은데……〉라고 페로몬을 발하는 것이 어떻게 가능하단 말인가? 처음에 그들은 번역 기계가 잘못 조정되었거나, 아니면 컴퓨터에 입력된 『프랑스어-개미어 사전』의 기계적인 고장이라고 믿었다. 그들은 전혀 뜻밖의 상황에 어안이 벙벙해져서 아무도 웃을 생각을 한다거나, 자신들이 천부적인 유머 감각을 가진 개미 앞에 있는 것이 아닐까 하는 상상도 하지 못했다. 그들은 오히려 개미들이 알고 있는 리빙스턴 박사가 누구인지 골똘히 생각하고 있었다.

발신 「아니다. 우리는 리빙스턴 박사가 아니라 세 명의 사람이다. 즉 세 손가락들이라고 할 수 있다. 우리 이름은 아서, 레티시아, 그리고 자크다.」

수신 《어떻게 당신들은 지중(地中) 동물의 언어를 배웠

는가?》

레티시아가 속삭였다.

「개미는 어떻게 우리가 개미들의 냄새 언어를 할 줄 아는지 묻고 있어요. 저 개미들은 진정한 지중 동물이 자기들뿐이라고 믿고 있어요.」

발신 「그것은 비밀이다. 우연히 우리에게 전해졌을 뿐이다. 그런데 당신은 누구인가?」

수신 《103683호다. 그러나 나의 동료들은 나를 103호라고 짧게 줄여 부르기를 더 좋아한다. 나는 벨로캉 왕국에서 왔다. 그곳은 개미 세계에서 제일 큰 도시이다.》

발신 「어떻게 해서 당신은 우리에게 메시지를 가져왔나?」

수신 《우리 도시 아래에 살고 있는 〈손가락들〉이 그 편지를 당신에게 전달해 달라고 요구했다. 그들은 이 임무를 〈메르쿠리우스 임무〉라고 불렀다. 나는 손가락들과 접해 본 경험이 있는 유일한 개미이므로, 다른 개미들은 내가 그 임무를 수행할 수 있는 유일한 개미라고 생각했다.》

103호는 자기가 지상의 모든 손가락들을 퇴치하도록 임무를 부여 받은 원정군의 선봉장이었다고 설명했다.

세 사람 모두 이 시원시원하게 페로몬을 발하는 개미에게 물어볼 것들이 많이 있었지만, 아서 라미레가 대화의 고삐를 계속 쥐고 있었다.

발신 「당신이 우리에게 준 편지에는 당신 도시 아래에 사람들, 아니 손가락들이 갇혀 있고, 당신만이 우리를 그들에게 데려가서 우리가 그들을 구하게 할 수 있다고 씌어 있다.」

수신 《틀림없이 그렇다.》

발신 「그럼, 우리에게 그 길을 가르쳐 달라. 그러면 우리는 당신을 따라가겠다.」

수신 《안 된다.》

발신 「어째서 안 된다는 것인가?」

수신 《나는 우선 당신들을 자세히 알아야 한다. 그러지 않고서, 당신들을 믿을 수 있는지 없는지 어떻게 알 수 있겠는가?》

세 사람은 매우 놀라서 뭐라 대답해야 할지 몰랐다.

그들은 개미에 대해서 참으로 많은 이해심을 가지고 있었고, 게다가 개미들을 매우 존중해 주었다. 그러나 막상 하찮은 미물에 지나지 않는 개미가 솔직하게 〈안 된다〉고 대답하는 걸 듣고 보니 좀 마뜩지 않다는 생각이 들었다. 유리 덮개 아래에 있는 그 시커멓고 하찮은 것이 스무 사람의 목숨을 빌미 삼아 뻔뻔스럽게 굴고 있었다. 그들이 엄지손가락으로 한 번 누르기만 하면 간단히 으스러져 버릴 주제에 그들을 잘 모른다는 핑계로 돕는 걸 감히 거절하고 있는 것이다!

발신 「왜 우리를 알고 싶어 하는가?」

수신 《당신들은 크고 힘이 세다. 그러나 당신들이 선한지 악한지는 모르지 않는가? 나는 당신들의 종족 몇 명을 구해 내는 것이 가치가 있는지 없는지를 판단하기 전에 당신들을 알아야 한다. 당신들이 우리 여왕 클리푸니가 믿고 있는 것처럼 괴물인지, 23호가 생각하듯이 전지전능한 신인지, 위험한 동물인지 영리한 동물인지, 야만스러운 종족인지, 구성원의 수는 얼마나 되는지, 당신들의 기술은 어느 수준에 이르렀는지, 도구를 사용할 줄 아는지 따위를 알아야 한다.》

발신 「그러면 당신은 우리 세 사람이 각자의 삶에 대해 이야기해 주기를 원하는가?」

수신 《내가 이해하고 판단하고자 하는 것은 당신들 세 명이 아니라 당신들 종족 전체이다.》

　레티시아와 멜리에스는 서로를 뚫어지게 바라보았다. 어디서부터 시작해야 하나? 개미에게 고대 문명을 얘기해야 하나? 아니면, 중세 시대, 르네상스, 세계 대전……. 어느 걸 설명해야 하지? 아서는 이런 토론에 대해 매우 즐거워하는 것처럼 보였다.

　발신 「그럼, 우리에게 질문을 해다오. 우리가 대답을 통해 우리 세계를 설명해 주겠다.」

　수신 《그건 너무 쉬운 일일 것이다. 당신들은 당신들 세계의 가장 좋은 면을 보여 주려고 할 것이다. 단지 우리 도시 아래에 갇혀 있는 동료들을 구할 목적으로 말이다. 그러니 보다 객관적인 모습을 보여 줄 수 있는 방법을 찾기 바란다.》

　103호의 고집이 이만저만이 아니다! 아서마저도 신실한 모습을 보여 주며 개미를 설득하기 위해서 무얼 어떻게 이야기해야 할지 막막했다. 멜리에스는 화를 냈다. 레티시아 쪽으로 몸을 돌리며 그가 노기 띤 음성으로 잘라 말했다.

　「잘됐어! 우리는 이 건방진 개미의 도움이 없더라도, 당신의 사촌과 그의 동료들을 구해 낼 수 있을 거야. 아서, 퐁텐블로 숲의 지도를 갖고 있습니까?」

　「그래요, 있어요.」

　그는 퐁텐블로 지도 한 장을 펼쳐 보였다. 그러나 퐁텐블로 숲은 170제곱킬로미터에 걸쳐 퍼져 있었다. 그 숲에는 개미집이 산지사방에 널려 있다. 어디에서 찾을까? 바르비종 옆에서, 아프르몽 바위 아래서, 프랑샤르 늪에서, 솔 고지의 모래밭에서?

그들은 수색하는 데 수년을 보내게 될 것이다. 그들은 그들 자신의 방식으로는 결코 벨로캉을 발견하지 못할 것이다.

「그렇다고 해도 우리를 얕잡아 보는 개미는 안 돼.」

멜리에스가 흥분해서 소리쳤다.

아서 라미레는 개미의 입장을 변호했다.

「이 개미가 원하는 것은 우리를 자기 도시로 데려가기 전에 우리를 더 잘 이해하는 것입니다. 이 개미 말이 옳아요. 내가 개미 입장이어도 똑같이 처신했을 겁니다.」

「하지만 어떻게 인간 세계의 객관적인 모습을 개미에게 보여 줄 수 있다는 말입니까?」

그들은 곰곰이 생각했다. 또 하나의 수수께끼다! 자크 멜리에스가 마침내 묘안이라도 있는 듯이 소리쳤다.

「내게 생각이 있어요!」

「무슨 생각인데요?」

경정의 성급한 제안에 항상 조심스러운 태도를 보이는 레티시아가 물었다.

「텔레비전을 이용하는 거예요. 텔레비전을 매개로 해서 우리는 인류 전체와 연결되어 있고, 전 인류의 맥박을 느낄 수 있지요. 텔레비전은 우리 문명의 모든 모습을 보여 주고 있어요. 텔레비전을 보면, 103호는 우리가 누구인지, 우리가 얼마나 가치 있는지를 자기의 의식과 정신 속에서 판단할 수 있을 겁니다.」

187. 페로몬

분야: 개미 전설(이 페로몬은 누구나 자유로이 해독할 수 있음)

두 나무의 전설이 있다. 적대적인 두 개미 사회가 각각 한 그루의 나무 위에 살고 있었다. 두 나무는 가까이 있었다. 그런데 가지 하나가 다른 나무와 만나기 위해서 옆으로 자라기 시작했다. 그 가지는 매일 조금씩 다른 나무에 가까이 다가갔다. 적대 관계에 있는 개미들은 그 가지가 다른 나무에 닿자마자 전쟁이 일어나리라는 사실을 알고 있었다. 그러나 어느 개미 사회도 선손을 쓰지 않았다. 그 가지가 이웃 나무를 스치던 날, 바로 그날이 되어서야 전쟁이 일어났다. 전투는 무자비하게 진행되었다.

이 이야기는 어떤 일이 이루어지기 위해서는 정해진 때가 있다는 걸 보여 준다. 먼저 하면 너무 이르고, 나중에 하면 너무 늦는 법이다. 누구나 좋은 순간이 어느 때인지를 직감으로 알게 된다.

188. 말들의 무게, 영상의 충격

그들은 역조명되는 조그만 액정 컬러텔레비전 앞에 103호를 옮겨 놓았다. 화면이 개미에게는 너무 크기 때문에 그들은 영상이 1백 분의 1로 축소되는 렌즈를 앞에 놓아 주었다. 그렇게 해서 개미는 완전한 텔레비전 영상을 보게 되었다. 아서 씨는 소리도 전달되도록 로제타석의 마이크 앞에 텔레비전의 스피커를 연결해 놓았다. 이제 벨로캉의 탐험가는 손가락들의 텔레비전 영상과 소리를 이해할 수 있을 것이다. 물론 그 개미는 음악도 음향도 알아듣지 못할 테지만 이러한 방식으로 대화와 설명의 요점을 이해하게 될 것이다.

103호는 손가락들의 풍습을 관찰하고 그것을 기록하기 위하여 액체 상태의 페로몬을 한 방울 만들어 낸다. 그 개미는 그런 관찰을 통해서 인간들을 평가하게 될 것이다.

아서 라미레는 텔레비전을 켜고 되는대로 리모컨을 눌렀다.

채널 341 〈크락크락 가는 곳에 벌레 전멸. 개미……〉

자크 멜리에스는 벌떡 일어나 얼른 채널을 바꿨다. 그가 생각해 낸 방법에 이런 위험이 도사리고 있었다니!

수신 《저것은 무엇인가?》

103호가 묻는다.

그들은 난처해진다. 그들은 개미를 안심시키려고 애를 쓴다.

발신 「식료품 광고다! 별로 흥미로울 게 없다.」

수신 《아니, 저 불빛이 나오는 네모 판이 무엇이냐는 말이다.》

발신 「텔레비전이다. 인간 세계에서 가장 널리 퍼져 있는 의사소통 수단이다.」

수신 《저 불은 납작하고 열기가 없는 것 같은데, 맞는가?》

발신 「당신들도 불을 아는가?」

수신 《물론이다. 하지만 저런 것은 아니다. 설명해 주기 바란다.》

아서 라미레는 개미에게 음극관의 원리를 설명하면서 난처해했다. 그는 하나의 비유를 들어 설명하려고 했다.

발신 「저것은 불이 아니다. 빛이 나고 밝지만 불은 아니고, 우리 문명의 도처에서 일어나는 모든 일을 비추는 창이다.」

수신 《이 영상들이 어떻게 여기까지 도달하나?》

발신 「이 영상들은 공기 중으로 날아다닌다.」

103호는 이러한 인간의 기술을 이해하지는 못하지만 마치 인간 세계의 여러 곳에 동시에 있는 것처럼 인간 세계를 보게 될 것임을 깨닫는다.

채널 1432. 뉴스가 나온다. 기관총이 따르륵거리는 소리만 들리고 목소리는 들리지 않는다. 〈시라크인들은 사람을 죽이는 독가스를 만들어 냈습…….〉

아서가 재빨리 채널을 바꾼다.

채널 1445. 미스 유니버스 선발 대회. 미녀들이 몸을 흔들면서 늘어서 있다.

수신 《아래쪽 두 다리로 버티고 서서 비치적거리고 있는 저 곤충들은 무엇인가?》

발신 「저건 곤충이 아니다. 저 동물들이 바로 인간들이다. 바로 당신들이 〈손가락들〉이라고 부르는 것 말이다. 저기 보이는 것은 인간의 암컷들이다.」

수신 《그럼 저것이 손가락 하나가 온전히 드러난 모습인가?》

개미는 오른쪽 눈을 축소경으로 접근시켜서 화면 위에 움직이는 형태를 관찰하느라 오랫동안 그대로 머물러 있다.

수신 《당신들은 눈 두 개와 입이 하나 있는데, 그것들이 당신들 몸의 맨 꼭대기 쪽에 달려 있다.》

발신 「당신은 그렇게 생각하지 않았나?」

수신 《나는 붉은 덩어리일 뿐이라고 생각했었다. 당신들

은 더듬이도 없는데 어떻게 나에게 말을 걸 수 있는가?》

발신 「우리는 더듬이를 사용하지 않고 청각적인 통신 방식을 사용한다.」

수신 《당신들은 다리가 우리보다 두 개나 적은데……. 다리가 네 개밖에 없지 않은가! 그리고 두 다리로 어떻게 걸을 수가 있나?》

발신 「우리는 아래 두 다리만으로도 충분히 걸을 수 있다. 그러나 넘어지지 않고 서게 되기까지는 세월이 좀 걸렸다. 그리고 앞다리 두 개는 우리가 물건을 운반할 때나 도구를 사용할 때 쓴다. 이 점이 앞으로 나아가기 위해 모든 다리를 다 사용하는 당신들과 다른 점이다.」

수신 《머리에 긴 털을 가지고 있는 저자들은 환자들인가?》

발신 「어떤 암컷들은 수컷들의 마음을 더 끌기 위해 털이 자라도록 내버려 두기도 한다.」

수신 《당신들 암컷은 왜 날개가 없는가?》

발신 「어떤 손가락들도 날개는 가지고 있지 않다.」

수신 《생식 능력을 가진 손가락들조차 날개가 없는가?》

발신 「그들도 없다.」

103호는 주의 깊게 화면을 살피고 있다. 개미는 암컷 손가락들이 매우 추하다고 생각한다.

수신 《당신들은 카멜레온처럼 딱지 색깔을 바꿀 수 있나?》

발신 「우리는 딱지가 없다. 우리 피부는 붉고, 노출되어 있어서 여러 가지 색깔의 옷과 장신구로 피부를 보호한다.」

수신 《옷이라고? 그것은 포식자들에게 잡히지 않기 위한

일종의 위장술인가?》

발신 「꼭 그렇지는 않다. 그것은 오히려 추위로부터 자신을 보호하고, 자기의 개성을 나타내는 방법이다. 식물에서 뽑아낸 실로 짠 천이다.」

수신 《아! 나비들처럼 구애 행위를 하는 데 사용하는 건가?》

발신 「원할 경우 그럴 수도 있다. 어떤 특정한 방식으로 옷을 입은 암컷들이 수컷들의 관심을 더 많이 끄는 경우가 있는 건 사실이다.」

103호는 질문을 많이도 하지만 배우는 속도가 매우 빠르다. 103호의 질문 가운데는 그를 만족시킬 만한 대답을 하기가 어려운 것들도 있다. 예를 들면 〈손가락들의 눈은 왜 움직이는가?〉 또는 〈왜 같은 신분의 개체들이 크기가 다른가?〉 그 세 사람은 최선을 다해, 단순하고 명쾌한 어휘를 사용해서 대답하려고 애를 쓴다. 그들이 사용하는 단어들 가운데는 대단히 암시적이고 미묘한 뜻이 많이 담긴 것들이 있어서, 그들은 개미를 이해시키기 위해 그 단어들을 새롭게 정의해야만 했다. 프랑스어를 거의 새로 만들어야 할 판이었다.

마침내 103호는 여자들의 행렬에 싫증을 내면서 다른 걸 보고 싶어 한다. 멜리에스가 채널을 바꾼다. 어떤 영상이 개미의 주의를 다시 끌자, 개미는 〈정지〉라고 외친다.

수신 《정지. 저것, 저게 뭔가?》

발신 「대도시의 교통 문제에 관한 르포다.」

화면에 등장하지 않은 해설자의 내레이션이 흘러나온다.

— 교통 체증은 우리 대도시들에서 가장 골치 아픈 문제 중의 하나입니다. 전문 기관의 한 연구 보고서는 길이나 고

속 도로를 건설할수록 더욱 많은 사람들이 자동차를 사게 되고, 교통 혼잡은 나날이 심해질 거라고 얘기합니다.

화면에 긴 자동차 행렬이 회색 매연 속에서 움직이지 않고 늘어서 있다. 카메라가 후진하면서 아스팔트 위에 눌어붙은 채 수 킬로미터나 이어져 있는 버스, 트럭, 승용차, 캠핑카 들을 보여 준다.

수신 《아! 대도시 어디서나 교통이 저렇게 혼잡하다니…… 무척 고통스럽겠군! 다른 일도 있겠지…….》

화면이 계속 이어진다.

수신 《정지, 저것은 무엇인가?》

발신 「세계의 기아에 관한 기록 영화다.」

야윈 몸뚱이들, 눈에 파리가 달라붙어 있는 어린애들, 얼굴을 일그러뜨린 어머니의 말라붙은 가슴에 매달려 있는 아기들, 시선을 고정시킨 채 나이도 알 수 없는 사람들…….

해설자의 심드렁한 목소리가 들린다.

— 극심한 가뭄이 에티오피아에 계속 재난을 가져오고 있습니다. 이재민들은 벌써 5개월째 기아에 허덕이고 있고 현재 이동하는 메뚜기 떼의 습격이 예상되고 있습니다. 현장에는 국제 적십자 의사들이 지역 주민을 구하기 위해서 미력하나마 조치를 취하고 있습니다.

수신 《의사가 뭐 하는 사람들인가?》

발신 「다른 손가락들이 아프거나 곤궁에 빠질 때, 지역이 어디든지, 심지어 피부색이 다르다 하더라도 그들을 도와주는 손가락들이다. 모든 손가락들이 다 붉은색은 아니다. 세상에는 검은색, 노란색의 손가락들도 있다.」

수신 《우리 종도 역시 색깔이 여러 가지이다. 그것이 때론

적대감을 불러일으키기도 한다.》

발신 「우리들도 마찬가지다.」

채널 1227, 1226, 1225. 정지.

수신 《저것은 무엇인가?》

멜리에스는 곧 그 화면을 알아보았다.

「저런, 음성적인 성인 전용 채널이로군. 그것은 저…… 포르노 영화야.」

운이 없다. 라미레가 최선을 다해 설명한다. 103호는 진실을 요구한다.

수신 《저것은 뭘 하는 건가?》

발신 「손가락들이 번식하는 걸 보여 주는 영화다.」

개미는 많은 관심을 보이며 화면을 주시한다.

103호의 논평.

수신 《손가락들은 머리로 성행위를 하나?》

발신 「음…… 아니, 그건 확실히 아니야.」

매우 부끄러워하면서 레티시아가 말한다.

화면 위에 한 쌍의 남녀가 위치를 바꾸어 서로 뒤엉킨다.

103호의 논평.

수신 《보아하니 당신들은 민달팽이처럼 사랑 행위를 하는 것 같다. 바닥 위에서 꿈틀거리면서 말이다. 그건 별로 즐거운 것 같지 않은데. 저렇게 하려면 온갖 군데를 다 비벼야 되겠는걸.》

레티시아가 언짢아하면서 채널을 바꾼다.

채널 1224. 조그만 검은 점들이 오글오글거린다.

수신 《정지, 저것은 무엇인가?》

운수가 사납다. 곤충에 관한 기록 영화다!

발신「〈개미〉에 관한 르포다.」

수신《개미라고?》

그들은 개미를 우글거리는 마그마 같은 존재로 비하하면서 개미에 대한 험담을 늘어놓고 있는 화면을 설명하기 위해 머뭇거린다.

수신《개미가 어째서 저렇게 보이는가?》

발신「음……. 설명하기가 너무 복잡하다.」

라미레가 주저하면서 사실대로 얘기한다.

발신「저게 바로 당신들의 모습이다.」

수신《저게 우리라고?》

103호는 목을 쭉 뺀다. 제 동료들이 클로즈업되어 있는데도 그 개미는 알아보지 못한다. 왜냐하면 인간의 눈이 평면적인데 비해 개미의 눈은 구형(球形)이기 때문이다.

개미는 어렴풋하게나마 결혼 비행 장면을 식별해 낸다. 암컷들과 수컷들이 이륙한다.

103호는 리포터의 얘기를 들으면서 자신의 종에 대해 많은 것을 터득한다. 103호는 지구상에 개미가 그렇게 많은 줄 미처 몰랐다. 그 개미는 〈바늘개미〉라고 명명된 오스트레일리아의 몇몇 종들이 개미산을 지니고 있으며, 개미산이 나무를 태울 정도의 농도를 갖고 있다는 것을 모르고 있었다.

103호는 기억하고 또 기억해 둔다. 그 개미는 흥미 있는 많은 정보가 아주 빠르게 스쳐 가는 화면 앞에서 떠날 생각을 하지 않는다.

온통 텔레비전에 몰두해 있는 시간들이 계속 이어졌다.

셋째 날, 103호는 코미디 배우들의 쇼를 관람하게 되었다. 몇몇 코미디언들이 마이크를 들고 온 스튜디오가 떠나가도록 재담을 늘어놓는다. 뚱뚱하고 익살스럽게 생긴 남자가 방청객들에게 이야기한다.

— 여러분들은 정치가와 여자의 차이가 무엇인지 아세요? 모른다고요? 자, 바로 이겁니다. 어떤 여자가 〈아니요〉라고 말할 때 그것은 〈글쎄요〉의 뜻이고, 여자가 〈글쎄요〉라고 얘기할 때 그것은 〈예〉를 뜻합니다. 〈예〉라고 대답하는 여자가 있으면 그녀는 칠칠치 못한 여자로 취급받습니다. 반면에 정치가가 〈예〉라고 말하면 그것은 〈글쎄요〉를 뜻하고, 정치가가 〈글쎄요〉라고 말하면 그것은 〈아니요〉를 의미하며, 정치가가 〈아니요〉라고 말하면 그는 정신 나간 사람으로 취급받습니다.

방청객들이 깔깔대며 웃는다.

개미가 더듬이를 비비댄다.

수신 《도무지 이해할 수가 없다.》

발신 「우스갯소리를 하는 거야.」

아서 라미레가 설명한다.

수신 《우스갯소리가 무엇인가?》

레티시아 웰스는 인간의 유머를 설명하려고 애썼다. 천장을 다시 칠하는 정신 나간 사람의 이야기를 개미에게 들려주었지만 헛일이었다. 다른 농담도 마찬가지였다. 인간의 문화에 대한 평가 기준이 없기 때문에 모든 얘기가 소용이 없었다.

발신 「개미 세계에는 우스갯소리가 없는가?」

자크 멜리에스가 물었다.

수신 《우선 우스갯소리가 뭔지 알아야지. 그게 무엇인지 정말 이해할 수가 없어!》

그들은 개미를 소재로 한 농담을 지어내려고 애를 썼다. 〈천장을 다시 칠하는 개미의 이야기인데…….〉 그러나 별로 효과가 없었다. 개미 사회에서 무엇이 중요하고 무엇이 중요하지 않은지 알아야 이야기가 될 것 같았다.

103호는 지금 당장은 이해하기가 어렵다고 판단하고, 자기의 동물학 기억 페로몬에 다음과 같이 기록한다. 〈손가락들은 어떤 심리적인 현상을 불러일으키는 이상한 이야기를 필요로 한다. 그들은 모든 것을 조롱하고 싶어 한다.〉

채널을 바꿨다.

「알쏭알쏭 함정 퀴즈」프로그램이었다.

라미레 씨가 나타났다. 성냥개비 여섯 개로 정삼각형 여섯 개를 만드는 수수께끼를 풀고 있었다. 그녀는 답을 찾지 못했다고 계속 주장하고 있었다. 그러나 레티시아와 자크는 라미레 씨가 오래전부터 정답을 알고 있다는 것을 이미 아는 터였다.

그들은 채널을 바꿨다.

아인슈타인의 일생에 관한 영화였다. 천체 물리학에 관한 그의 이론을 대중들이 이해하기 쉽게 설명하고 있었다. 103호는 그 영화에 뜻밖의 관심을 보인다.

수신 《처음에는 나는 손가락들 각자의 차이를 느끼지 못했다. 지금은 손가락들의 외모를 많이 보았기 때문에 그 차이를 구분할 수 있다. 예를 들어 저 손가락은 수컷이다, 그렇지 않은가? 수컷인지 아닌지 이제 알 수 있다. 왜냐하면 수컷은 머리털이 짧기 때문이다.》

비만에 대한 기록 영화가 상영된다. 해설자가 비만과 식욕 부진을 설명한다. 개미가 의아한 듯 질문한다.

수신 《이것저것 닥치는 대로 먹어 치우는 저 손가락들은 뭐지? 먹는다는 것은 세상에서 가장 단순하고 자연스러운 행위다. 한낱 애벌레조차도 어떻게 양분을 섭취해야 하는지 안다. 꿀단지개미가 먹이를 잔뜩 먹고 몸을 부풀리는 것은 바로 공동체의 선을 위한 것이다. 그래서 꿀단지개미들은 뚱뚱해진 자기 몸을 자랑스러워한다. 하지만 음식을 절제하지 못하기 때문에 고통스러워하는 손가락들과는 종류가 다르다!》

103호는 지칠 줄 모르는 텔레비전 시청자가 되었다.

라미레 부부는 그들의 장난감 가게를 닫았다. 레티시아와 자크는 라미레 부부의 손님방에서 잤다. 모두들 103호를 만족시켜 주기 위해 차례로 교대를 했다.

103호는 모든 종류의 정보를 갈망하고 있다. 모든 것이 개미의 관심을 끌고 있다. 축구와 테니스와 갖가지 게임들의 규칙, 손가락들 상호 간의 전쟁, 국가들의 정치 제도, 손가락들의 구애 행위 등등. 103호는 만화 영화의 단순하고 명쾌한 그림에 매료되고 「스타워즈」 앞에서 넋을 잃는다. 개미는 영화의 모든 대본을 이해하지는 못하지만, 몇몇 장면들을 보면서 〈황금의 벌집〉 전투를 떠올린다.

103호는 이 모든 것들을 그의 동물학 기억 페로몬에 저장한다. 〈손가락들은 상상력을 지닌 동물이다!〉

189. 백과사전

파동

모든 사물과 관념과 사람은 하나의 파동으로 귀결될 수 있다. 형태파,

소리파, 그림파, 냄새파 등 여러 가지 파동이 있을 수 있다. 이런 파동들이 유한한 공간 속에 있으면 다른 파동과 필연적으로 상호 간섭하게 된다. 사물과 관념과 사람들의 파동 사이에 일어나는 간섭 현상을 연구하는 것은 흥미로운 일이다. 〈로큰롤〉과 〈클래식〉 음악을 혼합하면 어떤 음악이 생겨날까? 〈철학〉과 〈정보학〉을 섞으면 어떤 학문이 될까? 아시아의 예술과 서구의 기술을 섞으면 어떤 것이 나타날까?

잉크 한 방울을 물에 떨어뜨린다고 하자. 두 물질은 처음엔 아주 단조로운 상태에 있다. 잉크 방울은 까맣고 물은 투명하다. 잉크가 물에 떨어지면서, 일종의 위기가 조성된다.

이 접촉에서 가장 흥미로운 순간은 혼돈의 모습이 나타나는 때이다. 바로 희석되기 직전의 순간이다. 서로 다른 두 요소끼리의 상호 작용은 아주 다양한 모습을 빚어낸다. 복잡한 소용돌이, 뒤틀린 형태가 생기고, 온갖 종류의 가는 실 형태가 생겨났다가 점점 희석되어 결국엔 회색의 물로 변한다. 사물의 세계에서는 두 개의 파동이 만날 때 빚어지는 아주 다양한 모습을 고정시키기가 어렵지만, 생명의 세계에서는 어떤 만남이 고착될 수도 있고 기억 속에 머물 수도 있다.

에드몽 웰스, 『상대적이며 절대적인 지식의 백과사전』 제2권

190. 클리푸니가 괴로워하다

클리푸니는 불안하다. 동쪽에서 날아온 날파리 전령들은, 손가락들과 맞서 싸운 원정군이 전멸했다고 보고한다. 원정군은 〈따가운 물〉의 소용돌이를 분사하는 손가락들의 병기에 완전히 섬멸당했다는 것이다.

많은 군단, 많은 병정개미들, 많은 희망이 물거품이 되었다.

벨로캉의 여왕개미는 어머니 벨로키우키우니 시신 앞에서 조언을 구한다. 아무 대답이 없다. 시신의 껍질은 비어 있고 구멍이 나 있다. 클리푸니는 안절부절못하고 산란실을 성큼성큼 걷는다. 일개미들이 여왕개미를 끌어안고 달래려 하지만, 여왕개미는 단호하게 그들을 밀어낸다.

여왕개미는 멈춰 서서 더듬이를 높이 세운다.

《손가락들을 없앨 방법이 분명히 있을 거야.》

여왕개미는 페로몬을 내뿜으면서 화학 정보실 쪽으로 간다.

《확실히 손가락들을 궤멸시킬 방법이 있을 거야…….》

191. 103호가 손가락들에 대해서 생각하는 것

벌써 5일 전부터 103호는 조금의 휴식도 취하지 않고 텔레비전을 보고 있다. 103호가 요구한 것은 단 한 가지, 〈손가락들에 대한 동물학 기억 페로몬을 담아 둘 조그만 캡슐이 필요하다〉는 것이었다.

레티시아는 갇혀 있는 사람들을 생각하며 말했다.

「이 개미는 정말 텔레비전에 중독이 되었어요!」

「103호는 자기가 보는 것을 이해하는 것 같은데요.」

멜리에스가 말했다.

「아마 화면에 지나가는 것의 10분의 1정도만 이해할 거예요. 그 이상은 안 될 겁니다. 개미는 갓난아이가 텔레비전을 보듯이 보는 거예요. 이해하지 못하는 것은 자기 나름대로 그걸 해석하겠지요.」

아서 라미레는 동의하지 않았다.

「나는 당신이 저 개미를 과소평가하고 있다고 생각해요. 시라크와 시란 사이의 전쟁에 대한 논평은 아주 그럴듯해요. 게다가 텍스 에이버리[16]의 만화 영화를 평가할 줄 압니다.」

「나는 개미를 전혀 과소평가하지 않습니다. 오히려 그 개미가 너무 영리해서 불안할 정도입니다. 그 개미가 만화 영화에만 관심을 가져 주면 좋겠는데 말이죠! 어제는 나에게 이런 얘길 하더군요. 인간들은 왜 서로에게 고통을 주려고 그렇게 애를 쓰느냐고요.」

멜리에스의 말에 모두들 깜짝 놀랐다. 똑같은 걱정이 그들을 사로잡았다. 〈도대체 그 개미는 우리에 대해서 어떻게 생각하고 있는 걸까?〉

「그 개미가 우리 세계의 너무 부정적인 측면만 보지 않도록 주의해야 합니다. 적당한 때에 채널을 돌려야죠.」

경정이 덧붙였다.

「안 돼요. 이번 경험은 너무나 흥미로운 거예요. 처음으로, 인간이 아닌 존재가 우리를 판단하는 거예요. 개미가 우리를 심판하고, 우리의 본질이 무엇인지 이야기하도록 내버려 둡시다.」

장난감 가게 주인이 반박했다.

그들 세 사람은 로제타석 기계 앞에 다시 돌아왔다. 유리 덮개 안에는 그들의 소중한 손님인 개미가 액정 화면 앞에 머리를 바싹 들이대고 텔레비전 시청에 몰두해 있었다. 마침 선거 방송의 일환으로 대통령이 연설을 하고 있었는데, 개미는 연신 더듬이를 까딱거리고 분주하게 페로몬을 뿜어 대면

---

16 Tex Avery(1918~1980). 미국의 만화 영화 제작자. 〈벅스 버니〉라는 토끼와 〈대피 덕〉이라는 오리를 비롯한 유명한 동물 주인공들을 만들어 냈다.

서 방송을 보고 있었다.

발신 「안녕, 103호.」

수신 《안녕, 손가락들.》

발신 「잘 지내나?」

수신 《물론.》

103호가 제 마음에 드는 방송을 더 잘 볼 수 있도록 하기 위해서, 라미레는 개미가 실험용 유리 덮개 안에서 채널을 스스로 선택할 수 있도록 아주 작은 원격 조종 장치를 만들어 냈다. 103호는 남용한다 싶을 정도로 그것을 애용했다.

실험은 며칠 더 지속되었다.

개미의 호기심은 끝이 없어 보였다. 개미는 끊임없이 손가락들에게 새로운 설명을 요구했다. 저것은 무엇인가? 공산주의, 내연 기관, 대륙 이동설, 컴퓨터, 성매매 행위, 사회 보장 제도, 기업 연합, 경제 공황, 우주 정복, 핵 잠수함, 인플레이션, 실업, 파시즘, 일기 예보, 식당, 경마, 권투, 피임, 대학 개혁, 재판, 농촌 인구의 대이동 등등……

103호는 손가락들에 대해서 벌써 세 개의 기억 페로몬을 저장해 놓았다.

열흘째, 레티시아는 지칠 대로 지쳤다. 레티시아는 이제껏 사람들을 두려워했고 사람들이 선하다는 생각을 별로 해보지 않았던 것이 사실이다. 그렇지만 피붙이에 대한 애정은 어쩔 수가 없었다. 지금쯤 그녀의 사촌 조나탕은 죽느냐 사느냐의 갈림길에 있을 것이 분명한데, 그가 구원의 사자로 보낸 개미가 텔레비전 앞에서 꼼짝을 안 하고 있으니 답답하기 짝이 없는 노릇이었다.

발신 「당신은 지금 우리를 벨로캉으로 안내할 준비가 되어 있나?」

그녀가 103호에게 물었다.

아무 대답이 없었다. 그동안에 레티시아의 가슴은 두근두
근거렸다. 그녀 곁에 있는 다른 사람들도 걱정스럽게 개미의
눈치를 살피고 있었다.

수신 《당신들은 나의 평가가 어떻게 나올까 궁금할 것이
다. 좋다. 나는 당신들을 판단할 수 있을 정도로 충분히 보았
다고 믿는다.》

개미는 텔레비전 화면에서 머리를 떼어 내고 뒷다리로 버
티고 선다.

수신 《나는 당신들을 완전하고 명백하게 안다고 주장하
지는 않겠다. 당신들의 문명은 너무 복잡하다. 하지만 나는
이미 그 본질을 나름대로 파악했다.》

개미는 뜸을 들이면서 긴장을 고조시켰다. 역시 개미든
손가락이든 개체를 다루는 데 이골이 난 103호였다.

수신 《당신들의 문명은 매우 복잡하지만, 나는 많이 보았
기 때문에 그것의 본질을 이해할 수 있다. 당신들은 비뚤어
진 동물들이고, 당신들을 둘러싸고 있는 모든 것을 존중할
줄 모르며, 유독 당신들이 돈이라고 이름 붙인 것을 긁어모
으는 데에만 관심을 쏟는 동물들이다. 당신들의 역사를 되돌
아보면 나는 두려운 생각이 든다. 그것은 크건 작건 간에 살
인의 연속일 뿐이다. 당신들은 우선 죽여 놓고 그다음에 토
의를 한다. 마찬가지 방식으로, 당신들은 당신들끼리 서로
파괴하고, 자연을 훼손하고 있다.》

평가의 조짐이 좋지 않았다. 세 사람은 얘기가 이렇게 길
거라고는 예상하지 않았다.

수신 《하지만 당신들의 세계에도 나를 매혹시키는 것들이 있다. 아, 그건 바로 당신들의 그림이다! 특히 나는 그 손가락들…… 레오나르도 다빈치를 무척 좋아한다. 세상에 대한 자신의 해석을 그림을 통해서 나타낸다는 생각, 순수한 아름다움을 나타내기 위해서 실용성을 염두에 두지 않은 물건을 만든다는 생각, 그것은 놀라운 발상이다! 우리 세계에 비유하자면, 그것은 우리가 의사소통을 하기 위해서가 아니라 단지 냄새를 맡는 즐거움을 위해서 페로몬을 만드는 것과 같다고 할 수 있다. 당신들이 〈예술〉이라 부르는 그 무상(無償)과 무용(無用)의 아름다움, 그것은 당신들이 우리보다 우월한 점이다. 우리 사회엔 그러한 것이 없다. 당신들의 문명에는 예술과 무용의 열정이 풍부한 것 같다.》

발신 「그럼, 당신은 우리를 벨로캉에 데려가는 데 찬성하나?」

개미는 아직 대답하려 하지 않는다.

수신 《당신들 집에 도착하기 전에 나는 바퀴를 만났다. 그 바퀴들이 나한테 가르쳐 준 게 있다. 서로서로를 사랑할 줄 아는 자들은 사랑을 받고, 서로서로를 도우려는 자들은 도움을 받는다고…….》

개미는 자기의 주장에 대해 확신하면서 더듬이를 흔들어 댄다.

수신 《나는 그 점을 중요하게 생각한다. 입장을 바꾸어서 물어보고 싶다. 당신들은 손가락들이라는 종을 긍정적으로 평가할 수 있는가?》

낭패스러운 일이었다. 레티시아도 아서 라미레도 그 질문에 긍정적으로 답할 만한 사람들이 명백히 아니었다!

개미는 담담하게 자기 논리를 펼쳐 나간다.

수신 《당신들은 내 페로몬을 이해하는가? 당신들은 다른 사람이 당신들을 사랑할 마음이 들도록 서로를 사랑하는가?》

발신 「그건…….」

수신 《당신들 자신들이 서로를 사랑하지 않는다면, 어떻게 당신들이 우리처럼 다른 존재들을 사랑할 거라고 기대할 수 있겠는가?》

발신 「그건 말하자면…….」

수신 《당신들은 나를 설득하기 위해서 효과 좋은 페로몬을 찾고 있을 것이다. 그러나 그럴 필요가 없다. 내가 당신들한테서 기대했던 설명들은 당신의 텔레비전이 죄다 나에게 제공했다. 나는 텔레비전에서 손가락들이 서로 돕고, 다른 손가락들을 구하기 위해 먼 길을 달려가며, 붉은 손가락들이 갈색 손가락들을 돌보는 내용의 기록 영화를 보았다. 당신들이 개미라고 부르는 우리는 결코 그렇게까지는 못할 것이다. 우리는 멀리 떨어진 둥지를 원조하러 달려가지 않으며, 다른 종의 개미들을 구하러 가지 않는다. 나는 플러시 천으로 만든 곰 인형 선전도 봤다. 그것은 하나의 물건에 지나지 않는다. 하지만 손가락들은 그것들을 껴안고 애무했다. 손가락들의 내면에는 남에게 베풀 넘치는 사랑이 있는 것 같다.》

그들은 개미의 결론을 요모조모로 예상하면서 마음의 준비를 하고 있는데 그런 평가는 전혀 뜻밖이었다. 레오나르도 다빈치의 작품이나, 의사들, 플러시 천으로 만든 곰 인형 덕분에 인간이란 종족이 개미의 눈길을 끌 수 있으리라고는 전혀 기대하지 않았었다!

수신 《그게 전부는 아니다. 당신들은 2세들을 잘 보살필 줄도 안다. 당신들은 미래의 손가락들이 오늘날보다 더 우수하기를 희망하고, 발전하기를 열망하고 있다. 마치 동료들을 개울 저편으로 건네줄 다리를 만들기 위해 자기를 희생하는 병정개미들 같다고나 할까. 젊은 손가락들의 전진을 위해서라면, 늙은 손가락들은 언제든 목숨을 바칠 각오가 되어 있다. 그래, 내가 본 모든 것, 영화, 뉴스, 광고 들은 현재의 만족스럽지 못한 상태에 대한 아쉬움과 미래에는 그것이 개선되리라는 희망의 표현이었다. 그리고 그 희망으로부터 당신들의 〈유머〉가 분출하고, 당신들의 〈예술〉이 생겨나고 있다.》

레티시아의 눈에 눈물이 고였다. 그녀에게는 인간을 사랑한다는 것이 무엇인지를 가르쳐 주고 설명해 줄 저 개미와 같은 존재가 필요했다. 103호의 얘기를 듣고 난 그녀는 완전히 새롭게 태어난 느낌이었다. 그녀의 대인 공포증이 한 마리의 개미에 의해서 치료될 수 있다니! 그녀는 갑자기 동시대인들을 더 잘 이해하고 싶은 충동을 느꼈다. 사실 이 세상에는 훌륭한 동시대인이 많이 있다. 그녀가 평생 깨닫지 못한 것을 이 개미는 불과 며칠 동안 텔레비전을 보고서 깨달은 것이다.

레티시아는 마이크 쪽으로 몸을 숙여 또박또박 말을 했다.

발신 「그러면, 당신은 우리를 도와줄 생각이 있는가?」

유리 덮개 아래에서 103호가 더듬이를 세워서 정중하게 페로몬을 발한다.

수신 《우리는 당신들에게 대항할 수 없고, 당신은 우리들에게 대항할 수 없다. 우리들 가운데 어떤 것도 다른 종을 제

238

거할 수 있을 만큼 강하지는 않다. 파멸을 자초할 수는 없는 일이니, 우리는 당연히 서로 도와야 한다. 그리고 나는 우리가 당신들을 필요로 하고 있다고 생각한다. 우리는 당신네 세계로부터 배울 게 많다. 그것들을 배우기 전에는 당신들을 죽여서는 안 된다.》

발신「그러면, 우리를 벨로캉으로 안내해 주겠는가?」

수신《나는 우리 도시 아래에 갇혀 있는 당신 친구들을 구하는 일을 돕는 데 찬성한다. 왜냐하면 우리 두 문명이 서로 협력하기를 바라기 때문이다.》

192. 공룡들

이것은 수천 년 동안 전해 내려온 역사를 담은 기억 페로몬이다.

클리푸니는 아주 진한 냄새가 나는 액체가 가득 찬 캡슐에 더듬이를 갖다 댄다. 페로몬 캡슐이다. 짜릿한 느낌과 더불어, 더듬이 속에서 내용이 복원된다.

분야: 역사

정보 제공자: 제24대 벨로키우키우니 여왕

개미들이 항상 지구의 주인이었던 것은 아니다.

옛날에는, 우리와 다른 사고방식을 가진 다른 종들이 우리의 주인 자격에 대해 이의를 제기했다.

수백만 년 전, 자연은 도마뱀에게 기대를 걸었다. 그때까지만 해도, 도마뱀들은 크지도 작지도 않은, 발 달린 물고기에 불과한 동물이었다.

하지만 그 도마뱀들은 둘만 모이면 서로 싸웠고, 그 통에 그들의 몸은 결투에 적합하도록 조금씩조금씩 변화했다. 그들은 점점 더 커지고 공격적이 되었다.

형태의 진화가 일어났다. 도마뱀들은 결투에 적합하도록 거대하게 변했다. 우리가 스물, 서른 혹은 1백 마리씩 무리를 지어 덤벼도 그것들을 더 이상 죽일 수가 없게 되었다. 너무 강해지고 아주 많아지고 매우 파괴적인 도마뱀들이 지상에서 가장 힘센 동물이 되어 버렸다.

어떤 것들은 머리가 나무 꼭대기 위로 올라올 만큼 키가 컸다. 그것들은 이미 도마뱀이 아니었다. 그것들은 공룡이었다.

그 거대한 괴물들의 지배는 오랫동안 지속되었고, 우리 개미 사회 어디서나 반성의 기운이 일었다.

《우리는 무서운 흰개미들을 정복했어. 그러니까 공룡들도 없애 버릴 수 있을 거야.》여기저기서 전의에 충만한 페로몬이 발해졌다. 그러나 공룡과 대결하러 갔던 개미 특공대들은 모조리 전멸하고 말았다.

그들이 정말로 우리의 주인이 아닐까? 어떤 개미 군체들은 이미 공룡들에게 굴복하여, 그들의 사냥터에 대한 통제권을 공룡에게 넘겨주었다. 그 군체들은 공룡의 발 아래에서 도망쳤고, 땅을 쿵쿵 울리면서 지긋지긋하게 싸워 대는 공룡들에 대한 강박 관념 속에서 살아가고 있었다. 흰개미들도 위턱을 낮추었다.

바로 그때, 마냥개미 둥지의 한 여왕개미가 다음과 같은 명령의 페로몬을 발했다.

《괴물들에 맞서 모든 도시여 단결하라.》

메시지는 단순했지만 그 파급 효과는 엄청났다. 개미 사회의 내분은 끝났다. 종이 다르고 크기가 다르더라도, 어떤 개미도 다른 개미를 죽이지 않게 되었다. 전 세계 개미들의 대동맹이 형성되었다.

공룡들의 강점과 약점을 알기 위해, 전령들이 모든 도시를 돌아다녔다. 그 괴수들이 완전무결한 듯해도, 어떤 동물에게든 약점이 하나씩은 있기 마련이다. 그것이 자연의 섭리이다. 그 약점을 우리는 발견해야 했고, 드디어 우리는 그것을 발견했다.

공룡의 가장 큰 약점, 그것은 바로 그들의 항문이었다.

그 문으로 쳐들어가 몸속을 난도질하니까 끝장이 났다. 정보는 매우 빠르게 전달되었다. 도처에서 개미 군단이 그 민감한 통로 안으로 쳐들어갔다. 기병, 보병, 포병 부대는 이제 공룡의 발톱이나, 다리, 이빨과 싸울 필요가 없었다. 그들의 적은 분출하는 소화액, 백혈구들, 근육의 반사 작용이었다.

종종걸음으로 위험을 무릅쓰고 적의 내장으로 돌진했던 군대들이 겪었던 무시무시한 일들에 관한 이야기들이 전해지고 있었다. 병사들이 굵은 큰창자 안에서 모퉁이를 돌고 또 도는데 느닷없이 저쪽에서 치명적인 포탄이 발사되었다. 바로 똥 한 덩어리였다.

전사들은 창자의 주름 사이로 달려가 피신했다. 때로는 역겨운 바윗덩어리가 모퉁이에서 길을 막았고, 때로는 그것이 굴러 내려 병사들을 가루로 만들어 버리기도 했다.

개미 군단의 가장 큰 적은 똥이었다. 딱딱하고 조그만 똥

덩어리 사태에 휩쓸려 죽은 개미가 무릇 몇천 마리였던가. 얼마나 많은 병사들이 진흙탕같이 질펀한 똥 물결에 익사했던가! 단 한 방의 방귀에 질식사한 특공대원들은 또 그 얼마였던가!

하지만, 그사이에 개미 군단의 대부분은 적시에 내장을 돌파하는 데 성공했다.

그러자 이 조그만 곤충들의 공격을 받은 공룡들의 거대한 몸통이 차례차례 무너져 갔다. 톱니 같은 꼬리들, 뿔, 독, 단단한 비늘로 중무장한 초식 공룡도 육식 공룡도, 냉혹한 외과 의사 같은 수백만 마리의 미물 앞에서 맥을 못 추었다. 한 쌍의 위턱이 거대한 뿔보다 더 위력적이라는 게 명백히 드러났다.

개미들이 공룡을 멸종시키는 데는 수십만 년이 걸렸다.

그리고 어느 봄날, 잠에서 깨어났을 때, 훤히 트인 하늘이 눈에 들어왔다. 이제 공룡은 없었다. 살아남은 것은 키 작은 도마뱀뿐이었다.

클리푸니는 더듬이를 꺼낸 후, 명상에 잠긴 채 화학 정보실을 거닐었다.

그렇듯 지구는 몇몇 세입자를 맞이했고, 그들은 전능한 주인 노릇을 하고 싶어 했다. 그들은 저마다 명성을 누리다가, 개미에 의해 보잘것없는 존재들로 전락했다.

개미야말로 지구의 유일하고 진정한 소유자이다. 클리푸니는 자기가 이 종에 속한 것을 자랑스럽게 생각한다.

《우리는 비록 작지만 잔인하게 구는 커다란 자들을 뭉개 버릴 수 있다. 우리는 비록 작지만 생각할 줄도 알고 언뜻 보기에 해결할 수 없을 것 같은 문제를 풀기도 한다. 우리는 비록 작지만, 완전무결해 보이는 산처럼 거대한 동물들로부터도 가르침을 받을 게 없다.》

개미 문명은 모든 경쟁자들을 없애 버릴 수 있었기 때문에 이토록 오래 지속되어 왔다.

여왕개미는 개미 사회에 갇혀 있는 손가락들을 연구하지 않은 걸 후회한다. 103호의 얘기를 귀담아들었더라면, 손가락들을 관찰함으로써 그들의 결점을 찾아냈을 것이고, 원정군은 패주하는 대신에 승리의 노래를 불렀을 텐데.

너무 늦지는 않았을까? 아직까지도 손가락들이 살아 있을까? 여왕개미는 신을 믿는 개미들이 그들에게 양식을 전달하기 위해서 얼마나 애를 쓰고 있는지 알고 있다.

클리푸니는 첩보 개미들이 그토록 떠벌리던 리빙스턴 박사와 이야기하기 위해 손가락들의 둥지로 내려가기로 작정한다.

193. 암

103호는 손가락들 세계에 비정상적인 일이 일어나고 있음을 감지한다. 저 높은 곳에 그림자들이 어른거린다. 죽음의 냄새 같은 것이 공기 중에 떠돈다. 103호가 묻는다.

수신 《뭐가 잘 안 되는가?》

발신 「아서가 기절했다. 그는 몹시 아프다. 그가 암에 걸렸다. 아무도 치료할 수 없는 병이다. 나의 어머니도 암 때문에 돌아가셨다. 우리는 이 질병 앞에서는 속수무책이다.」

수신 《암이라는 게 도대체 뭔가?》

발신 「세포들이 제멋대로 증식하는 병을 그렇게 부른다.」

찬찬히 생각해 보기 위해서 개미는 더듬이를 정성스럽게 닦는다.

수신 《우리도 그 페로몬은 알고 있다. 하지만 그것은 병이 아니다. 암은 병이 될 수가 없다.》

발신 「그럼 뭔가?」

103호가 수없이 되풀이했던 질문 〈그것이 무엇인가?〉를 처음으로 사람이 거꾸로 물어본 것이다.

이제는 개미가 설명할 차례다.

수신 《아주 오래전에 우리도 당신들이 암이라 부르는 병에 걸린 적이 있다. 많이들 죽었다. 수백만 년 동안, 우리는 이 재앙을 치료할 수 없는 것으로 여겼다. 감염된 개미들은 곧바로 심장 박동을 멈추고 더 이상 살기를 원치 않았다. 그리고…….》

세 사람은 깜짝 놀라서 듣고 있었다.

수신 《시간이 흐른 뒤에 우리는 그 문제를 바르지 못한 시각으로 대하고 있었다는 걸 알았다. 우선 병처럼 보였던 것을 다르게 이해하고 연구해야 했다. 우리는 찾아냈다. 수십만 년 전부터 우리 문명에서는 더 이상 아무도 암으로 죽지 않았다. 다른 병으로 인해 많은 희생자가 우리에게 생겨나지만 암은 우리에게서 이미 끝났다.》

깜짝 놀란 레티시아가 한숨을 쉬자, 유리 덮개가 흐려졌다.

발신 「당신들이 암 치료법을 발견한 것인가?」

수신 《물론이다. 당신들에게 곧 그걸 알려 줄 것이다. 하지만 우선 바깥공기를 쐬고 싶다. 이 유리 덮개 안에서는 숨이

막힌다.》

레티시아는 바닥에 푹신한 솜을 깐 성냥갑 안에 103호를 조심스럽게 내려놓고 발코니 쪽으로 들고 나갔다.

개미는 신선한 산들바람을 들이마셨다. 그곳에서 103호는 먼 숲의 냄새까지 느끼고 있었다.

「조심해요. 개미를 난간 위에 놓지 말아요. 개미가 떨어지지 않도록 특히 조심해야 해요. 정말 소중한 개미예요. 그 개미가 인간의 생명을 구해 주기로 했어요. 게다가 암의 치료법도 알고 있다고 했어요. 그게 사실이라면…….」

자크 멜리에스가 외쳤다.

그들은 두 손을 모아 성냥갑을 감싸고 요람을 만들었다. 조금 후에 라미레 씨가 남편을 부축하여 침대에 눕히고 발코니로 나왔다. 그는 자고 있었다.

「우리 개미가 암 치료법을 안다고 했어요.」

멜리에스가 라미레 씨에게 알려 주었다.

「그러면 페로몬을 뿜도록 해야죠. 빨리요! 아서는 더 이상 기다릴 시간이 없어요.」

「조금만 기다리세요. 개미가 바깥바람을 조금 쐬고 싶다고 했어요. 개미를 이해해야 해요. 쉬지 않고 텔레비전을 시청하느라 유리 덮개 안에서 며칠을 보냈거든요. 세상에 어떤 동물도 그렇게 지낼 수는 없을 거예요!」

레티시아가 말했다.

하지만 라미레 씨는 냉정을 잃고 있었다.

「개미는 조금 뒤에라도 쉴 수 있잖아요. 우선 내 남편을 구해야 해요. 급해요.」

쥘리에트 라미레는 레티시아의 팔에 달려들었다. 레티시

아는 쥘리에트에게 성냥갑을 빼앗기지 않으려고 뒤로 물러났다. 한순간 나무 쪽배가 너울 고스락에 걸리듯 레티시아의 손에 놓인 성냥갑이 허공으로 올라갔다. 라미레 씨가 레티시아의 손목을 잡아당기자 손바닥이 뒤집혔다.

103호가 추락한다. 나는 양탄자를 타고 잠시 활공 비행을 하다가, 푹신한 양탄자가 떨어져 나가면서 급전직하로 떨어지기 시작한다. 끝없는 낙하. 손가락들의 집이 이렇게 높은 줄 미처 몰랐다!

103호는 자동차의 금속 지붕에 부딪혀 몇 차례 되튀어 오르고 나자 정신이 아찔해진다. 그는 정신없이 내달린다. 친절한 손가락들은 어디로 가버렸나? 그들과 대화하는 기계는 어디에 있나? 103호는 거기에 있는 누구도 해독할 수 없는 페로몬을 외치면서 달려간다.

《레티시아, 쥘리에트, 아서, 자크! 당신들은 어디 있지? 나는 충분히 쉬었어. 이제 제발 나를 다시 올려 줘! 내가 당신들에게 모든 걸 얘기하겠어!》

개미가 정신을 차릴 틈도 없이 갑자기 자동차에 시동이 걸린다. 103호는 있는 힘을 다해 라디오 안테나에 매달린다. 바람이 주위로 세차게 지나간다. 103호가 〈큰 뿔〉을 타고 공중을 날아다닐 때도 결코 이처럼 빨리 가지는 않았다.

194. 백과사전

문명의 충돌

인도는 모든 에너지를 흡수해 버리는 나라이다. 인도를 무력으로 정복한 자들이 인도인들을 길들이려 했지만 모두 제 풀에 지쳐 나가떨어졌다. 인도 안으로 파고들수록 그들은 인도 물이 들었으며 호전성을 잃고 세련된 인도 문화에 푹 빠져 버렸다. 인도는 모든 것을 흡수해 버리는 스펀지와 같았다. 그들은 인도를 손아귀에 넣으려 했으나, 인도가 그들을 이긴 것이었다.

인도에 대한 최초의 대규모 침탈은 튀르키예와 아프가니스탄의 이슬람교도에 의해 자행되었다. 그들은 1206년에 델리를 점령했다. 5대에 걸친 술탄 왕조가 계속되었는데, 한결같이 인도반도 전체를 점령하고 싶어 했다. 하지만 남쪽으로 진격하면서 군대는 약해져 갔다. 군인들은 학살에 신물이 났고, 전쟁에 흥미를 잃었으며, 점차 인도의 풍습에 매료되었다. 술탄 왕조는 어느덧 붕괴의 길을 걷고 있었다.

술탄의 마지막 왕조인 로디 왕조는 티무르의 후손인 투르케스탄 태생의 바부르[17]에 의해 무너졌다. 바부르는 1527년에 무굴 제국을 세우고 인도의 중앙까지 진출하자마자 무기를 버리고 음악, 문학, 미술에 심취했다.

그의 후손 중의 하나인 아크바르는 인도를 통일하는 방법을 알고 있었다. 그는 유화 정책을 폈고, 그 당시의 모든 종교에서 평화에 관한 교리들을 가려 모아 새 종교를 만들어 냈다. 그런데 몇십 년 후에, 바부르의 다른 후손인 아우랑제브가 이슬람교를 인도에 강제로 이식하려고 했다. 그러자 봉기가 일어났고, 나라는 분열되었다. 인도를 폭력으로 길들이는 것은 불가능하다.

19세기 초에 영국인들도 무력으로 모든 대도시들과 주요 항구들을 정

---

17 Babur(1483~1530). 오늘날 아프가니스탄의 수도인 카불의 왕이었는데, 1511년 사마르칸트를 정복하였으며, 1526년 델리의 술탄과 싸워 이김으로써 갠지스강 일대를 점령하고 이듬해 무굴 제국을 세웠다. 바베르 또는 바바르라고도 한다.

복하는 데 성공했지만 결코 나라 전체를 통치하지는 못했다. 그들은 전적으로 인도적인 환경 속에 이식된 〈영국 문화를 가진 작은 동네들〉을 확보하는 데 만족할 수밖에 없었다.

추위가 러시아를 보호하고 바다가 일본과 영국을 보호하듯이, 영(靈)의 장벽이 인도를 보호하고 그곳에 침입한 모든 사람의 마음을 사로잡아 버린다.

오늘날에도 이 스펀지 같은 나라에서 한나절만 모험을 하고 나면 어떤 관광객이든 〈이런 게 다 무슨 소용이란 말인가?〉 〈무엇을 얻자고 이런 일을 하는가?〉 하는 의문에 사로잡혀 모든 계획을 포기하고 싶은 충동을 느끼게 될 것이다.

에드몽 웰스, 『상대적이며 절대적인 지식의 백과사전』 제2권

195. 도시를 떠도는 103호

자크 멜리에스가 몸을 숙였다.

「개미가 떨어졌어!」

모두들 그의 곁으로 다가왔다. 그들은 아래를 굽어보며 개미의 흔적을 찾아보려 했다.

「개미가 죽었겠는데…….」

「아마 죽지는 않았을 겁니다. 개미들은 큰 충격에도 잘 견뎌 낼 줄 알아요…….」

그 말에 쥘리에트 라미레는 다시 생기가 돌았다.

「개미를 다시 찾아보세요. 그 개미만이 내 남편과 개미집 아래에 있는 당신 친구들을 구할 수 있어요.」

그들은 계단을 내려가서 주차장까지 샅샅이 찾아보았다.

「특히 발을 내디딜 때 조심하세요.」

레티시아 웰스는 자동차의 바퀴 아래를 찾아보았다. 쥘리에트 라미레는 건물의 아래에 예쁘게 꾸며 놓은 조그만 화단을 체로 거르듯 훑었다. 자크 멜리에스는 돌풍에 날려 간 개미가 아래층의 발코니에 떨어지지나 않았는지 확인하기 위해 집집마다 초인종을 눌러 댔다.

「혹시 머리에 붉은 점이 있는 개미를 보지 못했나요?」

이웃 사람들은 그가 완전히 미쳤다고 생각했지만, 삼색 줄이 쳐진 신분증을 보고는 그가 이곳저곳을 찾아보도록 내버려 두었다.

그들은 개미를 찾느라고 한나절을 보냈다.

「어떻게 하지? 신만이 103호가 어디 있는지 알겠는데!」

쥘리에트 라미레는 찾는 것을 포기하지 않았다.

「개미가 정말 암을 어떻게 치료하는가를 알고 있다면, 어떤 대가를 치르더라도 개미를 다시 찾아야 해요.」

그들은 다시 오랫동안 찾아보았다. 곤충들은 어디에나 지천으로 널려 있었다! 조명 돋보기까지 들고 샅샅이 찾아보았지만, 이마에 붉은 점이 표시된 숲속 불개미는 어디에도 없었다.

「매니큐어를 칠하지 말고 방사능 물질로 표시해 두기만 했어도 이런 생고생은 안 할 텐데!」

멜리에스가 푸념을 터뜨렸다.

그들은 머리를 맞대고 대책을 논의했다.

「퐁텐블로시 같은 도시 안에서도 개미를 다시 찾는 방법이 반드시 있을 거예요.」

「머리에 떠오르는 모든 생각들을 열거해 보고 그중에서 좋은 것들을 골라 봅시다.」

라미레 씨가 조언을 했다.

갖가지 제안들이 쏟아져 나왔다.

「군인들과 소방대원들의 도움을 얻어 1미터씩 도시 전체를 수색하는 게 어때요.」

「혹시 머리에 붉은 표시가 있는 개미가 지나가는 걸 보았는지, 우리가 만나는 모든 개미들에게 물어봅시다.」

어떤 해결책도 만족스럽지 않았다. 그때 레티시아가 제안을 했다.

「신문에 호소를 해보면 어떨까요?」

그들은 서로를 바라보았다. 언뜻 생각하기에 좀 엉뚱하다 싶었지만 그다지 어리석은 제안은 아닌 것 같았다. 그들은 다시 곰곰이 생각해 보았지만 아무도 더 나은 묘안을 찾아내지 못했다.

196. 백과사전

승리

승리 뒤에는 언제나 견딜 수 없는 허망함이 찾아오고 패배 뒤에는 언제나 새로운 열정이 솟아나면서 위안이 찾아온다. 그것은 왜 그런가? 아마도 승리가 우리로 하여금 똑같은 행동을 지속하도록 부추기는 반면 패배는 방향 전환의 전주곡이 되기 때문일 것이다. 패배는 개혁적이고 승리는 보수적이다. 사람들은 이런 진리를 막연하게나마 느끼고 있다. 영리한 사람들은 가장 멋진 승리를 거두려고 하지 않고 가장 멋진 패배를 당하려고 노력했다. 한니발은 로마를 눈앞에 두고 발길을 돌렸고, 카이사르는 로마력 3월 15일[18]의 원로원 회의에 나갈 것을 고집하다

18 B. C. 44년, 카이사르는 왕의 칭호를 받고 싶어 했고 로마의 원로원은 로

가 브루투스의 단검을 맞고 죽었다.

이런 경험들에서 우리는 교훈을 얻을 수 있다. 우리의 실패는 이르면 이를수록 좋고, 우리를 물이 없는 수영장에 뛰어들게 해줄 다이빙대는 높으면 높을수록 좋다.

명철한 사람의 삶의 목표는 동시대의 모든 사람들에게 교훈을 줄 만한 참패에 도달하는 것이다. 왜냐하면 사람들은 승리로부터는 결코 배울 게 없고, 실패에 의해서만 배우기 때문이다.

에드몽 웰스, 『상대적이며 절대적인 지식의 백과사전』 제2권

197. 대중에 호소

『일요 메아리』 신문의 〈잃어버린 동물〉란에 몽타주가 보인다. 개미의 머리가 펜으로 그려져 있다.

〈시민 여러분! 잘 읽어 보세요! 이것은 농담이 아닙니다. 위의 개미를 찾아 주십시오. 그 개미가 죽음의 위험에 처해 있는 스물한 명의 생명을 구할 수 있습니다. 다음 사항을 참조하시어 다른 개미와 혼동하지 않도록 하시기 바랍니다.

103683호는 불개미입니다. 따라서 보통 개미들처럼 검은색이 아닙니다. 가슴과 머리는 적갈색이고 배만 검은색입니다.

신장은 3밀리미터, 딱지에는 줄무늬가 있고 더듬이는 짧습니다. 손가락을 갖다 대면, 개미는 개미산을 내뿜습니다.

눈은 비교적 작은 편이고, 위턱은 넓고 앙바틈합니다.

이 개미에게는 독특한 표시가 하나 있습니다. 이마에 붉은 점이 있다는 것입니다. 이 개미를 발견하신 분께서는, 확력 3월 15일 회의에서 그에게 왕의 칭호를 주기로 되어 있었다.

신이 서지 않더라도 붙들어서 보호해 주시고, 주저 없이 31-41-59-26으로 전화하여 레티시아를 찾아 주십시오. 아니면 경찰서에 전화하여 자크 멜리에스 경정을 찾으셔도 됩니다.

103683호를 찾는 데 도움을 주신 분께는 10만 프랑의 사례금을 드리겠습니다.〉

레티시아, 멜리에스, 쥘리에트 라미레는 개미 사육통의 개미들이나 우연히 길에서 마주친 개미들과 103호에 대해 이야기하려고 노력했다. 행여 사육통의 개미들이 벨로캉에 관한 이야기를 알고 있다고 하더라도, 그 개미들은 그들을 벨로캉으로 데려갈 수 없었다. 그 개미들은 현재 자기들이 어디에 살고 있는지조차도 모르고 있었다. 그러니 암에 대해서도 무슨 얘기인지 도무지 알 턱이 없었다.

길에서, 정원에서, 집에서 우연히 마주친 개미들도 모르기는 마찬가지였다.

그들은 개미들의 어리석음을 확인한 것 외에는 아무것도 얻지 못했다. 개미들은 아무것에도 관심이 없었고 아무것도 이해하지 못하고 있었다. 그저 먹이를 찾을 생각만 하고 있었다.

자크 멜리에스와 쥘리에트 라미레, 레티시아 웰스는 103호가 얼마나 뛰어난 존재인가를 다시 한번 깨닫게 되었다. 그의 탐구적인 태도는 다른 개미들에게서는 찾아보기 어려운 것이었다.

레티시아 웰스는 103호가 손가락들에 대한 기억 페로몬들을 모아 놓은 캡슐을 작은 핀셋으로 끄집어냈다.

확실히 103호는 자기 시대와 자기의 세계에 대해 모든 걸 알고 싶어 했다. 그토록 많은 호기심과 알고자 하는 열망은 사람에게서조차 찾아보기 어려운 것이었다. 103호는 정말 특별한 존재라고 레티시아 웰스는 생각했다.

한순간 그녀는 기도를 하고 싶었다. 인간의 도시에 떨어진 개미를 찾는 일이 기적이라면, 그것을 바랄 뿐이었다.

198. 납골당

여왕개미 클리푸니는 긴 위턱을 가진 경비 개미들의 호위를 받으면서 아래로 내려간다. 여왕개미는 진작 리빙스턴 박사와 얘기해 보지 못한 것을 후회한다. 클리푸니는 리빙스턴 박사에게 어떤 것을 물어보아야 할지, 또 어떻게 하면 손가락들의 약점을 알아낼 수 있는지를 생각하다가, 그들에게 먹이를 주기로 결심했다. 먹이를 주면서 그들을 길들여야 한다. 야생의 진딧물들을 길들일 때도 그렇게 했다. 그것들의 날개를 자르고 축사에 가두어 두기 전에 먼저 먹이를 주어 유인했던 것이다.

지하 10층 어떤 새로운 열정이 여왕개미를 사로잡는다. 걸음을 재촉한다. 그렇다. 여왕개미는 그들에게 양식을 줄 것이고, 그들과 대화를 나눌 것이다. 그리고 그들의 얘기를 기록해서 손가락들에 대한 기억 페로몬을 많이 저장할 것이다.

여왕개미 주위에 경비 개미들이 뛰어다닌다. 경비 개미들은 오늘 중요한 일이 일어날 거라고 느낀다. 혁신 운동의 창시자이고 개미 연방의 여왕인 클리푸니가 마침내 손가락들과 대화하면서 그들을 효과적으로 무찌르기 위한 연구를 하겠다고 나선 것이다.

지하 12층 클리푸니는 103호의 얘기를 일찍이 귀담아듣지 않았던 자신이 정말 어리석었다고 생각한다. 오래전부터 손가락들과 대화했어야 했는데. 벨로키우키우니가 손가락들과 대화를 나누었듯이, 마음만 먹으면 클리푸니도 얼마든지 그들과 이야기를 나눌 수 있었다.

지하 20층 저 아래 손가락들이 아직 살아 있기만 하면 좋겠는데! 뽐내고 싶은 마음으로 괜히 어머니와 다른 짓을 한 것이 모든 걸 망치지 않았으면 좋겠는데! 같은 식으로 해도 안 되었고 정반대로 해서도 안 되었다. 계속 발전시키도록 노력해야 했다. 어머니의 업적을 부정하기보다는 어머니의 업적을 계승 발전시켜야 했다.

여왕개미 주위에는 여전히 경비 개미들이 분주히 움직인다. 개미들이 더듬이 끝으로 클리푸니에게 인사한다. 대다수 개미들은 여왕이 이렇게 도시 아래로 깊이 내려오는 것을 보고 무척 놀란다.

지하 40층 클리푸니는 〈너무 늦지 않으면 좋겠는데〉라고 되뇌면서 경비 개미들과 함께 걸음을 빨리 옮긴다. 여왕개미는 여러 번 통로의 방향을 바꾸어, 알지 못하는 어떤 방으로 들어선다. 개미들의 발길이 뜸한 곳에 지어진, 규모가 어마어마하게 큰 방인데, 지은 지는 일주일도 채 안 된 듯하다.

여왕개미 앞에 신을 믿는 개미들이 갑자기 나타난다. 반체제 개미들의 시체가 모두 이곳으로 옮겨져 있다. 꼼짝하지 않고 있는 수백 마리의 개미들이 귀찮은 방문객에게 도전하는 듯한 모습을 보이고 있다.

도시 안에 죽은 병정개미들이 보존되어 있다니! 깜짝 놀라서 여왕개미의 더듬이가 뒤로 움찔거린다. 여왕개미 뒤에서 수행하고 있는 벨로캉의 병정개미들도 소스라치게 놀란다.

쓰레기터에 있어야 할 시체들이 어째서 여기에 다 모여 있단 말인가? 여왕개미와 경비 개미들이 을씨년스러운 분위기를 풍기는 시체들 사이를 오가며 둘러본다. 죽은 개미들 대부분은 전투를 하고 있는 자세로 위턱을 벌리고 더듬이를 앞으로 내밀고 있다. 역시 움직이지 않고 있는 어떤 적에게 뛰어오를 준비를 하고 있는 듯하다.

몇몇 시체들의 등에는 풀노린재들의 생식기가 뚫어 놓은 구멍의 흔적이 아직 남아 있다. 이 개미들이 모두 클리푸니의 지시에 따라 처단된 것이다……

클리푸니는 이상한 낌새를 느낀다.

클리푸니는 소스라치게 놀랐다. 시체들이 모두 마치 왕실에 있는 어머니 같은 모습으로 있는 것이다!

놀라운 일은 거기에서 그치지 않는다.

미동도 하지 않는 이 개미들 사이에서 어떤 움직임이 일고 있는 것처럼 보인다.

그렇다. 거의 절반 가까이가 움직이고 있다! 이것은 유령인가? 옛날에 경솔하게 굴다가 맛을 본 적이 있던 마약인 로메쿠사의 오래된 분비꿀이 되올라오기라도 한 것일까?

경악스럽다!

시체들이 움직이다니!

이것은 환각이 아니다! 수백 마리의 개미들이 지금 자신을 둘러싸고 있는 경비 개미들을 공격하고 있다. 여기저기서 싸움이 벌어진다. 긴 위턱을 가진 경비 개미들이지만, 신을 믿는 반체제 개미들의 수가 너무 많아서 싸움이 힘겹다. 기습의 효과와 그 낯선 장소에서 받은 충격 때문에 싸움의 판세는 여왕의 병정개미들 쪽에 불리하게 돌아간다.

신을 믿는 개미들은 싸우면서도 계속 더듬이를 흔들어 〈손가락들은 우리의 신이다〉라는 똑같은 페로몬을 내뿜고 있다.

199. 재발견

레티시아 웰스는 가쁜 숨을 내쉬며 맹렬한 기세로 지붕 밑 방에 뛰어 올라왔다. 거기에서는 자크 멜리에스와 쥘리에트 라미레가 현상 수배 광고 뒤에 들어온 수백 통의 전화 메모와 편지 들을 앞에 놓고 그 가운데서 쓸 만한 것을 찾으려고 애쓰고 있었다.

「103호를 찾았어요! 어떤 사람이 그 개미를 찾아냈어요!」

레티시아가 외쳤다.

하지만 그들은 반가워하는 기색을 보이지 않았다.

「개미를 찾아냈다고 연락한 사기꾼이 벌써 8백 명이나 돼요. 그들은 보상금을 탈 욕심으로 아무 개미나 주워서 이마에 붉은색을 조금 칠해서 가지고 왔다고요!」

멜리에스가 외쳤다.

쥘리에트 라미레는 한술 더 떴다.

「심지어 거미에 붉은색을 칠한 가짜 개미를 갖고 오는 사람도 봤어요.」

「아니, 아니에요. 이번에는 아주 진지한 사람이에요. 그는 사립 탐정인데 우리가 현상금을 건 날부터 계속해서 돋보기 안경을 끼고 도시를 샅샅이 뒤지고 다녔대요.」

「그가 103호를 발견했다고 믿는 이유는 뭐죠?」

「그가 전화로 개미 이마의 점이 붉지 않고 노란색이었다고 말했어요. 그런데 손톱에 칠한 매니큐어가 오래되면 노랗게 바래거든요.」

그 말은 설득력이 있었다.

「그럼 그 개미가 어디 있대요?」

「그는 개미를 갖고 있지 않아요. 그는 그 개미를 보았다고만 말했어요. 그는 103호가 손가락 사이에서 빠져나갔는데, 다시 잡을 수가 없었대요.」

「그가 개미를 어디서 봤는데요?」

「진정하세요! 그렇게 서두르지 말고요.」

「어딘데? 말해 봐요!」

「퐁텐블로 지하철역 안에서!」

「지하철역 안이라고?」

「그래요. 그런데, 6시면 한창 러시아워라 사람들이 많이 붐빌 때인데…….」

멜리에스는 기겁을 했다.

「1초가 급해요. 이 기회를 놓치면 우리는 완전히 103호를 잃어버릴 겁니다. 그러면…….」

「뛰어갑시다!」

200. 잠깐 동안의 휴식

눈이 푸른 두 마리의 뚱뚱한 개미가 볼썽사납게 입을 비죽거리면서 소시지와 잼 단지, 피자, 양배추 절임이 쌓여 있는 더미로 다가간다.

《니에르크, 니에르크야. 인간들이 뒤를 보고 있어! 빨리 먹어 치우자!》

개미 두 마리가 접시 위로 올라간다. 개미는 스튜 통조림을 열기 위해서 깡통 따개를 사용한다. 그리고 샴페인을 가득 부어 축배를 든다.

갑자기 불빛이 개미들을 비추고 노란 포말이 분사된다. 그 두 마리 개미는 눈썹을 치켜뜨고 푸르고 큰 눈을 끔벅거리다가 헐떡이면서 고함을 지른다.

《개미 살려. 〈프로프메종〉[19]이다!》

《안 돼, 절대 〈프로프메종〉만은 안 돼!》

검은 증기가 뿌려진다.

《으아악…….》

두 마리 개미는 땅바닥으로 쓰러진다. 카메라가 뒤로 이동한다. 한 남자가 대문자로 《프로프메종》이라고 쓰인 것을 들고서 분사기를 휘두른다.

미소를 띠면서 그는 카메라에 대고 추천의 말을 한다. 「태양의 계절, 더위가 찾아오면 바퀴, 개미가 기승을 부립니다. 이 징글징글한 바퀴·개미의 해결책! 바로 〈프로프메종〉입니다. 〈프로프메종〉은 당신의 찬장 속에 기어 다니는 모든 것을 말끔히 치워 줄 것입니다. 어린이에겐 절대 안전, 곤충에겐 절대 위험! 〈프로프메종〉은, 효율의 상징 CCG의 신제품입니다.」

---

19 PROPMAISON. 〈깨끗하다〉라는 뜻의 propre와 〈집〉을 뜻하는 maison을 합쳐 만든 상품명.

그들은 완전히 흥분해 있었다. 자크 멜리에스, 레티시아, 쥘리에트 라미레는 승객들을 마구 떼밀었다.

「혹시 개미 한 마리를 못 보았어요?」

「뭐라고요?」

「그 개미가 틀림없이 이곳을 지나갔어요. 틀림없어요. 개미들은 그늘진 곳을 좋아합니다. 어두운 구석에서 찾아내야 해요.」

자크 멜리에스는 어떤 사람에게 고함을 지른다.

「발을 조심해서 내디뎌요. 빌어먹을! 당신은 그 개미를 죽일 수도 있어요!」

아무도 그들의 이상한 행동을 이해하지 못했다.

「그걸 죽인다고요? 누구를 죽여요? 무엇을 죽인다고요?」

「103호요!」

습관대로 승객들 대부분은 이렇게 시끄럽게 구는 사람들을 쳐다보지도 않고, 말을 듣지도 않은 채 그냥 지나쳐 버렸다.

멜리에스가 타일 벽에 기댔다.

「빌어먹을! 지하철역 안에서 개미 한 마리를 찾는 것은 건초 더미에서 바늘 하나를 찾는 것과 같아.」

레티시아 웰스가 자신의 이마를 두드렸다.

「생각이 났어요! 왜 진작 그런 생각을 못 했지! 〈건초 더미에서 바늘 하나를 찾는 거〉란……?」

「무슨 얘깁니까?」

「건초 더미 속에서 바늘 하나를 찾으려면 어떻게 해야

되죠?」

「그것은 불가능해요.」

「아니, 가능해요. 좋은 방법이 있어요. 건초 더미 안에서 바늘 하나를 찾기 위해서라면 이보다 쉬운 방법은 없을 거예요. 건초에 불을 질러 재를 만든 다음 자석을 갖다 대는 거예요.」

「맞아요. 그런데 그게 103호와 무슨 관계가 있죠?」

「이건 하나의 비유예요. 그런 식으로 개미를 찾아내면 돼요. 분명히 무슨 방법이 있을 거예요.」

그들이 머리를 맞대고 의논하기 시작했다. 무슨 방법이 있을 것이다!

「자크, 당신은 경찰이잖아요. 그러니 역장에게 부탁해서 사람들을 모두 철수시키세요.」

「역장은 결코 받아들이지 않을 걸요. 지금은 러시아워거든요.」

「폭발물이 있다고 얘기해요! 그가 수천 명이 죽는 위험을 감수하지는 않을 거예요.」

「좋아요.」

「그리고 쥘리에트, 당신은 페로몬 문장 하나를 만들 수 있겠죠?」

「어떤 문장인데요?」

《가장 밝은 곳에서 만나자.》

「문제없어요! 페로몬을 300cc라도 만들어 낼 수 있어요. 그 정도면 스프레이로 여기저기 뿌릴 수 있을 거예요.」

「됐어요!」

자크 멜리에스는 레티시아의 의도를 깨닫고 들뜨기 시작

했다.

「알겠어. 당신은 103호가 찾아오도록 하기 위해서 강력한 탐조등을 승강장 위에 설치하려는 거죠?」

「내 개미집의 불개미들은 항상 불빛 쪽으로 갔어. 왜 그걸 생각해 내지 못했지…….」

쥘리에트 라미레는 〈가장 밝은 곳에서 만나자〉라는 페로몬 문장을 만들었다. 그리고 이 페로몬을 분무기에 담아 가지고 왔다.

역 구내의 확성기에서는 모든 사람들에게 질서 정연하고 침착하게 역 구내에서 나가 줄 것을 요구하는 안내 방송이 나왔다. 하지만 사람들은 너 나 할 것 없이 떼밀고, 아우성치고, 부딪히고, 짓밟으며 난리를 쳤다. 인간은 자기만 위하고 신은 모두를 위한다는 말이 틀리지 않은 모양이다.

103호는 주위 사방을 진동시키는 구두창들의 북새통을 피해 〈퐁텐블로〉역 표지판의 사기로 만든 글자의 틈에 몸을 숨기기로 작정한다. 알파벳의 여섯 번째 글자 F에 숨어 103호는 손가락들의 땀 냄새가 사라지기를 기다린다.

202. 백과사전

아브라카다브라

Habracadabrah라는 마술의 주문은 히브리어로서 〈말한 대로 될지어다〉라는 뜻이다. 즉, 말로 나타낸 일들이 실제의 일로 나타나기를 바라는 뜻을 담고 있다. 중세 사람들은 열병을 다스리는 주문으로 그 말을 사용하였다. 그러던 것을 마술사들이 술법을 부릴 때 사용하는 주문으로 바꾸어 놓았다. 마술사들은 마술이 절정에 달하는 순간, 즉 관중이 곧 멋진 구경거리를 보게 될 찰나(말들이 현실로 나타나는 순간)에 그 글귀를 사용하였다. 그 글귀는 언뜻 보기에는 별거 아닌 것 같지만 상당히 깊은 뜻을 담고 있다. 그 주문을 히브리 문자로 적으면 다음과 같이 아홉 개의 글자로 표현된다. HBR HCD BRH (히브리어에서는 모음 글자를 표기하지 않기 때문에 HA BE RA HA CA DA BE RA HA가 위와 같이 표기되는 것이다). 그 아홉 개의 글자들을 아홉 층으로 배열해서 최초의 H(알레프는 HA로 발음된다)로 점차 내려오도록 만들면 다음과 같이 된다.

$$
\begin{array}{ccc}
\text{HBR} & \text{HCD} & \text{BRH} \\
\text{HBR} & \text{HCD} & \text{BR} \\
\text{HBR} & \text{HCD} & \text{B} \\
\text{HBR} & \text{HCD} & \\
\text{HBR} & \text{HC} & \\
\text{HBR} & \text{H} & \\
\text{HBR} & & \\
\text{HB} & & \\
\text{H} & & \\
\end{array}
$$

이 배열은 하늘의 힘을 되도록 넓게 받아들여 사람들에게 내려보낼 수 있도록 고안된 것이다. 이것은 깔때기를 닮은 부적이다. 〈아브라카다브라〉라는 주문을 구성하는 글자들이 깔때기 안에서 소용돌이를 이루며 쏟아져 내려간다. 그 부적은 보다 우월한 시공(時空)의 힘을 붙들어 한군데로 집중시키는 것을 나타내고 있다.

에드몽 웰스, 『상대적이며 절대적인 지식의 백과사전』 제2권

203. 지하철역 안에 있는 개미 한 마리

이제 됐군. 사람들이 보이지 않는다. 103호는 F에서 나와 지하철역의 넓은 통로를 걷는다. 어찌 됐든 여기를 벗어나야 한다. 103호는 이렇게 하얗고 강렬한 네온 불빛을 좋아하지 않는다. 그때 갑자기 공기 중에서 페로몬 메시지 하나가 감지된다.

《가장 밝은 곳에서 만나자.》

103호는 그 냄새 언어의 억양을 알아차린다. 손가락들의 말을 번역하는 기계의 억양이다. 됐다! 가장 밝은 곳을 찾기만 하면 된다.

204. 불가능한 해후

벨로캉의 도시 안 여기저기에서 싸움이 벌어지고 있다. 반체제 개미들이 천장에서 떨어진다. 어떤 병정개미도 여왕개미를 구조하러 오지 않는다. 신을 믿는 개미들의 말라비틀어진 시체 사이에서 개미들이 서로 싸운다. 하지만 전세(戰勢)는 수가 많은 쪽으로 급속하게 기울고 있다.

클리푸니는 살기등등한 위턱들에 둘러싸여 있다. 이 개미들은 클리푸니 여왕의 페로몬을 알지 못하는 것 같다. 그 개미들 가운데 한 마리가 위턱을 잔뜩 벌린 채 다가온다. 마치 여왕개미의 목을 자르고 싶어 하는 것처럼 다가오면서 그 개미가 페로몬을 발한다.

《손가락들은 우리의 신이다!》

해결책은 단 한 가지. 손가락들을 만나야 한다. 클리푸니는 여기서 이대로 죽을 수는 없다고 생각한다. 여왕개미는 싸움판에 뛰어들어 자신을 가로막는 위턱들과 더듬이를 물리치고 바닥으로 내려가는 통로를 질주한다. 이제 갈 데는 한 곳뿐이다. 손가락들에게로.

지하 45층. 지하 50층. 여왕개미는 도시 아래로 내려가는 지름길을 발견한다. 신을 믿는 반체제 개미들이 여왕개미 뒤를 쫓고 있다. 그들의 적의에 찬 냄새가 풍겨 온다.

클리푸니는 화강암 속의 통로를 지나 제2의 벨로캉으로 들어간다. 그것은 옛날에 어머니가 손가락들과 대화하기 위해서 지은 은밀한 도시이다.

중앙에 하나의 물체가 놓여 있고, 거기에서부터 굵은 대롱이 빠져나와 있다.

클리푸니는 전에 첩보 개미들이 알려 준 정보가 있어서 그 볼품없게 생긴 것이 무엇인지 알고 있다. 그게 바로 〈리빙스턴 박사〉이다.

여왕개미는 리빙스턴 박사에게 다가간다. 신을 믿는 개미들이 여왕개미를 뒤쫓아 와 에워싼다. 그러나 그들은 여왕개미가 자기들 신의 사자에게 다가가도록 내버려 둔다.

여왕개미는 로봇 개미의 더듬이를 건드리며 자기 더듬이의 첫 번째 마디에서 페로몬을 발한다.

《나는 클리푸니 여왕이다.》

동시에 열 개의 다른 더듬이 마디를 통해서 많은 정보를 갖가지 길이의 냄새 파동으로 마구 발산한다.

신을 믿는 개미들은 마치 하나의 기적을 기다리는 것처럼 꼼짝도 하지 않는다.

그렇지만 아무 일도 일어나지 않는다. 리빙스턴 박사는

며칠 전부터 아무 말도 하지 않고 있다. 결국 그는 여왕개미에게조차 말하기를 거부한다.

클리푸니는 메시지의 냄새 농도를 높인다.

리빙스턴 박사 쪽에서는 아무런 반응이 없다. 그는 여전히 꼼짝을 안 하고 있다. 여왕개미의 뇌리에 불현듯 하나의 생각이 번개처럼 스치고 지나간다.

《손가락들은 존재하지 않는다. 손가락들은 존재한 적도 없다.》

손가락들에 관한 이야기는 개미들을 현혹시키는 엄청난 속임수, 유언비어, 거짓 정보이다. 여러 세대를 거치며 전해 내려온 이야기들이 병든 개미들의 운동에 의해 확산된 것이다.

103호가 거짓말을 했어. 어머니 벨로키우키우니가 흰소리를 한 거야. 반체제 개미들이 거짓부렁을 하고 있어. 모두들 진실을 숨기고 있는 거야.

《손가락들은 존재하지도 않고, 존재한 적도 없다.》

여왕개미의 모든 생각이 거기에서 멈춘다. 신을 믿는 개미들의 서슬 푸른 위턱 십여 개가 여왕개미의 가슴팍을 관통해 버린 것이다.

205. 103호를 찾아서

역장은 등불을 모두 껐다. 그런 다음 역장은 멜리에스가 요구한 대로 그들에게 승강장을 밝혀 줄 정도로 강력한 손전등을 주었다. 쥘리에트 라미레와 레티시아 웰스는 역 구내 전체에 103호를 찾는 페로몬을 뿌려 놓았다. 그들은 가슴을 두근거리면서, 103호가 그들의 불빛을 보고 다가오기만 기다리고 있었다.

103호는 자신이 알고 있는 네온 빛보다 더 밝은 빛에 의해서 생긴 그림자들을 지켜보고 있다. 그를 찾기 위해서 〈착한〉 손가락들이 뿌려 놓은 메시지를 따라서 밝은 쪽으로 나아간다. 그들이 거기에서 자기를 기다리고 있음에 틀림없다. 103호가 그들을 다시 만날 때 모든 것이 제자리로 돌아갈 것이다.

기다림이란 왜 이렇게 지루한 것인가! 자크 멜리에스는 제자리에 가만있지 못하고 복도를 왔다 갔다 하다가 담배에 불을 붙였다.

「담뱃불 꺼요. 담배 연기 냄새가 103호를 도망하게 할 수도 있어요. 103호는 불을 무서워하니까요.」

경정은 발뒤꿈치로 담배를 끄고서 다시 왔다 갔다 한다.

「그만 돌아다녀요. 개미가 그쪽으로 오다가 밟힐 수도 있어요.」

「그 점에 대해선 염려 붙들어 매요. 발걸음 떼어 놓기 전에 여기저기 살피는 게 이젠 아예 버릇이 되어 버렸으니까요.」

103호는 새로운 구두창들이 다가오고 있음을 느낀다. 이 페로몬은 함정이다. 개미들을 죽이는 손가락들이 더 많은 개미를 죽이기 위해서 이런 메시지를 뿌린 것이다. 103호는 도망을 친다.

레티시아 웰스는 불빛이 미치는 동그란 원 속에 있는 103호를 알아보았다.

「저기 봐요! 개미가 한 마리 있어요. 틀림없이 103호예요. 개미가 다가왔는데 당신이 구두창으로 겁을 주었어요. 103호가 도망가면 영영 못 찾게 될지도 몰라요.」

그들이 가만가만 다가갔지만 103호는 달아났다.

「저 개미가 우릴 알아보지 못하고 있어요. 개미에게는 모든 인간이 산으로 느껴질 거예요.」

레티시아는 애석해했다.

그들이 개미에게 손을 내밀었지만 103호는 마치 스키에서 슬랄럼[20] 경기를 하듯이 갈지자걸음으로 달아났다. 개미는 철길 쪽으로 나아가고 있었다.

「개미가 우리를 몰라봐요. 우리 손도 몰라보고 우리에게서 멀리 달아나려고 하는데요. 어떻게 하죠? 개미가 승강장에서 빠져나가면, 철길의 자갈 속에서는 103호를 영영 못 찾을 텐데!」

멜리에스가 외쳤다.

「저것은 개미예요. 개미에게 효과를 발휘하는 냄새가 또 뭐 없을까요? 당신 수성 펜 있어요? 잉크 냄새가 매우 강하니까 어쩌면 103호를 멈추게 할 수 있을 거예요.」

레티시아는 부랴부랴 103호 앞에 잉크로 굵은 선을 그었다.

질주하는 103호 앞에 돌연 알코올 냄새를 풍기는 벽이 우뚝 막아선다. 103호는 다리의 힘을 모두 모아 급정거를 하고는, 마치 눈에 보이지는 않지만 뛰어넘을 수 없는 경계선이 있기라도 한 것처럼 그 냄새 나는 벽을 따라 옆으로 나아간다. 그런 다음 그 벽을 우회해서 다시 달려간다.

20 비탈길이라는 뜻으로 〈회전 활강〉을 뜻한다.

「103호가 수성 펜 선을 돌아가고 있어요.」

레티시아는 길을 가로막기 위해서 재빨리 세 줄을 그어 삼각형 모양의 감옥을 만들었다.

〈나는 이 냄새 나는 벽 사이에 갇혀 있다. 어떻게 하지?〉라고 103호는 생각한다.

103호는 두 다리에 힘을 모으고는 마치 유리로 된 벽을 뚫고 나오듯이 수성 펜 자국을 건너뛴다. 그러고는 어디로 가는지 살피지도 않고 숨이 끊어질 정도로 달린다.

사람들은 개미가 그렇게 대담하리라고는 생각하지 않았다.

그들은 소스라치게 놀라며 서로 부딪혔다.

「103호가 저기에 있어.」

멜리에스가 손가락으로 가리켰다.

「어디 있는데요?」

레티시아가 물었다.

「조심해!」

레티시아 웰스가 균형을 잃었다. 한순간 모든 일이 꿈결처럼 느리게 진행되었다. 레티시아는 균형을 잡기 위해 옆으로 발걸음을 떼었다. 순전히 반사적인 행동이었다. 하이힐의 뾰족한 뒤축이 위로 올라갔다가 곧 개미 위에 다시 떨어졌다…….

「안 돼!!!!!!!!」

라미레 씨가 부르짖었다.

레티시아의 발이 땅에 닿기 전에 부인은 온 힘으로 레티시아를 밀었다.

너무 늦었다.

103호의 반사 신경은 구두 뒤축을 피할 겨를이 없었다. 103호는 바로 자기 위로 덮쳐 오는 그림자를 보고서, 이제 삶이 끝이로구나 하는 생각만 했다. 103호의 삶은 파란만장했다. 텔레비전의 화면에서처럼 수많은 영상들이 그의 뇌 속에 펼쳐진다. 개양귀비 전투, 도마뱀 사냥, 세계 끝의 광경, 뿔풍뎅이를 타고 출정했던 일, 코르니게라아카시아나무, 바퀴들의 거울, 손가락 문명을 발견하기 전에 있었던 무수한 전투, 축구, 미스 유니버스 선발 대회, 개미에 관한 기록 영화…….

206. 백과사전

입맞춤

인간이 개미에게서 모방한 것이 무엇인지를 묻는 사람들이 가끔 있다. 나의 대답은 이렇다. 입술과 입술을 맞대는 것. 사람들은 고대 로마인들이 기원전 수백 년 전부터 입맞춤을 생각해 냈다고 오랫동안 믿어 왔다. 사실 고대 로마인들은 곤충들을 관찰하면서 그것을 배웠다. 그들은 개미들이 서로 입술을 접촉하면서 너그러운 행위를 하고 또 그런 행위가 개미들 사회를 더욱 공고히 해준다는 사실을 알았다. 그들은 이런 행위의 의미를 완전히 파악하지는 못했지만, 개미 사회의 응집력을 되찾기 위해 개미들이 이런 접촉을 계속한다고 생각했다.

입술과 입술을 맞대는 것은 영양 교환을 흉내 내는 것이다.

그러나 인간의 입맞춤에서는 양분이 없는 타액을 제공할 뿐이지만, 개미들의 영양 교환에서는 말 그대로 먹이를 나누어 준다는 점이 다르다.

에드몽 웰스, 『상대적이며 절대적인 지식의 백과사전』 제2권

207. 다른 세계에 있는 103호

그들은 망연자실한 채 103호의 찌그러진 몸을 바라보았다.

「103호가 죽었어요?」

개미는 더 이상 움직이지 않고 있었다. 전혀 움직이지 않았다.

「개미가 죽었어!」

쥘리에트 라미레가 주먹으로 벽을 쳤다.

「모든 게 사라졌어. 더 이상 누구도 내 남편을 살릴 수 없게 됐어. 우리의 모든 노력이 물거품이 되어 버렸어.」

「이렇게 멍청할 수가 있나! 거의 다 해놓고 실패하다니!」

「불쌍한 103호. 이 기구한 삶! 구두 뒤축 때문에 간단하게 끝장을 보다니…….」

「그건 내 잘못이야. 내 잘못이었어.」

레티시아가 반복했다.

자크 멜리에스는 다른 사람들보다 더 빨리 현실을 받아들였다.

「103호 시체를 어떻게 할까요? 내다 버려서는 안 되겠지요!」

「조그만 무덤을 만들어야 할 것 같아요.」

「103호는 여느 개미와는 달랐어요. 그는 오디세우스와도 같았어요. 아니면 더 낮은 차원의 시공간에서 온 마르코 폴

로였어요. 개미 문명 전체를 대표하는 중요한 개미였지요. 103호는 무덤보다 더한 것도 받을 만해요.」

「무얼 생각하세요, 기념물?」

「네.」

「하지만 지금으로서는 이 개미가 무엇을 했는지 우리들 이외에 아무도 몰라요. 아무도 이 개미가 우리와 개미 문명 사이의 교량 역할을 했다는 걸 몰라요.」

「그 사실을 여기저기 알려야 합니다. 전 세계에 알려야 한다고요!」

「우리는 103호만큼 재능이 있는 〈특사〉를 다시는 찾지 못할 거예요. 이 개미는 두 세계의 만남에 필수적인 호기심과 열린 마음을 갖고 있었어요. 다른 개미들과 대화하면서 그런 사실을 알았어요. 정말 특이한 경우였어요.」

레티시아 웰스가 단언했다.

「103호와 같이 재능이 있는 개미는 10억 마리에 하나 있을까 말까예요.」

103호가 그들에게서 배우려 했던 것처럼 그들도 103호에게서 배우려 하던 참이었다. 그들은 서로에게 이익을 줄 수 있다는 것을 잘 이해하고 있었다. 개미들은 시간을 벌기 위해서 인간을 필요로 하고 인간도 시간을 벌기 위해서 개미를 필요로 한다.

얼마나 유감스러운 일인가! 목표에 이만큼 다가와서 실패하다니!

자크 멜리에스라고 한 가닥 서운한 감회가 없지는 않았다. 그는 벤치에 앉아 발로 바닥을 툭툭 쳤다.

「내가 너무 되퉁스러웠어요!」

레티시아가 자책의 한탄을 늘어놓았다.

「나는 이 개미를 못 봤어요. 이 개미는 너무 작았어요. 나는 그걸 못 봤단 말이에요!」

그들은 모두 꼼짝 않고 있는 조그만 몸뚱이를 바라보았다. 그것은 이제 하나의 물건에 지나지 않았다. 이렇게 볼품없이 찌그러진 몸뚱이를 보고 그것이 손가락들을 향한 첫 번째 원정군의 안내자인 103호라고 믿을 사람은 아무도 없을 것이다.

그들은 개미의 시체 앞에서 생각에 잠겼다.

그때 갑자기 레티시아 웰스가 눈을 크게 뜨고 자리에서 벌떡 일어났다.

「개미가 움직였어요!」

그들이 자세히 살펴보았으나 개미는 움직이지 않았다.

「당신은 희망을 현실과 착각하고 있어요.」

「아녜요. 꿈을 꾼 게 아니라 103호가 더듬이를 움직이는 걸 확실히 봤어요. 겨우 느낄 수 있는 정도이긴 했지만 움직인 건 분명해요.」

그들은 서로 마주 보았다. 그런 다음 오랫동안 개미를 관찰했다. 그러나 살아 있음을 보여 주는 어떠한 미동도 감지하지 못했다. 더듬이는 세워져 있었고, 여섯 개의 다리는 어떤 장거리 여행을 준비하고 있는 것처럼 움츠리고 있었다.

「개미가 분명히 다리 하나를 움직였어요!」

자크 멜리에스가 레티시아의 어깨를 잡았다. 그는 그녀가 흥분한 나머지 헛것을 보고 있다고 생각했다.

「미안한 얘기지만 그것은 순전히 시체의 반사 운동입니

다. 확실해요!」

쥘리에트 라미레는 레티시아 웰스의 의혹을 풀어 주고 싶었다. 쥘리에트는 103호의 몸통을 잡고서 귀에 대어 보다가 아예 귓속에 넣어 보기까지 했다.

「심장 뛰는 소리가 들릴 거라고 믿고 계세요?」

「누가 알아요? 내 귀는 예민해요. 나는 아주 사소한 움직임이라도 느낄 수 있으니까요.」

레티시아 웰스는 103호의 시체를 다시 잡아 벤치 위에 내려놓았다. 그리고 무릎을 꿇고서 조심스럽게 103호의 위턱 앞에 거울을 갖다 놓았다.

「103호가 숨 쉬는 것을 보고 싶어서 그러는 거예요?」

「개미들도 호흡을 하지요, 안 그래요?」

「하지만 호흡이 너무나 미약해서 우리 눈으로 식별하기는 어려워요.」

그들은 감정을 억제한 후, 개미를 주시했다.

「개미는 죽었어요. 분명히 죽었어!」

「103호는 인간과 개미가 연대하기를 희망한 유일한 개미였어요. 103호는 많은 시간을 들여 우리 세계를 관찰하고 나서 두 문명이 서로 교류할 수 있다고 생각했지요. 그가 돌파구를 열었고 두 문명 사이의 공통점을 찾아냈어요. 다른 개미였다면 그렇게 할 수 없었을 거예요. 103호는 조금씩 인간에 동화되기 시작했고 우리의 유머와 예술을 높이 평가했어요. 실용성을 전혀 염두에 두지 않지만 매력적인 것이라고 예술을 평가했지요.」

「다른 개미를 교육시킵시다.」

자크 넬리에스가 그녀를 껴안고 위로했다.

「다른 개미를 잡아서 인간의 유머와 예술이 무엇인가를 알려 주면 돼요.」

「103호와 같은 개미는 없어요. 모두 내 잘못이에요.」

레티시아가 되뇌었다. 그들 모두는 103호의 몸에 시선을 고정했다. 한순간 침묵이 흘렀다.

「103호에 걸맞은 장례를 치러 줍시다.」

쥘리에트 라미레가 말했다.

「세기의 가장 위대한 사상가들이 묻혀 있는 몽파르나스 묘지에 103호를 묻어 줍시다. 아주 조그만 무덤이 되겠지만, 그 묘 위에 〈그는 위대한 시작이었다〉라고 씁시다. 우리만이 비석의 의미를 알게요.」

「십자가는 세우지 말죠.」

「꽃도 화환도 준비하지 맙시다.」

「시멘트에 나뭇가지 하나만 세워 둡시다. 103호가 두려움을 느낄 때조차도 언제나 사건들에 당당하게 맞섰던 것을 기리는 뜻에서 말이지요.」

「그 개미는 언제나 두려움을 느끼면서 사물을 대했어요.」

「해마다 묘지를 찾읍시다.」

「나로서는 내 실수를 상기하고 싶지 않아요.」

쥘리에트 라미레가 한숨을 내쉬며 말했다.

「정말 너무 안타까운 일이에요.」

라미레 씨는 손톱으로 103호의 더듬이를 톡톡 건드렸다.

「자, 일어나, 당장! 너는 우리를 감쪽같이 속였어. 우리는 네가 죽은 줄로만 알았어. 네가 장난으로 이러고 있다는 걸 우리에게 보여 다오. 너는 우리 인간들처럼 농담도 할 줄 알았지. 자 됐어. 너는 개미의 유머를 생각해 냈어!」

라미레 씨는 할로겐램프 아래로 103호를 옮겼다.

「혹시 따뜻하게 해주면……」

그들 모두 103호의 시체를 바라보았다. 멜리에스는 탄식처럼 짧은 기도를 했다. 신이시여, 기적을 일으켜 주소서…….

그러나 아무 일도 일어나지 않았다.

레티시아 웰스는 눈물을 흘렸다. 눈물이 흘러내려 콧등과 뺨을 타고 턱에 머물렀다가 개미 곁에 떨어졌다. 짠 눈물방울이 103호의 더듬이를 적셨다.

그때 놀라운 일이 벌어졌다.

개미의 눈이 크게 벌어지더니 이윽고 몸이 구부러졌다.

「개미가 움직였다!」

이번에는 모두들 더듬이가 떨리는 것을 보았다.

「움직였어요. 개미가 아직 살아 있나 봐요!」

더듬이가 다시 한번 떨린다.

레티시아는 다시 눈물을 찍어서 더듬이를 적셨다.

개미가 다시 한번 눈에 보일락 말락 하게 움찔거렸다.

「103호가 살아 있어. 살아 있어요. 103호가!」

쥘리에트 라미레는 미심쩍은 듯 손가락으로 입을 문지른다.

「아직 완전히 살아난 것은 아니에요.」

「이 개미는 심하게 다쳤어요. 하지만 우리가 구해 낼 수 있을 거예요.」

「수의사가 필요해요.」

「개미에게 수의사라니, 그것은 말도 안 돼!」

자크 멜리에스가 말했다.

「그럼, 누가 103호를 치료할 수 있을까? 치료를 안 하면 죽

275

을 텐데!」

「어떻게 하지요?」

「일단 데리고 나갑시다, 빨리.」

개미가 다시 살아나기를 간절히 바랐던 만큼 그들은 기쁜 마음을 진정시킬 수 없었다. 그러나 막상 그 개미가 살아나자 그들은 개미를 어떻게 치료해야 할지 몰랐다. 레티시아 웰스는 그 개미를 어루만지며 안심시키고 용서를 구하고 싶었을 것이다. 그러나 동작이 굼뜨고 개미들의 세계에 익숙지 않은 레티시아는 상황을 더욱 악화시킬 뿐이었다. 순간 레티시아는 자기가 개미가 되어 103호를 핥아 주고 영양 교환을 할 수 있었으면 좋겠다고 생각했다.

「개미만이 103호를 살릴 수 있을 거예요. 103호를 개미들에게 데려가야 해요.」

「안 돼요. 저 103호에게는 이상한 냄새가 묻어 있어요. 개미집에 있는 다른 개미가 103호를 알아보지 못하고 그를 죽일 수도 있어요. 그를 치료할 수 있는 사람은 우리밖에 없어요.」

「아주 미세한 메스와 핀셋이 필요할 텐데…….」

「다른 도리가 없잖아요. 빨리 서두릅시다!」

쥘리에트 라미레가 외쳤다.

「집으로 빨리 갑시다. 소생할 가능성이 전혀 없는 건 아니에요. 누구 성냥갑 하나 있어요?」

레티시아는 성냥갑 속에 아주 조심스럽게 103호를 옮겨 놓았다. 그녀는 성냥갑 속에 손수건 조각이 수의가 아니라 침대보가 되기를. 자기가 관을 운반하는 게 아니라 앰뷸런스를 운반하는 게 되기를 간절히 바랐다…….

103호는 더듬이 끝을 미미하게 움직여 구조를 요청한다. 마치 자신의 생명이 끝나 가는 것을 아는 것처럼, 마지막 작별 인사를 하고 싶다는 듯이……

그들은 성냥갑이 흔들려 개미의 상처가 악화되지 않도록 애를 쓰면서 지하철역 구내를 벗어나 지상으로 달려 올라왔다.

밖으로 나온 레티시아는 구두를 벗어 도랑에 집어 던지고 발을 동동 굴렀다. 그들은 택시를 잡아타고는, 기사에게 요동을 피하면서 되도록 빨리 달려 줄 것을 요구했다.

택시 기사는 승객들이 누구인지를 알아보았다. 지난번에 시속 0.1킬로미터를 넘지 말라는 희한한 요구를 했던 바로 그 남녀였다. 또다시 그 골치 아픈 사람들과 맞닥뜨린 것이었다. 어찌 된 게 그들은 지나치게 느리거나 지나치게 빠른 것만을 요구하고 있었다.

그래도 고객은 왕인데 어쩌랴. 기사는 쥘리에트 라미레의 집 쪽으로 방향을 잡았다.

208. 페로몬

분야: 동물학

주제: 손가락들

정보 제공자: 103683호

정보 제공 연도: 100000667년

딱지 손가락들은 부드러운 살갗을 갖고 있다. 피부를 보호하기 위해 식물로 짠 〈천〉 혹은 그들이 〈자동차〉라고 부르는 금속판으로 피부를 감싼다.

거래 손가락들은 상업적인 거래에서는 완전히 손방이다. 순진한 그들은 많은 양의 먹이를, 먹을 수도 없는 채색된 〈종이〉한 조각과 교환한다.

색깔 손가락들로부터 3분여 동안 공기를 빼앗아 버리면 그들은 색깔이 변한다.

구애 행위 손가락들은 구애 행위를 복잡하게 한다. 구애 행위를 위해서 그들은 대개 〈나이트클럽〉이라고 부르는 특별한 장소에서 만난다. 거기에서 그들은 몇 시간 동안 계속해서 얼굴을 맞대고 교미 행위를 흉내 내면서 심하게 몸을 꼬아 댄다. 그러다 각자 상대방의 몸짓에 만족하면 번식을 하기 위하여 함께 방으로 간다.

이름 손가락들은 그들끼리 〈인간〉이라 부른다. 그들은 우리를 〈개미〉라고 부른다.

외부와의 관계 〈손가락들〉은 자기 자신의 문제에만 몰두한다. 그들은 본능적으로 다른 손가락들을 죽이기를 열망한다. 하지만 인위적으로 만들어진 엄격한 사회 규범인 〈법〉이 살생의 충동을 억제하도록 해준다.

타액 손가락들은 그들의 침으로 씻을 줄도 모른다. 몸을 씻기 위해서는 〈욕조〉라고 부르는 도구가 필요하다.

우주론 손가락들은 지구가 둥글며 태양의 둘레를 돌고 있다고 생각한다.

동물관 손가락들은 그들을 둘러싸고 있는 자연을 대단히 잘못 알고 있다. 그들은 〈인간〉들만이 유일하게 영리한 동물이라고 믿고 있다.

「메스!」

아서가 요구하는 대로 수술 도구들이 바로바로 건네졌다.

「메스 여기 있어요.」

「1번 핀셋!」

「1번 핀셋 여기 있어요.」

「메스!」

「메스.」

「봉합사!」

「봉합사.」

「8번 핀셋!」

「8번 핀셋 여기 있어요.」

아서는 103호를 수술했다. 다 죽어 가는 103호를 데리고 그들이 집으로 왔을 때, 아서는 기절 상태에서 깨어나 평상의 모습으로 되돌아와 있었다. 아서는 동료들이 자기에게 무엇을 기대하는지 즉각 알아차렸다. 아서는 소매를 걷어 올렸다. 섬세한 수술에 필요한 예민한 감각을 온전히 유지하고 싶어서 그는 아내 쥘리에트가 권유한 진통 효과가 있는 각테일조차 사양했다.

자크 멜리에스, 레티시아 웰스, 쥘리에트 라미레는 장난감 가게 주인이 임시변통으로 마련한, 현미경이 부착된 외과 수술용의 조그만 탁자 위로 몸을 기울인 채 아서를 둘러싸고 있었다. 현미경의 슬라이드는 비디오카메라와 연결되어 있었다. 모두들 텔레비전으로 수술 장면을 볼 수 있었다.

고장 난 로봇 개미들이 이미 여러 차례 슬라이드 위를 거쳐 갔지만 살아 있는 개미가 짓뭉개진 모습으로 놓이기는 처음이었다.

「피!」

「피, 여기 있어요.」

「피가 좀 더 필요해!」

죽어 가는 103호를 살리기 위해 살아 있는 네 마리의 개미가 수혈에 필요한 피를 제공하고 죽어 갔다. 그들은 망설일 시간이 없었다. 103호는 특별한 개미였고 그를 위해 다른 개미 몇 마리를 희생시키는 것은 불가피했다.

아서는 아주 미세한 바늘을 갈아서 103호의 왼쪽 뒷다리 마디의 부드러운 곳에 찔러 넣고 수혈을 시작했다.

엉겁결에 외과 의사가 된 아서는 수술을 받고 있는 개미가 아파하는지 어떤지는 알 수 없었지만 금방이라도 부서질 것 같은 개미의 상태를 고려하여 마취 없이 수술을 진행했다.

아서는 가운뎃다리부터 접골사가 하는 방식으로 끼워 맞춰 나갔다. 왼쪽 앞발을 맞추기는 아주 쉬웠다. 로봇 개미를 가지고 작업을 해온 그의 능수능란한 솜씨가 진가를 발휘했다.

자동차의 찌그러진 흙받기를 고치는 것처럼, 개미의 납작한 가슴을 미세한 핀셋으로 들어 올려 원래대로 해놓았다. 그리고 키틴질에 구멍이 난 곳은 풀로 막아 주었다. 풀은 수혈을 할 때 미세한 바늘이 뚫어 놓은 구멍을 메우는 데도 사용되었다.

「머리와 더듬이가 무사했던 게 천만다행이야.」

한숨 돌린 아서가 말했다.

「당신 구두의 뒤축이 매우 좁아서 개미의 배와 가슴만 짓

누른 거요.」

현미경 슬라이드의 불빛을 받으며 103호가 원기를 회복한다. 머리를 조금 내밀어 위턱 앞에 놓여진 꿀을 천천히 핥아 먹는다.

아서는 일어나 이마에 흐른 땀을 닦고 한숨을 내쉬었다.

「개미는 이제 위급한 상황을 넘겼어요. 그렇지만 완전히 회복하려면 며칠 동안의 휴식이 필요할 거예요. 개미를 어둡고 촉촉하고 따뜻한 곳으로 옮겨 놓으세요.」

210. 백과사전

그 길은 어떤 길인가?

서기 1억 년의 사람(현재 개미들만큼 경험을 쌓은 사람)을 생각해야 한다.

이 사람은 우리보다 10만 배 이상 진보된 의식을 갖고 있을 것이다. 그 사람을 도와야 한다. 바로 우리의 손자, 그 손자의 손자, 그 손자의 10만 대의 후손을 말이다. 그렇게 하기 위해서는 〈황금의 길〉을 닦아 놓아야 한다. 쓸모없는 형식주의에 허비하는 시간을 가장 적게 해줄 길, 그리고 모든 독재자들과 야만인들과 반동주의자들의 억압 때문에 뒤로 물러서지 않게 해줄 길, 그 길을 닦아야 한다. 보다 고양된 의식으로 이끄는 길, 즉 도(道)를 찾아야 한다. 그 길은 우리의 수많은 경험을 바탕으로 닦여질 것이다. 그 길을 제대로 찾아내기 위해서는 우리의 관점을 변화시켜야 하고 한 가지 사고방식을 고집하지 말아야 한다. 어떠한 사고방식이라도 받아들일 준비가 되어 있어야 한다. 하물며 그것이 바람직한 것이라면 더 말할 나위가 없다.

개미들은 우리에게 하나의 사고방식을 제시한다. 개미들의 입장에 서 보라. 또한 돌멩이, 구름, 물결, 물고기, 나무들의 처지로 들어가 보라. 서기 1억 년의 인간은 산과 얘기하는 방법을 알게 될 것이고 산들이 지니고 있는 기억 속에서 뭔가를 끄집어낼 수 있을 것이다. 그렇지 않으면 모든 것은 아무 소용이 없을 것이다.

에드몽 웰스, 『상대적이며 절대적인 지식의 백과사전』 제2권

211. 지하 동굴

사흘간의 회복기를 거치자 103호의 타박상이 어느 정도 치유되었다. 먹는 것도 거의 보통 때와 같이 먹기 시작했다 (메뚜기 고기 조각이나 익힌 곡식 알갱이도 먹었다). 더듬이도 정상적으로 움직였다. 개미는 상처 부위를 덮고 있던 풀을 떼어 내고 상처를 소독하기 위해서 침으로 계속 닦았다.

아서 라미레는 모든 충격으로부터 103호를 보호하기 위해서, 탈지면을 채운 상자 안에 103호가 거닐 수 있도록 해주었다. 개미의 상태가 나날이 좋아지고 있음을 알 수 있었다. 부러졌던 다리가 잘 움직이지는 않았지만, 103호는 그래도 흔들거리면서 걷기 시작했다.

「개미의 다리에 힘이 붙게 하려면 운동 요법이 필요해.」

자크 멜리에스가 말했다.

그의 말이 옳았다. 아서는 돌아가는 조그만 양탄자 위에 103호를 올려놓았다. 모두들 번갈아 가며 103호의 다리에 허벅살이 붙도록 그를 걷게 했다.

103호는 토론을 다시 할 정도로 원기를 회복했다.

103호가 다친 지 열흘이 지나, 그들은 조나탕 웰스와 그의

동료들을 구출하기 위한 구조대를 편성했다.

자크 멜리에스는 에밀 카위자크와 세 명의 부하 경찰을 차출했다. 레티시아 웰스와 쥘리에트 라미레도 구조대의 일원이 되었다. 아서는 지병과 최근의 정신적 과로로 너무 약해져 있었기 때문에 안락의자에 앉아 편히 쉬면서 그들이 돌아오기를 기다리기로 했다.

그들은 삽과 곡괭이를 챙겼다. 103호가 그들을 안내하기 위해서 앞장을 섰다. 퐁텐블로 숲을 향해서 앞으로!

레티시아는 손가락으로 103호를 풀 속에 내려놓았다. 이제 더 이상 개미를 잃어버리지 않도록 하기 위해서 나일론 실을 배마디에 매어 놓았다. 이를테면 그것은 개나 말에 매단 끈과 같은 구실을 했다.

103호는 주위에서 풍기는 냄새로 방향을 식별해 더듬이로 알려 준다.

《이곳으로 가면 벨로캉이 있다.》

손가락들은 더 빨리 가기 위해서 개미를 들어 올려 멀리 옮겨 놓았다. 개미가 더듬이를 움직이면 그들은 개미가 새로운 방향을 일러 주고 싶어 그러는 것임을 깨닫고 개미를 땅바닥에 내려놓았다. 그러면 개미가 새로이 길을 가리켜 주었다.

한 시간 남짓 걸은 그들은 도랑을 건너 가시덤불 속으로 들어갔다. 103호가 냄새를 정확히 따라가도록 하기 위해서는 아주 천천히 뒤따라가야만 했다.

아직 3시밖에 안 되었다. 그들은 전방 멀리 커다란 잔가지 더미를 발견했다.

개미가 다 왔다는 신호를 보냈다.

「그럼 벨로캉이 바로 여기인가? 다른 때였더라면 이 같은 언덕은 그냥 지나쳤겠군.」

멜리에스가 의아하다는 듯이 말했다.

그들은 걸음을 재촉했다.

「경정님, 지금 시작할까요?」

경찰관 하나가 물었다.

「그래, 지금 파 내려가자.」

「개미 도시를 망가뜨리지 않도록 특히 조심하셔야 돼요.」

개미들에게 험악하게 굴 것처럼 보이는 어떤 사람을 가리키며 레티시아가 다짐을 놓았다.

「개미 도시를 붕괴시키지 않겠다고 103호와 약속한 것을 절대로 잊지 마세요.」

카위자크 형사는 어떻게 파 내려가야 좋을지를 곰곰이 생각했다.

「좋아요. 바로 옆으로 파 내려가면 돼요. 지하 동굴이 크다면 개미 둥지 옆으로 파 내려가도 별문제 없이 동굴과 마주치게 될 것이고, 설사 동굴 위로 내려서지 못하더라도 개미 집을 망가뜨리지 않고 아래로 비스듬히 파 들어갈 수 있을 겁니다.」

「좋아요!」

레티시아가 말했다.

그들은 어떤 섬 안에 숨겨진 보물을 찾는 해적들처럼 땅을 파 내려갔다. 구조원들은 곧 온몸에 진흙을 뒤집어썼다. 아직 그들의 삽 끝이 바위에 닿는 기미는 없었다. 멜리에스는 그들이 계속 파 내려가도록 독려했다.

10, 11, 12미터를 파 내려가도 여전히 아무것도 나타나지

않았다. 벨로캉의 개미들은 도시 주위에 무시무시한 진동이 일어나 주변 통로들이 뒤흔들리자, 도대체 이게 무슨 영문인가 하고 의아해하면서 하나둘씩 밖으로 나왔다.

에밀 카위자크는 꿀을 주어 개미들을 안심시켰다.

삽질을 계속하던 경찰관들은 이제 지치기 시작했다. 그들은 자신들의 무덤을 파고 있다는 느낌 때문에 적잖이 불안해했다. 그러나 그들의 상관이 끝까지 가볼 결심을 하고 있는 눈치여서 그들은 계속 파는 수밖에 달리 도리가 없었다.

손가락들을 구경하러 나온 벨로캉 개미들의 수가 점점 불어난다.

《손가락들이다.》

카위자크가 준 꿀을 거부했던 병정개미가 페로몬을 발했다. 그 개미는 꿀에 독이 들어 있을지도 모른다고 생각했다.

《손가락들이 원정군에게 복수하러 왔다!》

쥘리에트 라미레는 그 조그만 미물들이 모두 무엇 때문에 동요하는지를 눈치챘다.

「빨리! 개미들이 경보 페로몬을 뿜어 대기 전에 모두 붙잡아요.」

레티시아와 멜리에스는 개미들을 풀과 흙이 뒤섞인 채로 한줌 잡아 상자 안에 집어넣었다. 라미레가 상자 위에 페로몬을 뿌렸다.

《소동 피우지 마라. 모든 게 잘될 거다.》

그 페로몬은 즉시 효력을 발휘했다. 상자 안에서 더 이상의 동요는 없었다.

「서둘러야 해요. 그러지 않으면 우리 등 위로 벨로캉 연방의 군대들이 모두 올라올 거예요. 살충제 분무기를 아무리 많이 들이대도 저 개미들을 끝내 저지하지 못할 거예요.」

「알쏭알쏭 함정 퀴즈」의 챔피언인 라미레 씨가 말했다.

「걱정하지 마세요. 자, 이제 됐어요. 밑에서 뭔가 울리는 소리가 들려요. 우리 바로 아래에 동굴이 있는 것 같아요.」

경찰관 가운데 하나가 그렇게 말하고 나서 아래를 향해 소리를 질렀다.

「여보세요, 아래 누구 있어요?」

아무런 대답이 없자 그들은 손전등을 가지고 주위를 밝혀 보았다.

「사원인 것 같은데……. 아무도 없군.」

카위자크가 말했다.

경찰관 하나가 밧줄을 가지고 왔다. 그는 밧줄을 나무 밑동에 단단히 묶어 놓고, 손전등을 들고 밧줄을 타고 내려갔다. 카위자크가 뒤따라갔다. 그는 동굴 위에 있는 다른 사람들에게 알리기 전에 우선 방을 하나하나 조사하기 시작했다.

「됐어요. 그들을 찾았어요. 그들은 온전하게 살아 있는 것 같아요. 그런데 지금은 자고 있어요.」

「하지만…… 이런 북새통 속에서 잠을 자다니…… 말도 안 돼. 우리들이 떠드는 소리에도 잠에서 깨어나지 않았다면 그들은 죽은 거나 다름없어…….」

자크 멜리에스는 자기가 직접 확인하려고 내려갔다. 방에 불을 비춰 보다가 그는 샘과 컴퓨터와 웅웅거리는 전기 기계들을 발견하고 깜짝 놀랐다. 그는 침실 쪽으로 나아가 거기에 누워 있는 사람들 가운데 하나를 깨우려고 팔을 잡았다.

팔은 너무나 여위어서 해골을 만지는 듯했다. 그는 뒤로 움 츳 물러섰다.

「이들은 모두 죽었어.」

그가 중얼거렸다.

「아니요…….」

멜리에스는 펄쩍 뛸 듯이 놀랐다.

「누가 말을 한 거지?」

「나요.」

누군가가 연약한 목소리로 중얼거렸다.

돌아선 멜리에스 경정 앞에 뼈가 앙상히 드러난 사람 하나 가 벽에 기대어 서 있었다.

「아니요. 우리는 죽은 게 아니오. 우리는 기다림에 지쳐 더 이상 당신들을 기다리지 않기로 했소.」

조나탕 웰스가 팔을 벽에 기대고 또박또박 말했다.

그들은 서로를 주시했다. 조나탕 웰스는 눈도 깜박거리지 않았다.

「당신들은 우리가 땅을 파 내려오는 소리를 듣지 못했 나요?」

자크 멜리에스가 물었다.

「들었소. 하지만 우리는 마지막 순간까지 자고 싶었소.」

잠에서 깬 다니엘 로젠펠트가 말했다.

그들은 모두 일어났다. 하나같이 피골이 상접했고 더 이 상 말할 기운조차도 없어 보였다.

경찰관들은 흡사 귀신을 보고 얼이 빠진 표정들이었다. 사실 그들의 몰골은 사람의 형상이라 보기가 어려웠다.

「여러분들, 배가 몹시 고프겠군요!」

「아닙니다. 성급하게 우리에게 먹을 것을 주려고 하지 마세요. 그것은 우리를 죽일 수도 있어요. 우리는 아주 적게 먹고 사는 데 익숙해져 있거든요.」

에밀 카위자크는 그들이 무슨 말을 하고 있는지 이해할 수가 없었다.

「자, 그럼, 당신들이 원하는 것이 무엇인지 말해 보시오!」

지하실의 사람들은 침착하게 옷을 걸친 다음 앞으로 나왔다. 그들은 햇빛을 보자 눈을 가리고 뒷걸음질을 쳤다. 햇빛이 그들에게 너무 강렬했기 때문이다.

조나탕 웰스는 지하에서 공동생활을 한 동료들 몇몇을 모이게 했다. 그들이 둥그렇게 모여 앉자 자종 브라젤이 질문 하나를 제기했다. 이미 그들 모두가 스스로에게 던지고 있던 질문이었다.

「나가는 게 좋겠소, 남아 있는 게 좋겠소?」

212. 백과사전

비트리올

〈비트리올〉은 황산의 다른 이름이다. 사람들은 오랫동안 〈비트리올〉이 〈유리를 만들어 주는 것〉을 의미한다고 믿었다. 하지만 그 말 속에는 보다 더 연금술적인 다른 의미가 숨겨져 있다. 〈비트리올〉이란 단어는 고대로부터 내려오는 어떤 주문의 첫 번째 글자들을 모아 만들어진 것이다. 즉, 〈땅속으로 들어가 보라, 거기서 마음가짐을 바로 하면 숨겨진 돌을 발견할 수 있을지니 Visita Interiora Terrae, Rectificando Invenies Occultum Lapidem〉의 첫 글자들이 모여 VITRIOL이 된 것이다.

에드몽 웰스, 『상대적이며 절대적인 지식의 백과사전』 제2권

213. 준비

클리푸니의 시신은 시체실에 놓여 있다. 신을 믿는 개미들이 거기에 여왕개미를 옮겨 놓았다.

산란하는 여왕개미가 없으면 벨로캉 왕국은 멸망하게 될 것이다. 불개미에게는 여왕개미가 절대적으로 필요하다. 더도 말고 한 마리의 여왕개미만 있으면 된다.

모든 개미들이 그 사실을 알고 있다. 도시를 몰락의 위기에서 구하는 데 신을 믿고 안 믿고가 문제가 될 수 없다. 시기가 지났다 할지라도 신생의 축제를 다시 열어야 한다.

벨로캉 개미들은 지난 7월 신생의 축제 때 날지 못했던 늦된 암개미들을 모으고, 지난 결혼 비행 때에는 너무 허약해서 도시 밖으로 나갈 수 없었던 수개미들을 채근하여 결혼 비행에 임할 준비를 시킨다.

짝짓기는 도시를 구하기 위해 필수 불가결한 일이다. 손가락들이 신이든 아니든 상관없이, 산란하는 여왕이 사흘 안으로 즉위하지 않으면 벨로캉 개미들은 모두 죽고 말 것이다.

개미들은 사랑의 행위를 준비하는 암개미들에게 활력을 넣어 주기 위해 꿀을 먹이고 미욱한 수개미들에게 결혼 비행의 절차를 차근차근 설명해 준다.

한낮의 무더위 속에서 벨로캉의 둥근 지붕 위로 개미 무리가 모여든다. 이미 수천 년 전부터 〈신생의 축제〉는 언제나 환희가 넘쳐 났지만, 올해는 공동체의 존속이 문제가 되고 있는 탓에 결혼 비행의 기쁨이 예전만 못하다!

한 마리의 여왕개미가 모든 고난을 이겨 내고 살아남아서 벨로캉으로 다시 돌아와야 한다.

페로몬들이 뒤섞이면서 잠시 소동이 일어난다. 투명한 두 날개만으로 된 예복을 입은 암개미들이 결혼 비행을 위해 대기하고 있다. 포수 개미들은 새들이 접근할 경우를 대비해 도시 지붕의 요소요소에 포진해 있다.

214. 동물학 페로몬

분야: 동물학
주제: 손가락들
정보 제공자: 103683호
정보 제공 연도: 100000667년

의사소통 손가락들은 입으로 소리의 진동을 일으켜서 서로 의사소통을 한다. 이 진동들은 머리 양측의 구멍 안에 놓인 둥글고 얇은 막에 전해진다. 소리를 받아들인 이 막은 그것들을 전기 자극으로 바꾸어 뇌에 전달하고, 뇌는 즉시 이 소리에 적합한 의미를 부여한다.

생식 손가락들의 암컷은 자기 새끼들의 성(性), 신분, 심지어 형태마저도 스스로 선택할 수 없다. 각각의 탄생은 하나의 우연일 뿐이다.

냄새 손가락들은 마로니에 기름 냄새를 풍긴다.

영양 섭취 가끔 손가락들은 배가 고프지 않은데도, 심심하기 때문에 먹기도 한다.

비생식 개체 손가락들 중에 생식 능력이 없는 개체는 없다. 그들에게는 암컷 또는 수컷만 있을 뿐이다. 알을 낳는 여왕이 따로 있는 것이 아니다.

유머 손가락들은 우리에게는 아주 생소한 어떤 감정을 갖고 있다. 그들은 그것을 〈유머〉라 부른다. 그것이 무엇인지 이해할 수 없지만 재미있어 보이기는 한다.

수 손가락들은 우리가 일반적으로 믿고 있는 것보다 수가 훨씬 많다. 그들은 줄잡아 1천 마리의 손가락들로 구성된 10여 개의 도시를 세계 도처에 건설해 놓았다. 짐작컨대 지상에 존재하는 손가락들이 1만 마리는 족히 될 듯하다.

체온 손가락들은 바깥 온도가 차더라도 그들의 몸을 따뜻하게 보존해 주는 내부 항온 장치를 갖고 있다. 이런 체계는 그들이 밤이나 겨울에도 활동할 수 있도록 해준다.

눈 손가락들은 머리의 나머지 부분에 비해서 움직임이 활발한 눈을 갖고 있다.

걸음 손가락들은 두 다리로 균형을 잡고 걷는다. 그런 자세는 비교적 최근에 이루어진 생리적 진화이기 때문에, 그들은 아직 그 자세를 완전하게 제어하지는 못한다.

암소 손가락들은 우리가 진딧물에서 분비꿀을 짜는 것과 마찬가지로 암소(손가락들보다 더 크고 뚱뚱한 네발 동물)에서 젖을 짠다.

215. 다시 태어나다

그들은 지하 동굴에서 나가기로 결정했다. 그들은 아주 의연한 모습을 보이고 있었다. 그들은 병들어 있지도 않았고 죽어 가고 있지도 않았으며 단지 약해져 있을 뿐이었다.

「이 사람들 말이에요, 우리에게 감사하다는 말 한마디는

해야 되는 거 아닌가요.」

카위자크가 투덜댔다.

「작년에만 우리를 구하러 왔어도 당신들의 발에 입을 맞추었을 거야. 그러나 지금은 너무 이르거나 너무 늦었어.」

그의 경찰 동료였던 알랭 빌셍이 그 소리를 듣고 한마디 했다.

「어쨌든 우리는 당신들을 구했어!」

「무엇으로부터 우리를 구했단 말인가?」

「살다 살다 이렇게 배은망덕한 건 처음 보네 그려! 물에 빠진 놈 건져 놓으니까 내 봇짐 내라 한다더니만…….」

카위자크는 어이없어하면서 지하 바닥에 침을 뱉었다.

갇혀 있던 스무 명이 줄사다리를 타고 하나씩하나씩 밖으로 나왔다. 그들은 햇살이 눈부셔 앞을 볼 수가 없었다. 눈을 보호할 안대가 필요했다. 그들은 땅바닥에 그냥 주저앉았다.

「얘기 좀 해봐요.」

레티시아가 조나탕을 붙잡고 말했다.

「얘기해 줘요. 조나탕! 저는 사촌 동생 레티시아예요. 에드몽 웰스의 딸이지요. 어떻게 저 지하실에서 그렇게 오랫동안 견딜 수 있었어요?」

조나탕 웰스는 그 집단의 대변자 노릇을 해야 했다.

「우리는 그저 함께 살기로 결심했을 뿐이야. 그게 전부야. 우리는 별로 하고 싶은 이야기가 없어. 미안해.」

오귀스타 할머니가 돌 위에 올라앉아 거절하는 몸짓을 하면서 경찰관들에게 말했다.

「물도 필요 없고 먹을 것도 필요 없어요. 담요나 좀 줘요. 바깥에 나오니까 너무 춥군요.」

할머니는 엷은 미소를 띠면서 덧붙였다.

「우리에겐 추위를 막아 줄 지방분이 거의 남아 있지 않아요.」

레티시아 웰스, 자크 멜리에스, 쥘리에트 라미레는 지하에 갇혔던 사람들이 빈사 상태에 빠져 있을 거라고 상상했었다. 그런데 막상 뼈만 앙상하게 남은 사람들이 침착하고 당당한 태도로 자기들에게 말을 거는 걸 보고는, 어떻게 처신해야 할지 갈피를 잡을 수가 없었다.

그들은 지하에 갇혔던 사람들을 자동차에 태워 병원에 데려간 다음 종합 진찰을 받게 했다. 그들의 건강 상태는 걱정했던 것보다 훨씬 양호했다. 모두 비타민과 단백질이 극도로 결핍되어 있긴 했지만, 내부 또는 외부의 손상이 있는 것도 아니었고, 세포의 파손이 생기지도 않았다.

정신 감응의 메시지처럼 쥘리에트 라미레의 머리에 하나의 문장이 떠올랐다.

〈어머니 같은 대지의 자궁에서 그들은 새로운 인간성을 지닌 아기들로 태어나리라.〉

몇 시간 후, 레티시아 웰스는 그들을 진찰했던 정신 요법 의사와 얘기를 나누었다.

「그들에게 무슨 일이 일어났는지 도통 모르겠어요. 그들은 거의 말을 하지 않아요. 나를 바보로 여기고 있기라도 하듯 모두 나를 보고 빙그레 웃고 있는데, 그게 여간 곤혹스러운 게 아니에요. 무엇보다도 놀라운 것은 그들이 마치 하나의 유기체에 속해 있는 것처럼 보인다는 것입니다. 그것 때문에 내가 무척 애를 먹고 있어요. 그들 가운데 한 사람을 건드리면 모두가 그 손길을 느끼는 것 같습니다. 그뿐만이 아닙니다…….」

「아직 뭐가 더 있어요?」

「그들은 노래를 부릅니다.」

「그들이 노래를 부른다고요?」

멜리에스는 깜짝 놀라 의사의 말을 되뇌고는, 자기 나름의 의견을 덧붙였다.

「당신이 잘못 들었을 겁니다. 그들이 다시 말을 하는 데 익숙해지려고 애쓰는 소리를 듣고 그러시는 모양이군요.」

「아닙니다. 그들은 노래를 해요. 서로 다른 소리를 내다가 모두가 똑같은 음으로 결합한 다음 한동안 그 음을 유지해요. 그 독특한 소리가 병원 전체를 진동시켜요. 그것이 그들에게 어떤 위안을 가져다주는 것 같아요.」

「그들은 치매 상태가 된 겁니다!」

멜리에스가 외쳤다.

「그 소리는 아마 그들을 하나로 묶어 주는 신호일 거예요. 그레고리오 성가처럼 말이에요. 제 아버지도 그런 소리에 무척 관심이 많으셨어요.」

레티시아가 자기 생각을 말했다.

「개미 세계에서 냄새가 개미들을 하나로 결속시키는 신호이듯이 그들에게는 소리가 결속의 신호가 되는 거로군요.」

쥘리에트 라미레가 보충했다.

자크 멜리에스 경정은 근심스러운 표정을 지었다.

「이 모든 사실을 아무에게도 얘기하지 마세요. 새로운 명령이 있을 때까지 그 사람들을 격리해 두세요.」

216. 누가 토템을 세웠을까?

어느 날, 퐁텐블로 숲에서 산책을 하고 있던 낚시꾼 한 사람이 아주 특이한 광경을 보고는 깜짝 놀랐다. 어떤 개울이 두 갈래로 나뉘었다 합쳐지면서 자그마한 섬이 하나 만들어져 있는데, 섬 위에 찰흙으로 빚은 조그만 조상(彫像)들이 눈에 띄었다. 그 조상들은 아주 미세한 연장으로 제작된 듯했다. 왜냐하면 그 조상들에는 아주 작고 다양한 주걱의 흔적이 남아 있었기 때문이었다. 형상들은 수백 개나 되었는데, 모두 거의 비슷한 모습이었다. 다른 사람들이 그것을 보았다면, 아마 소금 따위로 만든 미니어처라고 믿을 법했다.

그 사람은 낚시 이외에 또 다른 열정을 갖고 있었는데, 그것은 바로 고고학이었다. 사방에 배열된 이 토템들에서 그는 곧 파스쿠아섬[21]에 있는 형상들을 연상했다. 그는 자기가 옛날 이 숲에 살고 있었던 소인 부족의 파스쿠아섬에 와 있다고 생각했다. 부족의 구성원들이 벌새 정도의 크기밖에 안 되는, 어떤 고대 문명의 마지막 흔적을 대하고 있는 것이 아닐까 하고 그는 생각했다. 소인들이 이것들을 만들었을까? 아니면 요정들이 만들었을까?

하지만 고고학자인 그 낚시꾼은 그 섬을 면밀하게 조사하지는 않았다. 용의주도하게 조사했더라면 그는 아마 의사소통을 위해서 더듬이를 바쁘게 움직이고 있던 곤충들의 무리

21 Isla de Pascua. 〈이스터섬〉이라고도 불리는 폴리네시아에 있는 섬. 이 섬은 네덜란드의 항해가 로게 벤이 발견했으며, 1888년부터 칠레의 영토가 되었다. 화산섬으로서 거의 사람이 살지 않는데, 거석(巨石) 형태의 조형물과 기념물로 유명하다.

들을 알아볼 수 있었을 것이고 진흙으로 형상을 만든 자들의 정체가 무엇인지 이해할 수 있었을 것이다……

217. 암

103호는 첫 번째 약속을 지켰다. 개미 도시 아래에 갇혔던 사람들은 구조되었다. 쥘리에트 라미레는 103호에게 두 번째 약속을 지켜 줄 것을 부탁했다. 암의 비밀을 벗기는 것. 병정개미 103호는 로제타석의 유리 덮개 안에 다시 자리를 잡고 긴 연설의 페로몬을 발하기 시작한다.

분야: 생물학(이 페로몬은 손가락들을 위해 만든 것임)

주제: 손가락들이 암이라고 부르는 것

정보 제공자: 103호

당신들 인간들이 암을 근절하지 못하는 것은 당신들의 과학적 지식이 낡았기 때문이다. 암과 관련한 당신들의 분석 방법이 당신들을 눈멀게 하고 있다. 당신들은 단 한 가지 방식으로만 세상을 바라본다. 오로지 당신들의 관점으로만 세상을 본다. 당신들은 과거의 포로이기 때문이다. 당신들은 여러 실험 덕분에 몇몇 질병을 치료할 수 있게 되었다. 당신들은 그런 사실을 통해서, 실험만이 모든 문제를 해결할 수 있다는 결론을 내렸다. 나는 텔레비전에서 방영한 과학 다큐멘터리에서 그걸 깨달았다. 당신들은 하나의 현상을 이해하기 위해서 그것을 측정하고, 틀 안에 넣고, 분류하고 점점 더 작은 조각으로 나눈다. 당신들은 모든 것은 잘게 자르면 자를수록 더욱더 진리에 다가간다고 생각하고 있다. 그렇지만 매미를 잘게 자른다고 매미가 왜 노래하는지를 발견하게 되는 것은 아니다. 난초 꽃잎의 세포들을 현미경으로 관찰한다고 해서 난초 꽃이 왜 그토록 아름다운지를 이해하게 되는 것은 아니다.

우리를 둘러싸고 있는 요소들을 이해하기 위해서는 그것들의 처지가 되어 보아야 하고 그것들과 한마음이 되어 보아야 한다. 당신들이 매미를 이해하고 싶으면 10분 동안만이라도 매미가 무엇을 보고 어떻게 살아가는지를 느끼려고 노력해 보라. 당신들이 난초를 이해하고 싶으면 당신 자신을 난초라고 생각해 보라. 주위의 대상들을 잘게 자르고, 지식의 성채로부터 그것들을 관찰하기보다는 그것들의 처지로 들어가 보라.

당신들의 위대한 발명이나 발견 가운데 어떤 것도 하얀 가운을 입은 구태의연한 학자들에 의해 이루어지지 않았다. 나는 텔레비전에서 당신들의 위대한 발견과 발명품에 관한 다큐멘터리를 봤다. 그러나 그런 것들은 그저 실험 도중의 사고, 수증기에 들어 올려진 냄비 뚜껑, 개에 물린 아이, 나무에서 떨어지는 사람, 우연히 뒤섞인 생성물 등일 뿐이다.

당신들의 암 문제를 해결하기 위해서는 당신들의 시인이나 철학자, 작가, 화가 들을 참여시켰어야 했다. 간단히 말하면 선조들의 경험을 모두 암기한 사람들이 아니라 직관과 영감을 지닌 사람들이 필요하다는 것이다.

당신들의 고전 과학은 이미 낡았다. 당신들의 과거는 현재를 바라다보지 못하게 방해하고 있다. 옛날의 성공들은 오늘날의 성공을 방해하고 있다. 당신들의 옛 영광들은 당신들의 가장 나쁜 적들이다. 나는 텔레비전에서 당신들의 과학자들을 보았다. 그들은 교조적인 학설을 되풀이하고 있고, 당신들의 학교는 판에 박힌 실험 계획안으로 상상력을 억압하고 있다. 게다가 당신들은 학생들이 스스로를 바꾸어 나가는 모험을 감행하지 못하게 하려고 그들에게 시험을 강요한다.

바로 이러한 점이 당신들이 암을 치료하는 방법을 찾아내지 못하는 이유이다. 당신들은 뭐든지 똑같은 사고방식으로 대하려 한다. 어떤 방법으로 콜레라를 치료하게 되었으니 같은 방식으로 암도 정복하게 될 거라고 믿는다. 하지만 암은 마땅히 그 자체로서 연구를 해야 한다. 암은 완전한 별개의 실체이다.

나는 당신들에게 해결책을 제공하겠다. 당신들이 아무 생각 없이 쉽게 죽여 버리는 우리 개미들이 어떻게 암의 문제를 해결했는지 당신들에게 알려 주겠다.

우리는 우리 개미들 중 암에 걸렸는데도 불구하고 죽지 않은 희귀한 개체들이 있다는 걸 알았다. 그래서 암으로 죽어 가는 개미들을 연구하는 대신, 암에 걸렸지만 이유도 알 수 없이 갑자기 나아 버린 개미들을 연구하기 시작했다. 우리는 그들 사이에 어떤 공통점이 있는지 찾아보았다. 우리는 오랫동안 공통점을 찾는 데 몰두했다. 아주 오랫동안…… 드디어 우리는 그 〈기적적으로 살아난〉 개미들 대부분이 공통적으로 지니고 있는 것을 발견했다. 그것은 바로 그들이 보통 개미들보다 주위 환경과 대화할 수 있는 능력이 훨씬 뛰어나다는 점이었다.

그리하여 우리는 하나의 깨달음을 얻게 되었다. 암은 의사소통의 문제다. 그렇다면 누구와의 의사소통인가? 다른

298

실체들과의 의사소통이다.

우리는 암에 걸린 개미들의 몸 안에서 무엇인가를 찾아보려고 했다. 만질 수 있는 실체는 아무것도 없었다. 포자도, 세균도, 유충도 없었다. 그때 어떤 개미가 천재적인 발상을 내놓았다. 바로 병이 퍼져 나가는 리듬을 분석해 보자는 것이었다.

우리는 이 리듬이 언어라는 걸 깨달았다. 그 질병은 우리가 언어의 형태로 분석할 수 있는 파동에 따라 진전되었다. 우리는 그 언어를 다스릴 수 있게 되었지만 그 언어를 발하는 실체를 다스릴 수는 없었다. 그러나 그것은 중요하지 않았다. 우리는 그 언어를 해독했다. 그것은 대략 〈당신은 누구인가, 나는 지금 어디에 있는가?〉라는 의미를 담고 있었다.

우리는 이해했다. 암에 걸린 개체들은 사실은 본의 아니게 촉지할 수 없는 외계의 실체들을 수용하고 있는 셈이다. 외계의 실체들이란 어쩌면 의사소통을 원하는 하나의 파동에 지나지 않을지도 모른다……. 그 파동은 우리의 세계에 다다르면 말을 걸고 싶다는 하나의 생각, 즉 자기 주위에 보다 많은 것을 끌어들이고 싶다는 생각만을 하게 될 것이다.

그 파동이 살아 있는 몸 안에 다다랐을 때, 〈안녕하세요, 당신은 누구세요? 우리는 적의가 없어요. 당신의 행성은 이름이 뭐죠?〉라는 형태의 메시지를 전달하기 위해서 자기를 둘러싼 세포들을 증식시켰다. 우리 개미들을 죽였던 것이 바로 그것이었다. 환영의 뜻을 담은 문장과 길 잃은 여행가들의 질문들이었다. 당신들을 죽이는 것도 바로 그것이다.

아서 라미레를 구하려면 당신들은 개미와 대화할 수 있게 해주는 로제타석과 비슷한 기계, 즉 암의 언어를 번역하는 기계를 만들어야 한다. 암의 리듬과 파동을 연구한 다음, 그것들을 재생하고 조작해서 이번에는 당신들 쪽에서 암에게 말을 걸어 보라. 그런 번역이 가능하리라고 믿고 안 믿고는 전적으로 당신들의 자유다. 그러나 그런 방식을 시도한다고 해서 당신들이 잃어버릴 건 아무것도 없지 않은가.

자크 멜리에스, 레티시아 웰스, 그리고 라미레 가족들은 103호의 그 이상한 제안에 당혹감을 느꼈다. 암과 대화를 한다고? 장난감 가게 주인 아서 라미레는 이제 며칠밖에는 더 살지 못할 처지였고 엄청난 고통에 시달리고 있었다. 103호의 얘기는 어느 모로 보나 터무니가 없어 보였다. 개미에게서 의학에 대한 가르침을 기대한다는 것 자체가 말이 안 되는 것이었다. 어쨌든 103호의 논리는 받아들이기가 어려웠다. 그러나 아서가 죽어 가고 있었다. 전혀 터무니가 없어 보이는 그 방법이라도 써봐야 되는 것이 아닐까? 그 결과가 어찌 될지는 두고 봐야 하는 것이 아닐까?

218. 만남

화요일 오후 2시 30분, 오래전에 미리 해놓은 약속에 따라 과학부 장관 라파엘 이조는 자크 멜리에스 경정을 맞이했다. 멜리에스는 장관에게 쥘리에트 라미레 씨, 레티시아 웰스 씨를 소개하고, 이어서 개미가 들어 있는 병을 보여 주었다.

대담은 20분간으로 예정되어 있었다. 그러나 8시간 30분이 연장되고, 다시 8시간이 연장되어 그다음 날로 이어졌다.

목요일 오후 7시 23분, 프랑스 대통령 레지 말루는 응접실에서 과학부 장관 라파엘 이조를 맞이했다. 대통령은 오렌지주스, 크루아상, 삶은 계란 등을 앞에 놓고 긴히 전할 말이 있다며 찾아온 과학부 장관의 이야기를 들었다.

대통령은 크루아상 위로 몸을 기울이면서 말했다.

「당신은 도대체 나에게 무얼 요구하는 겁니까? 개미와 대화를 하라는 거요? 안 됩니다. 천부당만부당해요! 당신 주장대로 그 개미가 지하에 갇혀 있던 스무 명의 사람을 구했다 하더라도 안 돼요. 지금 당신이 하고 있는 얘기가 얼마나 얼토당토않은 얘기인지 생각이나 해보았습니까?」

「…….」

「웰스 사건 때문에 장관 어떻게 된 거 아니오? 자, 나는 당신 얘기를 듣지 않은 것으로 하겠소. 그러니 당신도 그 얘기라면 더 이상 하지 마시오. 개미에 대해서는 더 이상 언급하지 마시오!」

「이 개미는 보통 개미가 아닙니다. 103호입니다. 이미 인간들과 얘기를 나누었던 개미입니다. 그리고 이 지역에서 가장 큰 개미 연방 벨로캉의 대표입니다. 1억 8천만의 개체를 가진 강력한 연방입니다.」

「1억 8천만 마리가 어쨌다고요? 어허, 당신 미쳤군요! 그래 봤자 개미고 곤충이오! 우리가 손가락으로도 죽일 수 있는 미물들이란 말이오……. 광대들의 속임수에 놀아나서는 안 돼요, 이조 장관.」

「…….」

「아무도 당신 얘기를 믿지 않을 거요. 유권자들은 수면제 같은 얘기로 사람들을 잠재우고 얼렁뚱땅 세금 하나 더 늘리려 한다고 생각할 거요. 야당의 반발은 어쩌고요……. 벌써 비웃는 소리가 들리는군요.」

이조 장관이 반박했다.

「사람들은 개미에 대해 너무도 모릅니다! 우리가 지혜로운 사람에게 호소하듯이 개미에게 호소한다면, 우리는 확실히 그들에게 배울 게 많다는 걸 깨닫게 될 겁니다.」

「당신은 지금 암에 관한 터무니없는 이론을 말하고 싶은 거죠? 황색 언론을 통해 벌써 다 읽었어요. 당신에게 중요하다고 해서 나도 그렇게 생각해야 한다고 강요하는 것은 아니겠죠, 이조 장관?」

「개미들은 지구상에 가장 널리 퍼져 있는 동물이고, 가장 오래되고 가장 진화한 동물들 가운데 하나인 게 분명합니다. 1억 년이라는 긴 시간 동안 개미들은 우리가 알지 못하는 많은 것을 배웠습니다. 우리 인간이 지구상에 나타난 지는 3백만 년밖에 안 됩니다. 그리고 인류의 문명은 기껏해야 5천 년밖에 안 됩니다. 우리가 경험이 많이 축적된 사회에서 뭔가를 배워야 하는 것은 당연합니다. 현재의 개미들은 우리에게 1천만 년 후의 인간 사회를 상상할 수 있도록 해줍니다.」

「나는 이미 그 내용도 들었어요. 하지만 말도 안 돼요. 고작 개미들일 뿐이오! 개들에 대한 얘기를 했더라면 오히려 나을 뻔했어요. 그랬더라면 어느 정도는 내가 이해했을 거요. 우리 유권자의 3분의 1이 개를 키우고 있잖소? 하지만 개미는 기르지 않아요.」

「우리가 하기만 하면…….」

「됐어요. 잘 기억해 둬요! 나는 개미와 얘기를 나눈 최초의 대통령이 되고 싶지 않소. 나는 온 세상이 나에 대해 이러

302

쿵저러쿵 떠드는 걸 좋아하지 않아요. 내가 이끄는 정부나 나 자신이 하찮은 미물 때문에 웃음거리가 될 수는 없어요. 이제 더 이상 개미에 대해서 얘기하고 싶지 않소.」

대통령은 흥분한 나머지 삶은 달걀을 포크로 힘껏 찍어 꿀꺽 삼켜 버렸다.

과학부 장관은 냉정하게 그대로 앉아 있었다.

「안 됩니다. 저는 대통령님께 개미에 대해 계속 얘기하겠습니다. 대통령님께서 생각을 바꿀 때까지 말입니다. 며칠 전 몇몇 사람들이 저를 만나러 왔습니다. 그들은 저에게 간결한 말로 모든 걸 설명했습니다. 저는 곧 그들의 말을 이해했습니다. 몇 세기를 뛰어넘을 수 있는 기회가, 그리고 미래를 향해 커다란 도약을 할 기회가 오늘 우리에게 주어졌습니다. 저는 그 기회가 사라져 버리는 걸 그냥 내버려 둘 수 없습니다.」

「쓸데없는 짓!」

「들어 보십시오. 저는 언젠가는 죽을 것이고 대통령님께서도 마찬가지입니다. 그렇기 때문에 우리는 이 지구상에 우리가 지나갔던 독창적인 자취를 남기려는 것이 아니겠습니까? 왜 개미들과의 문화적, 경제적, 나아가 군사적인 협력을 고려해 보려고 하지 않으십니까? 어쨌든 지구상에서 두 번째로 강한 종인데 말입니다.」

대통령 말루는 토스트를 삼키다 목에 걸려 재채기를 하고는 약간 비꼬는 투로 말했다.

「내친김에 개미 나라에 프랑스 대사관을 개설하지 그러시오?」

하지만 장관은 조금도 웃지 않았다.

「예, 저도 대사관을 설치해야 한다고 생각하고 있습니다.」

「미쳤군. 당신은 제정신이 아니오!」

대통령은 팔을 위로 치켜들면서 소리쳤다.

「그저 하찮은 미물이라고만 생각지 마시고 외계인을 생각하듯이 개미를 생각하십시오. 물론 그것들은 외계인이 아니라 지중 동물입니다. 개미들이 외계인들만큼 관심을 끌지 못하는 것은 그것들이 너무 작고 아주 오래전부터 지구에 터를 잡고 있었기 때문입니다. 그래서 우리는 개미가 갖고 있는 경이로운 것들을 더 이상 깨닫지 못하는 것입니다.」

대통령 말루는 장관을 쏘아보다가 말했다.

「장관이 나에게 건의하고자 하는 게 뭐요?」

「공식적으로 103호를 만나 주십사 하는 것입니다.」

이조 장관이 주저 없이 대답했다.

「103호가 누구죠?」

「우리 인간들을 잘 알고 있고, 경우에 따라서는 통역관 역할을 할 수도 있는 개미입니다. 대통령님께서 비공식적인 오찬을 마련하여 그 개미를 엘리제궁에 초대해 주십시오. 개미는 기껏해야 한 방울의 꿀을 먹을 것입니다. 대통령님께서 개미와 개인적인 친분 관계로 말씀을 나눌 필요는 없습니다. 중요한 것은 우리 나라의 최고 통치자가 개미와 대화를 한다는 것입니다. 라미레 씨가 대통령님께 페로몬 번역기를 제공할 것입니다. 기술적으로는 아무런 문제도 없습니다.」

대통령은 응접실을 이리저리 왔다 갔다 하면서, 오랫동안 정원을 바라보았다. 그는 찬성이냐 거절이냐를 놓고 저울질하고 있는 듯했다.

「안 되겠소. 절대로 안 돼요! 만인의 웃음거리가 되느니 차라리 우리 시대를 빛낼 기회를 놓치는 게 낫겠소. 개미와 회담을 한 대통령이라니……. 두고두고 웃음가마리가 될 거요.」

「그러나 대통령님…….」

「끝났소. 당신의 개미 얘기로 더 이상 나의 참을성을 시험하지 마시오! 대답은 불가(不可)요. 절대 안 돼요. 그럼 잘 가시오. 이조 장관!」

219. 에필로그

해가 중천에 떴다. 광활한 햇빛이 퐁텐블로 숲 위에 퍼져 있다. 천연의 거미그물이 빛살로 짠 레이스로 변한다. 햇살의 열기가 대지를 덥히고 있다. 나뭇가지 아래에서 보잘것없는 미물들이 꼼지락거린다. 지평선이 붉게 물들어 있다. 고사리들은 잠이 든다. 빛이 삼라만상 위에 쏟아진다. 더할 나위 없이 기이한 모험이 벌어지고 난 무대를 강렬하고 순수한 빛살이 핥고 있다.

별들의 저편, 창공의 한쪽 끝에서는 은가루를 뿌려 놓은 듯한 행성들 속에서 무슨 일이 일어나는지 무관심한 채 은하수가 천천히 움직인다.

한편 지구의 조그만 개미 제국에서는 신생의 축제가 벌어지고 있다. 벨로캉의 여든한 마리 암개미들이 자신들의 왕조를 구하기 위해 날아오른다.

그때 두 사람이 그곳을 지나가다가 개미들을 발견한다.

「와, 엄마, 엄마. 저 파리들 좀 봐!」

「저것은 파리가 아니란다. 저것은 여왕개미들이야. 텔레비전에서 언젠가 보았잖니? 저게 바로 결혼 비행이라는 거야. 저 암컷들은 곧 수컷들과 공중에서 짝짓기를 할 거야. 그리고 몇 마리는 아마 멀리 떨어진 곳에 새로운 왕국을 세우게 될 거야.」

암개미들이 하늘 높이 올라간다. 높이, 더 높이, 제비나 참새들 따위를 피해, 뒤따라 수컷들이 날아올라 암개미들과 결합한다.

함께 올라간다. 올라가고 또 올라간다. 빛이 그들을 빨아들인다. 그들은 조금씩조금씩, 뜨거운 햇빛 속에 녹아든다.

따사로움, 밝음, 빛. 삼라만상이 빛을 받아 하얗게 부서진다. 눈부신 빛으로 부서진다……

빛

제4권에서 계속

가장개미 유기 화학 분야에 천부적인 재능을 가진 종.

갈무리 주머니 동료들에게 나누어 주기 위해 먹이를 저장해 두는 기관.

감자잎벌레 딱정벌레의 하나로 오렌지빛 딱지날개에 5개의 검은 세로줄 무늬가 있다. 주로 감자를 먹고 살며 체액은 개미에게 치명적인 독이다.

개똥벌레 인광을 발하는 딱정벌레. 식용.

개미귀신 명주잠자리의 애벌레로서, 개미지옥을 파놓고 숨어 있다가 미끄러져 떨어지는 개미를 잡아먹음. 위험.

개미산 불개미의 발사 무기. 벨로키우키우니 여왕 때에는 농도 40퍼센트짜리가 가장 강력한 산이었는데, 클리푸니 여왕 때 이루어진 혁신의 결과로 농도 60퍼센트의 초강력 개미산이 만들어졌다.

개미의 무기 칼 구실을 하는 위턱과 독침, 끈끈물 분사기, 개미산 발사 주머니, 발톱 등.

개양귀비 전투 벨로캉 책력 100000666년에 벨로캉 연방이 벌인 전쟁으로 세균 무기와 전차가 맞붙은 최초의 전쟁이다.

거미 개미들을 마취시켰다가 먹을 때만 깨워서 조금씩 토막 내어 먹는 괴물. 위험.

걸음 벨로캉 연방의 클리푸니 여왕 때 새로 채택된 거리의 단위. 한 걸음은 약 1센티미터에 해당함.

걸음 속도　기온이 10도일 때는 시속 18미터로 이동한다. 기온이 15도일 때는 시속 54미터로 간다. 기온이 20도일 때는 시속 126미터까지 걸을 수 있다.

겨울잠　11월부터 3월에 걸친 긴 잠.

계급　보통 생식 개미, 병정개미, 일개미의 세 계급으로 분류된다. 그 계급들은 다시 농경 일개미, 포수 병정개미 등의 아계급으로 나뉜다.

과예이톨로　봄철에 사용하는 작은 둥지.

군단　동시에 기동할 수 있는 병정개미들의 집단.

금단 구역(궁궐)　여왕개미의 거처를 보호하는 요새. 나무 밑동 속에 만들거나 진흙으로 만들며, 바위를 파서 만드는 경우도 있다.

길앞잡이　딱정벌레의 한 종류로서, 땅속에 숨어 있다가 개미를 잡아먹는다. 길을 갈 때 이 포식자에게 먹히지 않도록 주의해야 한다.

꿀단지개미　분비꿀 저장고.

꿀벌　개미들의 이웃으로서 날아다닌다. 꿀벌들은 공중에서 추는 8자 춤이나 밀랍 위에서 추는 춤으로 정보를 교환한다.

끈끈이귀개　벨로캉 근처에 흔한 벌레잡이 식물. 위험.

나비　먹이가 될 수 있음.

난쟁이개미　불개미의 주요 적.

높이　둥지가 높이 솟을수록 일조 면적이 넓어진다. 열대 지역에서는 개미 둥지가 완전히 땅속에 묻혀 있다.

눈　안구에 놓인 낱눈의 총체. 각각의 낱눈에는 두 개의 수

정체, 즉 바깥의 커다란 렌즈와 안쪽의 작은 렌즈로 이루어져 있다. 각각의 시세포는 직접 뇌로 연결된다. 개미들은 가까이 있는 사물만을 볼 수 있다. 그러나 먼 거리에서도 아주 사소한 움직임만 있으면 그것을 느낄 수 있다.

니   벨로캉 여왕개미들의 왕조.

단식   개미는 겨울잠을 자면서 6개월 동안 먹지 않고 살 수 있다.

달팽이   개미의 먹이로서 단백질 공급원.

더듬이 마디   더듬이 하나는 열한 개의 마디로 이루어져 있다. 각 마디가 서로 다른 하나의 정보를 제공한다.

도롱뇽   위험.

도마뱀   개미 세계의 용. 위험.

도시의 방향 잡기   불개미들은 아침부터 일조량을 최대한 받기 위하여 도시의 가장 넓은 부분이 남동쪽을 향하게 개미집을 건설한다.

독샘   개미산을 저장하는 주머니. 매우 높은 압력으로 개미산을 쏠 수 있는 특별한 근육이 달려 있다.

독성 식물   콜키쿰, 등나무, 협죽도, 송악 등. 위험.

둥지 온도   불개미 둥지는 층에 따라서 20도에서 30도 사이로 온도가 조절된다.

뒤푸르샘   자취 페로몬이 들어 있는 분비샘.

딸기나무 전쟁   벨로캉 책력 99999886년에 벌어진 전쟁으로 불개미와 노랑개미가 맞붙었다.

땅강아지(일명 하늘밥도둑)   땅속의 신속한 운송 수단.

라숄라캉   벨로캉 연방의 가장 서쪽에 자리한 도시.

로메쿠사   치명적인 마약을 공급하는 딱정벌레. 위험.

리빙스턴 박사   손가락들이 자기들의 사절에 붙여 놓은 이름.

말벌   개미들과 같은 조상을 가졌으며 독이 있다. 위험.

망루   지붕 위에 세워진 보조 첨탑. 개미집에서보다는 흰개
　　미집에서 주로 보인다.

맵시벌   다른 동물의 몸속에 알을 낳는 벌. 알에서 나온 애벌
　　레들이 몸속에서 자라면서 동물들을 갉아 먹는다.

머리   개미 세계의 길이 단위. 3밀리미터에 해당한다.

멜리에스, 자크   손가락 수컷. 털을 짧게 깎고 있음.

모기   수컷은 식물의 진을 빤다. 암컷들이 무엇을 먹고 사는
　　지 개미들은 모른다. 식용.

목실뤽싱   〈모든 것을 잡아먹는 강〉 기슭에 자리 잡은 흰개미
　　들의 새로운 도시.

무게   개미 한 마리의 무게는 1밀리그램에서 150밀리그램
　　으로 다양하다.

무당벌레   진딧물을 잡아먹는 곤충. 먹을 수 있음.

무사개미   노예 개미들의 도움 없이는 살아갈 수 없는 호전
　　적인 종.

문지기 개미   동글납작한 머리를 가진 아계급의 개미로 전략
　　적으로 중요한 통로를 막는 역할을 한다.

물방개   물에 사는 딱정벌레. 먹이가 될 수 있음. 물거품을 일
　　으키지 않고 물속에서 헤엄칠 수 있다.

밀도   유럽에서는 개미의 종을 막론하고 1제곱미터당 평균
　　8만 마리를 헤아린다.

바람   개미를 땅바닥에서 들어 올려 어딘지 알지 못하는 곳
　　으로 데려간다.

바퀴   흰개미의 조상. 지구상에 나타난 최초의 곤충.

박쥐 동굴 속에 사는 날아다니는 괴물. 위험.

반체제 운동 최근 일어난 운동. 벨로캉 책력 100000667년에 반체제 개미들은 손가락들을 구하기 위하여 활동했다.

방독법 모듬살이 곤충이 치명적인 독물에 적응하는 능력으로서, 그 독물에 유전적으로 면역이 된 알을 낳아 독을 이겨 낸다.

배설물 개미가 한 번에 내놓는 배설물의 무게는 제 몸무게의 1천 분의 1이다.

뱀 위험.

벌레잡이 식물 벌레잡이제비꽃, 사라세니아, 끈끈이귀개, 끈끈이주걱 등. 위험.

벨로캉 불개미 연방의 중심 도시.

벨로키우키우니 벨로캉의 여왕개미.

불 금기 무기. 대부분의 곤충들은 서로 간의 묵계를 통하여 불의 사용을 금하고 있다.

비 큰 재앙을 불러오는 일기 현상.

비행 전령 날파리를 통해 소식을 전하는 난쟁이개미들의 기술.

빈대 가장 기이한 성생활을 하는 곤충.

빨강천막개미 동쪽에서 이주해 온 개미로, 자기들의 애벌레로 실을 잣는다.

빵 곡물 가루를 빻아 만든 동그란 작은 덩어리.

뿔풍뎅이 이마에 커다란 뿔이 달린 딱정벌레.

사마귀 교미하기와 먹기를 지나치게 좋아하는 곤충.

사육 진딧물이나 연지벌레를 길들여 항문샘에서 나오는 분비물을 거두어들이는 기술로, 개미의 몇몇 종이 개발하였다. 진딧물 한 마리는 여름에 시간당 30방울의 분비꿀을 만들어 낸다.

산란실 여왕개미가 알을 낳는 방.

새 날아다니는 괴물. 위험.

손가락들 최근에 나타난 괴물로서 벨로캉 개미들이 그 실체를 규명하려고 애쓰고 있다.

쇠똥구리 공을 밀고 다니는 곤충. 먹을 수 있음.

수개미 수정되지 않은 알에서 나온 개미.

수명(비생식 개미) 일개미나 병정개미는 대개 3년을 산다.

수명(여왕개미) 불개미 여왕개미는 평균 15년을 산다.

수확개미 동쪽의 농경 개미.

술 개미는 진딧물 분비꿀과 곡물의 즙을 발효시킬 줄 안다.

시각 개미는 격자창을 통해서 보듯이 사물을 본다. 생식 개미들은 색깔을 감지하기는 하지만 모든 색깔이 자외선 쪽으로 옮겨진다.

시계 북서쪽의 난쟁이개미 도시.

신 벨로캉 개미들이 해명하려고 애쓰고 있는 최근의 개념.

신생의 축제 생식 개미들이 날아올라 교미하는 축제. 보통 첫더위가 시작될 무렵에 열린다.

실잣기 애벌레를 가지고 실을 잣는다.

심장 조롱박 모양으로 생긴 몇 개의 주머니가 잇달아 서로 물려 있는 것으로서 배마디의 등 쪽에 붙어 있다.

12진법 개미 세계의 셈법. 개미들은 다리 하나마다 2개씩의 발톱이 달려 있기 때문에 12를 한 단위로 해서 셈한다.

쓰레기터 개미집 입구에 있는 둔덕으로 개미들이 쓰레기와 시체를 버리는 곳이다.

씨앗 불개미는 씨앗 기름을 좋아한다. 말하자면 씨앗은 기름이 아주 많이 들어 있는 작은 알갱이다. 한 개미 도시에서는 철마다 평균 7만 개의 씨앗을 거둬들인다.

양의 간질 개미들에게 몽유병을 일으키는 양의 기생충.

어둠 개미들은 캄캄한 곳에 사는 걸 좋아한다.

여왕개미들의 교시 여왕개미의 어이딸 사이에 더듬이에서 더듬이로 전해 내려온 귀중한 정보들의 총합.

연방 동종 도시들의 연합. 불개미 연방은 대략 6만 제곱미터에 걸친 90개의 개미 도시를 포괄하고 있으며, 벨로캉 연방은 자국길 7.5킬로미터와 냄새길 40킬로미터를 갖추고 있다.

영양 섭취 불개미의 통상적인 식단은 다음과 같이 이루어져 있다. 진딧물 분비꿀 43퍼센트, 곤충 고기 41퍼센트, 나뭇진 7퍼센트, 버섯 5퍼센트, 곡물 가루 4퍼센트.

영양 교환 두 개미 사이에 먹이를 나누는 행위.

온도 불개미들은 8도 이상이 되어야 움직일 수 있다. 생식 개미들은 그보다 좀 더 이른 6도쯤에 잠이 깨는 경우도 있다.

온도 조절 커다란 개미 도시에서는 햇빛방, 배설물, 둥근 지붕 속 통풍구 등을 통해 온도를 조절한다.

온도-시간 개미 세계에서는 시간의 길이를 계산할 때 시간과 온도를 함께 고려한다. 기온이 높으면 〈온도-시간〉은 줄어들고, 기온이 낮으면 〈온도-시간〉은 늘어난다.

올레산 개미 시체에서 발산되는 기화성 물질.

올챙이 물에 사는 위험한 동물.

완전 소통 더듬이 접촉을 통해 생각들을 총체적으로 교환하는 것.

왕조　같은 영토를 다스리면서 차례로 왕위에 오르는 여왕 개미의 계열.

용병 개미　다른 둥지를 위해 싸우는 독립적인 개미들로서, 원래의 둥지에서 먹이를 받고 교환한 개미들이다.

운송　어떤 개미를 운반하려면 개미는 그것의 위턱을 잡는다. 운반되는 개미는 몸을 오그려서 땅바닥과의 마찰을 최소화한다.

웰스, 레티시아　손가락 암컷, 털이 길다.

웰스, 에드몽　개미들을 이해한 최초의 손가락.

위생 시설　개미들의 배설물을 담는 웅덩이.

위턱　불개미들의 예리한 무기.

위턱 대련　개미의 스포츠.

음악　귀뚜라미나 매미가 날개를 비벼서 내는 소리나 초음파. 버섯재배개미들도 배마디로 소리를 낼 수 있다.

인간　벨로캉 연방의 몇몇 전설에 등장하던 거대한 괴물. 손가락들은 스스로를 인간이라고 부른다.

인돌초산　제초제.

잿빛 두루마리구름 전투　벨로캉 책력 100000667년에 벌어진 전투로, 불개미 군대와 황금의 벌집 거주자들이 최초로 격돌하였다.

적외선 홑눈　생식 개미들의 이마 위에 삼각형을 이루며 놓인 세 개의 작은 눈. 그것이 있어서 생식 개미들은 완전한 어둠 속에서도 볼 수 있다.

전차　전투 기술의 하나로, 커다란 위턱을 가진 낫개미 한 마리를 발이 빠른 일개미 여섯 마리가 메고 다니는 것이다.

제초제   미르미카신, 인돌초산.

조충   딱따구리의 기생충으로서 개미를 병들게 하고 딱지를 탈색시켜 하얗게 만든다.

존스턴 기관   지구 자기장을 감지하는 개미의 감각 기관.

주비주비캉   동쪽의 도시. 대규모 진딧물 사육장으로 유명하다.

진딧물   분비꿀을 짜낼 수 있는 작은 딱정벌레.

질병   불개미에게 가장 흔한 질병은 기생 팡이 때문에 생기는 분생 포자(分生胞子), 키틴질의 부패, 식도 아래 신경절에 기생하는 벌레, 애벌레 단계부터 나타나는 가슴 이상 비대의 일종인 입술샘 이상 비대, 치명적인 홀씨인 알테르나리아 등이다.

추위   곤충 세계의 보편적인 마취제.

코르니게라아카시아   하나의 개미집처럼 되어 있어 개미와 공생하는 나무.

크기   개미들의 평균 길이는 2머리(6밀리미터)이다.

큰 뿔   103683호가 길들인 늙은 뿔풍뎅이.

클리푸니   벨로키우키우니의 딸. 벨로캉 연방의 혁신 운동 주창자.

클리푸캉   클리푸니가 건설한 초현대적인 도시. 어머니 벨로키우키우니가 죽은 후 클리푸니는 자신의 도시를 떠나 벨로캉으로 돌아왔다.

키틴질   개미의 겉껍질을 구성하는 물질.

탈바꿈   다른 형태의 삶으로 옮겨 가는 일. 대부분의 곤충 세계에 흔히 있는 일이다.

태양   개미들의 친구로서, 에너지를 주는 구체(球體).

텔레비전 손가락들의 의사소통 수단.

통행 허가 냄새 개미가 태어난 둥지의 냄새 또는 용병 개미들
　이 새로이 취득한 냄새.

파동 움직이는 모든 동물이나 사물들이 갖가지 형태로 일
　으키는 공통의 현상.

페로몬 체액으로 된 문장이나 말.

풍뎅이 날아다니는 병기.

하루살이 갈라진 꼬리를 가진 작은 잠자리의 일종. 애벌레
　는 3년을 살고 날개돋이를 하고 난 성충은 3~48시간을
　산다. 식용.

화학 정보실 기억 페로몬을 저장해 두는 곳으로 최근에 발명
　되었다.

하르트만 결절 양이온이 풍부한 지대. 개미들은 그 지대에서
　편안함을 느끼지만, 손가락들은 심한 두통을 느낀다.

후각 비생식 개미들은 더듬이마다 6천5백 개의 후각 세포
　를 가지고 있다. 생식 개미들은 30만 개.

흰개미 흰개미목의 곤충으로 벌목에 속하는 개미와 경쟁 관
　계에 있다. 건축에 능하고 헤엄을 칠 수 있다.

힘 불개미는 제 몸무게의 60배를 끌 수 있다. 그러니까 불
　개미 한 마리는 3.2×10^{-6} 마력의 힘을 발휘하는 셈이다.

23호 신을 믿는 반체제 병정개미.

24호 신을 믿는 반체제 병정개미로서, 코르니게라 자유 공
　동체를 창설하였다.

56호 클리푸니가 여왕개미가 되기 전의 호칭.

327호 벨로캉의 젊은 수개미.

801호 클리푸니가 첩보원으로 파견한 병정개미.

4000호   과예이톨로에 사는 사냥 개미.

103683호   벨로캉의 병정개미. 103호로 줄여서 부르기도
한다.

인간이 별들을 정복하러 나서는 이 시대는 우리가 살고 있는 행성인 지구를 더욱 잘 알아야 하는 때가 아닌가 싶습니다. 지구에는 우리가 밝혀내야 할 신비가 아직도 무척이나 많기 때문입니다.

지구 밖의 생명을 찾아서 수백만 킬로미터 떨어진 곳으로 나아가기보다는 오히려 더욱 간편한 여행을 해봅시다. 무릎을 구부리고 30센티미터 정도의 높이로 몸을 숙인 다음 땅바닥을 들여다봅시다. 그러면 우리는 SF 소설에 나오는 어떤 장면에도 손색이 없는 광경을 발견하게 될 것입니다. 흙먼지, 풀, 자그마한 동물, 이끼, 꽃이 보일 것입니다. 그것은 색다른 세계의 정취를 자아내는 장식들로 가득 찬 하나의 모형 정글과도 같습니다. 로켓은 외계인을 찾으러 가지만, 우리는 몸을 숙이는 것만으로도 지중(地中) 동물과 만나게 됩니다.

그 지중 동물 중에서 가장 수가 많고 가장 강력한 것은 틀림없이 개미입니다. 아마존강 유역의 삼림에서는 개미가 생물 총량의 10퍼센트를 차지하고 있는 것으로 평가되고 있습니다. 다시 말하면 거기에 있는 식물들과 동물들을 하나의 냄비 속에 넣고 뒤섞는다면 그 냄비에 담긴 내용물의 10퍼센트를 차지한다는 것입니다.

개미는 가장 널리 퍼져 있는 동물입니다. 어디를 가든, 어디를 살펴보든 우리는 개미를 발견하게 됩니다. 수많은 개미 집들이 지구의 표면을 온통 뒤덮고 있습니다. 개미들은 적도 사막의 열기에도 북유럽 스텝 지역의 혹독한 추위에도 적응할 줄 알았습니다.

개미는 어디에서나 수가 많고 강력합니다. 개미는 자기들을 잡아먹는 어떤 동물도 두려워하지 않으며, 어떤 살충제에도 적응합니다. 개미는 모든 생태 구역에 쳐들어가서 그곳을 정비하고 그곳을 지배합니다.

인간이 지구에 살게 된 지는 3백만 년에 불과하지만, 개미가 지구에 살게 된 지는 1억 년이 넘습니다. 인류가 나타나기 전 9천7백만 년 동안 이 곤충은 명실상부한 하나의 문명, 즉 9천7백만 년의 경험을 축적한 문명을 건설할 시간을 가졌습니다.

그러니 개미에 비하면 우리는 경험이 없는 아기에 불과합니다. 아기들처럼 우리는 우리를 둘러싸고 있는 장난감들을 깨뜨립니다. 하지만 1억 년 후에 우리는 어떻게 될까요? 어쩌면 우리는 개미들이 한 것과 비슷한 선택을 하게 될 것입니다.

개미의 문명이 끊임없이 진보해 왔다는 점에서 그렇습니다. 개미 문명의 초기, 그러니까 1억 년 전에는 개미들에게 경쟁자가 있었습니다. 흰개미가 그들입니다. 그러나 그 경쟁자는 개미를 돋보이게 하는 구실을 했을 뿐입니다. 흰개미들과 싸우면서 개미들은 전쟁과 기술을 배웠습니다. 흰개미들을 앞지르려고 애쓰는 과정에서 개미들은 무기들과 도구들을 발명해 낼 수밖에 없었던 것이지요.

우리가 최근 들어서야 사용하게 된 첨단 기술을 개미들은 그때부터 향유하게 된 것입니다. 개미는 자기들이 애벌레를 활용해서 얇은 천을 만들 줄 알고, 일개미들을 활용해서 먹이를 공급할 줄 알며, 일개미들을 살아 있는 냉장고로 변형시킬 줄도 압니다. 또한 진딧물을 사육하여 분비꿀을 짜낼 줄 알고, 술과 곡물 가루와 버섯을 만들어 낼 줄도 압니다.

개미의 힘은 그들의 다양성에서 나옵니다. 다양성이란, 형태의 다양성, 기술의 다양성, 지적인 능력의 다양성을 말합니다. 현미경으로 봐야 보일 만큼 아주 작은 개미가 있는가 하면 사람들이 겁을 먹을 만큼 커다란 것도 있습니다. 전쟁만 하는 개미가 있는가 하면 채식 활동만을 하는 것도 있습니다. 몇 개의 마을, 심지어 몇 개의 도시가 연합하여 몇 제곱킬로미터에 걸친 연방을 이루어 사는 개미들이 있는가 하면, 여덟에서 열 마리가 작은 씨족을 이루어 사는 개미들도 있습니다.

옛날부터 인간은 개미를 관찰하고 스스로에게 질문을 던졌습니다. 3천여 년 전에 솔로몬왕은 〈개미를 따라가거라. 개미가 그대에게 지혜의 길을 보여 주리라〉라고 말했습니다. 동부 아프리카에 사는 도공 사람들은 〈애를 못 낳는 여자가 개미집 위에 앉으면 애를 낳을 수 있게 된다〉고 생각하고 있습니다. 프랑스 사람들에게 친숙한 라퐁텐은 개미에게 쩨쩨하고 인색한 동물이라는 인상을 부여함으로써 지울 수 없는 낙인을 찍었습니다. 라퐁텐은 매미와 개미의 우화에서 이렇게 썼습니다. 〈개미는 빌려 줄 줄 모른다네. 그에게 결점이 있다면 바로 그것이라네.〉

하지만 그 곤충을 알기 위해서 그런 신랄한 말들을 들먹일 필요는 없습니다. 우리 모두는 어릴 적에 무릎을 꿇고 앉아서 개미들을 관찰한 적이 있습니다. 우리 모두는 작은 나뭇가지를 가지고 장난을 쳐서 개미 마을의 구멍을 넓혀 본 적이 있고 그들의 도시를 갈라서 그들의 군대를 짓밟아 본 적이 있습니다. 그 정도는 아니더라도 우리 모두는 그들의 병정개미들 중의 한 마리가 우리에게 기어 올라와서 마치 가지 없는 나무로 가득 찬 행성에라도 온 것처럼, 우리의 손이나 팔의 털 사이에서 갈팡질팡하는 것을 본 적이 있을 것입니다.

관찰을 하기는 하지만 불행하게도 우리는 대개 개미를 이해하지 못합니다. 몇 시간 동안 정원에 머물며 개미를 바라보던 아이는 낙담을 하고 언제나 그렇듯이 개미들을 학살하기에 이릅니다.

고르디아스의 매듭을 알렉산드로스 대왕이 칼로 잘라 버렸듯이 사람들은 매듭을 도통 이해하지 못할 때면 그것을 잘라 버리고 싶어 합니다. 그러나 그것은 편법입니다. 개미를 죽이는 것은 사람들이 개미들과 다른 형태의 관계를 가질 수 없다는 것을 보여 주는 것입니다. 개미를 죽이는 것이 아이에게는 소인국 사람들에 대한 자신의 전능함을 처음으로 입증하는 것이기도 합니다.

나 역시 개미들을 죽였고, 개미들을 짓밟았으며, 개미들의 통로에 레몬 시럽 탄 물을 부었습니다. 그러나 개미집을 유린하는 것으로는 만족할 수가 없었습니다. 나는 더 많은 것을 알고 싶었습니다. 그래서 〈마냥〉이라는 개미를 연구하기 위하여 아프리카로 떠났습니다. 거기에서는 마냥개미가 사람을 죽이기도 했기 때문에 인간과 개미와의 관계가 역전되어 있었습니다. 육식성 개미들의 행렬 앞에서 인간들이 도망을 치는 것입니다.

1억 마리에 가까운 성난 병정개미들이 면도날처럼 날이 선 턱으로 무장하고 검은 띠를 이루며 몰려옵니다. 아무것도 그 개미들에게 대항하지 못합니다. 개미 떼는 흡사 분출하는 용암처럼 시커먼 물줄기가 됩니다. 그 물줄기 앞에서 울부짖거나 도망치려고 바둥거리는 온갖 작은 동물들이 내지르는 소리가 멀리서도 분명하게 들립니다. 사람들이 도망을 치고 마을 주민들은 자신들의 집을 포기합니다. 마냥개미 떼의 모습은「묵시록」의 광경을 방불케 합니다. 그것은 개미들의 힘이 가장 사납게 표현된 모습입니다. 나는 여왕개미의 사진을 찍으려 하다가 하마터면 그 곤충들에게 산 채로 잡아먹힐 뻔했습니다. 다행히도 그 녀석들에게 나를 알고 싶다는 욕구가 일었던 모양입니다.

그 일을 겪고 나서 나는 동시대를 살고 있는 사람들에게 우리의 아주 작은 형제들에 대한 관심을 불러일으키는 가장 좋은 방법은 책을 한 권 쓰는 것이라고 생각했습니다. 아무런 책이나 쓰겠다는 것이 아니라 소설을 쓰기로 했습니다. 숲속의 불개미, 즉 가장 영리하고 가장 잘 조직된 유럽 종의 개미들이 주인공이 되는 서스펜스가 있는 소설을 말입니다.

내가 생각한 책은 하나의 모험 소설이기도 하고『반지의 제왕』처럼 신비스러운 지식을 가르치는 소설이기도 합니다. 그러나 이 소설에서는 숲속의 요정이 실제로 존재하며, 여러분이『개미』의 주인공들을 만나시려면 여러분의 찬장을 열어 보는 것만으로 충분합니다.

개미와 사람들에 관한 이 이야기를 하기까지 나에게 12년이나 걸렸습니다. 하지만 나는 되도록 배경과 줄거리와 괴물과 전사를 정확하게 그리고 싶었습니다. 여러분이 4백여 페이지를 읽는 동안에 여러분 자신이 개미라는 인상을 갖게 하기 위해서였습니다.

여러분은 생식 능력이 있는 젊은 병정개미 327호와 사귀어야 합니다. 그는 자기 나라 안에 모종의 음모가 진행되고 있음을 깨닫고 난쟁이개미들에게 매수된 용병들이 잠입했을 거라는 의심을 갖게 됩니다. 병정개미 103683호가 그를 도와 벨로캉의 캄캄한 통로로 탐색을 하러 갑니다. 그러나 어머니인 여왕개미 벨로키우키우니는 자신의 더듬이로 밝혀 주는 정보보다 더 많은 것을 알고 있는 것처럼 보입니다.

이 책 『개미』에 있는 모든 것은 실제와 비슷하게 구상된 것입니다. 어떤 것도 과장해서 말할 필요를 느끼지 않았습니다. 자연은 아주 환상적이어서 있는 그대로를 제대로 이야기하기만 하면 됩니다. 실제로 개미들은 대규모의 전쟁을 수행합니다. 개미들의 세계에는 정말로 전차, 일광욕실, 노예, 나라들의 연방, 수문장, 온도가 조절되는 영아실, 마약 공급자, 진딧물 사육실, 알코올 주조실 등이 있습니다.

소설 『개미』는 여러분이 잠시 인간의 관점을 떠나서 소설을 읽는 동안 개미의 관점을 가질 수 있도록 만들어졌습니다. 〈다른 식으로 생각하기〉가 이 책의 중심 사상입니다. 『개미』가 출판되고 나서 많은 사람들이 나에게 편지를 써서 그들이 다시는 개미들을 죽일 수 없게 되었다고 고백했습니다. 멋진 일입니다. 그것은 책을 읽는 몇 시간 동안 그 사람들이 1천 배나 더 작은 존재, 즉 그들의 부모들이 〈더럽다〉거나 〈기분 나쁘다〉고 생각했고 좋게 봐준다고 해야 〈흥미 없다〉 정도가 고작이었던 존재들과 감정이 통하는 것을 느꼈다는 것을 의미합니다.

개미를 이해하는 것은 중요한 일입니다. 영원히 우리와 나란히 걸어갈 것이고, 우리의 뜨락 안에 자신들의 도시를 세우고 있는 이 동물들을 이해하지 못한다면, 장차 외계의 생물들을 어떻게 이해할 수 있겠습니까?

개미를 이해한다는 것은 우리의 습관적인 사고방식에서 벗어나서 우리의 관점을 넓히는 것입니다. 개미만큼 작고 하찮은 것들을 이해하려고 노력함으로써 우리의 사고 능력을 키울 수 있습니다. 그럼으로써 우리 사람들끼리 서로를 더욱 잘 이해할 수 있게 될 것입니다.

베르나르 베르베르

1992년 5월 7일

다음 분들께 감사를 드린다.

제라르 암잘라그와 다니엘 암잘라그, 다비드 보샤르, 파브리스 코제, 에르베 드쟁주, 미셸 드제랄드 박사, 파트릭 필리피니, 뤼크 고멜, 조엘 에르상, 이리나 앙리, 크리스틴 조세, 프레데릭 르노르만, 마리 라그, 에리크 나타프, 파스라 교수, 올리비에 랑송, 질 라포포르, 렌 실베르, 이리 슬롱카와 도탕 슬롱카.

그리고, 펄프를 제공해서 『개미』를 제작할 수 있게 해준 모든 나무들을 생각한다. 그것들이 없었다면 아무것도 이루어지지 않았으리라.

베르베르 씨가 일러 준 대로 지하철 바뱅역을 빠져나와 위이겐스가로 들어섰다. 1백 미터 남짓을 걸어 들어가니 하얀 벽 위에 ALBIN MICHEL이라는 커다란 글자가 눈에 들어온다. 알뱅 미셸은 생각보다 큰 출판사였다. 나중에 베르베르 씨에게서 들은 얘기지만 프랑스에서 다섯 번째로 큰 출판사라고 했다. 1906년에 창립되었다니까 연륜도 상당히 깊은 편이다. 출판사에 들어서 보니 약속 시간보다 5분 정도 여유가 있었다. 1층 로비의 사원에게 여기에서 베르베르 씨를 만나기로 되어 있다고 했더니, 조금 늦을 거라는 연락이 왔다면서 잠시 기다려 달라고 한다. 다소 긴장된 마음을 누그러뜨리려고 이리저리 거닐면서 알뱅 미셸의 도서 목록을 뒤적거렸다. 책 제목과 간단한 소개말만으로 책의 질을 판단할 수는 없는 노릇이지만, 알뱅 미셸이 문학 도서는 물론이고 인문, 사회 과학, 교육 분야 등과 관련된 좋은 책을 많이 내고 있는 출판사임은 충분히 느낄 수 있었다.

베르베르 씨가 너무 늦게 도착할 경우에 나는 어떤 표정을 짓고 있어야 할까 하고 쩨쩨한 계산을 하고 있는데, 사진으로만 보았던 그의 얼굴이 나타났다. 사진에서 본 그의 인상

---

1 이 대담기는 베르베르의 연작 장편소설 『개미』를 우리말로 옮긴 이세욱 씨가 1993년 1월 29일, 프랑스의 알뱅 미셸 출판사 회의실에서 나눈 베르베르와의 문학 대담을 정리한 것이다.

은 조금 차갑고 날카로운 천재 같다는 느낌이었는데, 실제로 마주한 그의 얼굴은 쾌활하고 천진스러우며 부드러운 인상을 주었다. 간단한 인사가 끝나고 안쪽에 자리한 작은 회의실로 자리를 옮겼다.

먼저 대담에 기꺼이 응해 준 것에 대한 감사의 말로 이야기를 시작했다. 그러자 그는 자기 소설에 담긴 사상 중의 하나가 〈다르게 생각하기〉이며 다른 문명, 즉 훌륭한 하나의 문화를 가진 한국과 만나는 일이 자기로서도 즐거운 일이라면서 다음과 같이 말했다.

「내가 잘 모르는 것을 알게 되는 것은 흥미로운 일이지요. 이 만남이 나에게도 기쁨이 되고 도움이 됩니다.」

본격적인 대담에 들어가기에 앞서 도서 출판 열린책들을 소개했다. 움베르토 에코[2]의 『장미의 이름』과 『푸코의 진자』, 파트리크 쥐스킨트[3]의 『향수』, 『좀머 씨 이야기』의 한국어판을 냈고, 러시아어와 영어로 쓰인 많은 소설들을 번역·출판한 바 있다고 말했다. 구구한 설명 없이 유럽 최고의 작가 두 사람의 이름을 제시하는 것만으로 열린책들에 대한 인상은 충분히 전달되었다는 느낌이 들었다. 〈트레 비앵(아주 좋아요)〉과 〈다코르(좋습니다)〉를 되풀이하는 베르베르 씨의 반응에서 그것을 느낄 수 있었다.

---

2 Umberto Eco(1932~2016). 이탈리아 알레산드리아 출생. 세계적인 기호학자이며 철학자, 역사학자, 미학자로서 소설 『장미의 이름』과 『푸코의 진자』 등을 발표하여 금세기 최고의 작가로 호평받았다.

3 Patrick Süskind(1949~). 독일 암바흐 출생. 일찍이 시나리오와 단편을 쓰다가 34세 때 쓴 『콘트라바스』가 성공을 거두면서 세계적인 작가로 등장, 이후 장편 『향수』와 『좀머 씨 이야기』를 발표하여 전 세계 독자의 관심과 사랑을 불러일으키는 한편 매스컴의 극찬과 추적을 동시에 받고 있다.

그러나 역자가 에코와 쥐스킨트를 들먹인 것은 열린책들을 자랑하기 위한 것이었다기보다는 베르베르가 그들과 어깨를 나란히 할 만하다는 열린책들과 역자의 판단을 반영한 것이었다.

이어서 열린책들이 프랑스어 소설을 번역·출판하는 것은 처음이며, 『개미』와 『개미의 날』(우리나라에서 제1부 『개미』는 『개미』 1권으로, 제2부 『개미의 날』은 『개미』 2, 3권으로 한꺼번에 묶여 출판되었다)이 프랑스에서와 마찬가지로 우리나라에서도 높이 평가받게 되기를 바란다는 것, 그러기 위해서 우리가 베르베르 씨와 『개미』를 홍보하기 위한 다각적인 방법을 모색하고 있다는 사실 등을 이야기했다. 그의 고맙다는 인사를 끝으로 서두를 마무리하고 대담의 본령에 접어들었다.

알뱅 미셸에서 보내 준 서평 자료에서 당신이 개미에 관한 일종의 3부작을 계획하고 있다고 읽었습니다. 그런데, 며칠 전 프랑스에 도착해서 『라 레퓌블리크 뒤 상트르』에 실린 당신에 관한 기사를 보았는데, 거기에는 당신이 이제 개미 이야기를 끝냈다고 되어 있었습니다. 『개미』와 『개미의 날』의 뒤를 잇는 다음 작품에 대한 계획은 무엇인지요?

사실 3부작의 형태로 작품을 완성하겠다는 생각에는 변함이 없습니다.[4] 그렇지만 다음에 나올 소설에서는 개미에 관한 이야기를 하지 않을 것입니다. 개미밖에 모르는 사람으로 꼬리표가 붙지나 않을까 조금 걱정이 되기도 합니다. 내가 관심을 갖는 것은 뭐니 뭐니 해도 탁월한 이야기꾼이 되

4 『개미』의 제3부를 쓰겠다는 이러한 구상은 1996년 출간된 『개미 혁명』으로 실현되었다.

는 것입니다. 다시 말하면 아름다운 이야기를 들려주는 일이 내가 하고 싶은 일입니다. 다음 책은 개미에 관한 것은 아니지만 아마 4년이나 5년쯤 후에는 3부를 쓰게 될 것입니다. 그것은 『두 세계의 전쟁』[5]과 같은 것이 될 것입니다.

당신의 소설을 읽다 보면 동양 사상의 몇 가지 측면들을 생각나게 하는 사상을 발견하게 됩니다. 예를 들면 개미들의 삶에 대해 정밀하게 묘사하는 장면에서는 석가모니가 우리에게 가르친 바 있는 〈하나의 티끌 속에 모든 세계가 들어 있다(一塵含有十方)〉는 말씀이 떠오르더군요.

바로 보았습니다. 내가 말하고 있는 것이 바로 그것입니다. 맥주의 거품 속에도 하나의 우주가 들어 있는 것이지요.

동양 사상을 공부한 적이 있는지요?

예. 나로 하여금 동양 사상을 발견하게 해준 게 두 가지 있습니다. 첫째는 중국의 『주역(周易)』입니다. 세계가 변화하는 원리를 알게 하고 미래를 예측하게 하는 책입니다. 육효(六爻)가 64가지가 있더군요. 그것에 무척 많은 흥미를 느꼈습니다. 다음으로 나는 어떤 기회가 있어서 인도네시아를 돌아본 적이 있습니다. 싱가포르에서 3개월 동안 살기도 했지요. 그리고 자바섬 전역의 화산들을 보러 가기도 했습니다. 나는 아시아에 많은 관심을 가지고 있습니다. 그래서 중국의 관화(중국 표준어)를 배우기 시작했지요. 너무 복잡해서 배우는 걸 중단하기는 했지만 공부는 계속했습니다. 나는 동양의 심오한 사상, 특히 노장(老莊) 사상에 관심이 많습니다. 또 음양론(陰陽論)에 푹 빠졌던 적도 있습니다. 나의 두 번째

5 *The War of the Worlds*. 영국 작가 허버트 조지 웰스의 대표적인 SF 소설.

소설인 『개미의 날』은 완전히 음과 양의 만남이라는 사상에 토대를 두고 있습니다. 그 책 속에서 나는 음양에 관한 생각을 표현했으며, 그 소설에서 사건의 해결은 음과 양의 만남을 통해 이루어지지요.

어떤 신문에 실린 대담 기사에서, 당신이 『개미의 날』에 대해 이야기하면서, 그것이 추리 소설의 구조와 SF 모험 소설적인 요소 및 철학적인 이야기들을 결합시킨 것이라고 말한 것을 읽었습니다. 당신의 세계관이랄까 철학적인 관점은 어떤 것인지요?

뭐랄까요. 인간은 무한히 큰 것과 무한히 작은 것 사이에서 평형을 이루고 있다고 생각합니다. 개미들과 별들 사이에서 평형을 이루고 있는 것이지요. 우리는 개미와 별의 가운데에 있습니다. 소설 『개미』는, 우리 인간도 보다 큰 세계에 비하면 개미에 지나지 않는다는 것을 일깨우려는 것입니다. 내가 보기에 개미들을 관찰하는 일은 우리를 보다 겸허하게 만들고 우리가 이 지구 위에 살고 있다는 사실을 더욱 분명하게 알게 해주는 것 같습니다. 『개미』에서 말하려는 철학이 있다면, 그것은 조화, 즉 자연과의 조화, 그리고 살아 있는 모든 것을 존중하자는 것이라고 하겠습니다. 우리 주위에 생명이 있다면 그 생명 역시 우리 생명만큼이나 소중한 것이지요. 우리가 동물보다 우월한 것은 아닙니다. 우리가 곤충들보다 우월하다고 말할 수 없습니다. 인간이나 동물이나 모두 생명이 있는 존재들입니다. 개미와 인간, 우리는 형제입니다.

평론가들 중에서 어떤 이들은 당신 소설을 추리 소설로 규정하고 있고,

어떤 이들은 SF 소설의 범주에 넣고 있기도 합니다. 당신 자신은, 당신의 소설들이 어떤 장르에 속한다고 생각하는지 궁금하군요.

둘 다에 해당한다고 해야겠지요. 어쩌면 바로 움베르토 에코의 『장미의 이름』과 비슷하다고도 할 수 있을 것입니다. 다시 말하면, 알려지지 않은 특이한 세계, 즉 독창적인 하나의 세계 속에서 펼쳐지는 스릴러라는 점에서 『장미의 이름』과 비슷합니다. 그렇지만, 1차적으로는 추리 소설입니다. 그 다음이 SF 소설이고 마지막으로는 철학 소설이라고 말할 수도 있겠지요. 어쨌든 나는 모든 대중들의 마음에 다가가려고 노력했고, 곰곰이 되새길 만한 모든 것, 우리로 하여금 우리 자신을 되돌아보게 할 만한 모든 것을 담고자 했습니다.

당신이 스티븐 킹[6]과 닮은 점이 있다고 말하는 평론가가 한 사람 있던데, 그 점에 대해서 어떻게 생각하는지요.

스티븐 킹을 무척 좋아하긴 합니다. 하지만 내가 만들어 내는 것은 공포가 아니지요. 나와 스티븐 킹 사이에 차이가 있다면, 그건 아마도 내가 글을 쓰는 것이 독자들에게 공포를 느끼게 하려는 것이 아니라 꿈을 꾸게 하려는 것이라는 점이겠지요. 다시 말해서 나는 사람들로 하여금 보다 새롭고 독창적인 것을 꿈꾸게 하는 일에 관심을 가지고 있습니다. 두려움을 갖게 하는 것이 아니라 꿈을 갖게 하는 것, 그것이 스티븐 킹과 나와의 차이를 가장 잘 드러낸 표현일 것입니다.

6 Stephen King(1947~). 미국 출신의 작가로 주로 신비적이고도 괴기스러운 소설로 두각을 나타냈다. 대표작으로 『미저리』, 『캐리』, 『쿠조』 등이 있다.

당신을 일컬어 모리스 마테를링크[7]와 쥘 베른[8]과 알렉상드르 뒤마[9]를 합쳐 놓은 것 같은 작가라고 말하는 평론가도 있더군요. 그 생각에 동의하십니까?

그렇게 보아 주니 정말 고마운 일이지요.

아네트 콜랭 시마르가 『르 주르날 뒤 디망슈』에 쓴 당신 소설에 관한 기사를 보았는데, 소설의 줄거리를 소개하는 부분이나 등장인물에 대한 언급이 실제 소설과 다소 차이가 있는 부분이 있어서 의아한 생각이 들더군요. 그래서 나는 생각하기를, 당신이 『개미』를 집필하면서 120여 회나 개작을 거듭했으니까 그중에 실제 출판된 소설과 다소 차이가 있는 이본(異本)을 콜랭 시마르가 읽고 그 기사를 쓴 게 아닐까 하고 저 나름대로 추측을 해보았는데, 제 생각이 맞는지요?

아닙니다. 그것은 그 기자의 실수입니다. 기자라는 사람들이 때로는 독자들에게 그릇된 정보를 제공하기도 하지요.

개미들의 세계에서는, 이타주의와 연대와 공동체의 복지를 위한 헌신이 종(種)의 생존을 위한 일종의 생존 전략이라고 할 수 있습니다. 그렇다면 그러한 생존 전략이 우리 인간들에게 시사하는 바는 무엇일까요?

개미들을 관찰해 보면 배울 게 많습니다. 현재 인간 사회

---

7 Maurice Maeterlinck(1862~1949). 벨기에 출신의 프랑스 작가. 고대 비극의 숙명관을 부활시킨 『파랑새』라는 희곡으로 유명하며 『꿀벌의 생활』, 『개미의 생활』 등의 저작들을 남겼다.

8 Jules Verne(1828~1905). 프랑스의 미래 소설을 선도한 작가. 과학에 대한 깊은 탐구와 미래에 대한 탁월한 상상력을 바탕으로 『해저 2만 리』, 『80일 간의 세계 일주』 등을 남겼다.

9 Alexandre Dumas(1802~1870). 프랑스의 작가. 대(大)뒤마라고도 한다. 『몬테크리스토 백작』, 『삼총사』 등의 소설로 대중적인 인기를 누렸다.

가 도달한 문명의 수준을 곤충들은 이미 선사 시대에 이루었습니다. 우리 인간이 서로서로를 이해하고 사회생활을 한 것은 곤충에 비하면 이제 시작 단계라고 할 만합니다. 소설 『개미』에서도 이야기하고 있습니다만, 예컨대 아시아 사람들, 아프리카 사람들, 유럽 사람들 사이에는 거대한 간극이 가로 놓여 있습니다. 2천 년에서 3천 년에 걸친 세월 동안 서로 다른 문화를 가꾸어 왔기 때문에 서로서로를 이해하는 데 많은 어려움이 있는 것이지요. 당신이 프랑스 소설을 번역하고 있는 것도 그런 어려움을 덜어 내는 데 기여하게 될 것입니다. 당신이 하는 일은 서양과 아시아 사이에 다리를 놓는 일이라 할 만합니다. 그런 점에서 나는 당신에게 감사를 드립니다. 마찬가지로 나 역시 동양의 철학을 원용하고 있기에 또 다른 의미에서 다리를 놓고 있는 것입니다. 아시아는 나에게 철학을 주고 나는 그 철학을 서양 세계에 맞게 다시 고쳐서 아시아에 돌려주는 것입니다. 그러한 교환 과정이 변화를 가져오지요. 우리는 서로서로를 더 잘 이해하기 시작했습니다. 그러나 우리 인간이 개미들처럼 서로서로를 잘 이해하게 되려면 아마 1천 년, 2천 년, 아니 3천 년을 더 기다려야 될지도 모릅니다.

번역자인 저에게 당신의 소설을 번역하는 데 꼭 유념했으면 하는 것이 있으면 말씀해 주십시오.

내 소설 『개미』는 외국어로 가장 많이 번역된 프랑스 책 가운데 하나입니다. 그 이유는 무엇보다도 문체가 간결하고 배후에 하나의 구조를 가지고 있기 때문일 겁니다. 구조, 즉 이야기의 축조에 나는 무척 흥미를 느끼고 있습니다. 소설의 본질이자 척주(脊柱)를 이루는 구조를 일단 이해하고 나면, 번역자가 옮겨 담으려는 목표 언어가 무엇이든 간에 그 구조가 재생됩니다. 내 책의 구조는 선의 구조입니다. 그것은 이런 피라미드 모양입니다(〈그림〉 참조). 소설 『개미』의 이야기는 세 개의 플롯으로 이루어져 있습니다.

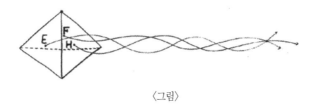

〈그림〉

보시다시피 데옥시리보 핵산(DNA)의 구조와 같습니다. 〈그림〉의 H는 사람이고 F는 개미이며 E는 『백과사전』입니다. 플롯이 그렇게 세 가지입니다. 이 세 플롯은 피라미드의 세 면에 해당하는 것이고 이 세 면은 모두 꼭짓점에서 만납니다. 소설 『개미』에는 수수께끼가 하나 나옵니다. 〈여섯 개의 성냥개비로 네 개의 정삼각형을 어떻게 만들 것인가?〉 하는 수수께끼지요. 무턱대고 평면에서만 생각해서는 그 문제를 풀 수가 없습니다. 크기가 똑같은 여섯 개의 성냥개비로 네 개의 정삼각형을 만드는 유일한 방법은 피라미드를 만드는 것입니다. 그 수수께끼가 바로 이 소설의 비밀이지요. 다시 말하면, 3중의 구조가 보다 높은 차원에서 하나로 수렴되는 것, 즉 3차원의 발견입니다.

프랑스에서는 소설 『개미』가 고등학교 수학 시간에도 사용된 바 있습니다. 그 까닭은 이 소설이 입체의 발견, 3차원의 발견과 연관이 있기 때문이지요. 우리의 정신을 활짝 열자는 것, 세계와 우주의 문을 열자는 것, 그것이 이 소설의 구조가 갖는 특징입니다. 당신이 번역을 하면서 그런 점을 이해한다면, 이 소설 어느 한구석이라도 다다르지 못할 곳이 없을 것입니다. 바로 그러한 것을 느낄 수 있어야 합니다. 그리고 그런 것을 느꼈다면 그것으로 완벽합니다. 개미 이야기를 제외한 나머지 것들은 모두 어안 렌즈처럼 우리의 시야를 넓히기 위하여 우리의 관점, 세계를 보는 방식에 관심을 갖게 하려는 것입니다.

그저께 내 친구와 함께 퐁텐블로에 갔었습니다. 당신 소설의 무대를 좀 더 생생하게 느껴 보기 위해서였지요. 그런데 유감스럽게도 당신 소설에 나오는 거리들을 찾을 수가 없었어요. 시바리트가도 페닉스가도 없더군요.

정작 나 자신은 퐁텐블로에 가본 적이 없어요(웃음). 퐁텐블로 숲에 산책을 하러 간 적은 있지요. 프랑스에서는 아주 야생적인 숲에 속하지요. 소설에 나오는 거리는 실제로 존재하지 않아요. 그걸 찾으려고 했단 말이지요? 죄송합니다. 솔직하게 말씀드릴 게 있습니다. 처음에 설정했던 무대는 나의 집에서 아주 가까운 뱅센 숲이었어요. 그런데 내 친구 중의 한 사람이 말하기를 그 숲은 너무 작은 데다가 개미집들이 급속하게 파괴되어 가고 있다는 거예요. 그래서 무대를 퐁텐블로 숲으로 바꾸었지요. 그게 다예요(웃음).

시바리트라는 거리 이름은 별로 쓰이지 않는 프랑스 말 시바리트sybarite에서 따온 거예요. 늘 방탕한 생활을 하는 쾌락주의자를 뜻하지요. 그러니까 시바리트가는 즐기며 살고 싶어 하는 사람들의 거리인 셈이지요.

소설 『개미』에서 당신은 일본 문화의 몇 가지 측면에 대해서 묘사하고 있습니다. 일본 문화에 대해 어떤 판단을 하고 있는지요.

나는 일본에 많은 흥미를 느끼고 있습니다. 일본으로부터 서양인들이 배울 게 많다는 생각은 들어요. 나는 중국에 대해서는 좀 알지만 일본에 대해서는 별로 아는 게 없어요. 내가 보기에 일본은 인류가 추구할 수 있는 여러 길 중의 하나를 보여 주고 있는 것 같습니다. 그런 점에서 일본을 이해하려고 노력하는 일은 가치가 있습니다. 그 길이 좋은 건지 나쁜 건지는 말하기 어렵지만, 어쨌든 확실한 것은 그게 성공하고 있다는 것이지요. 그게 성공하고 있다면, 관심을 끄는 건 당연하지요. 나는 일본 문명에는 아주 오랜 전통을 가진 가치관이 있다고 생각합니다. 옛 일본을 이해함으로써 우리는 현대의 일본을 이해할 수 있을 것입니다. 내가 사무라이 등에 대해서 이야기하는 것도 그러한 이유에서입니다. 일본인들의 사고방식에 개미들의 세계에서 볼 수 있는 습성과 아주 흡사한 점이 있는 건 사실이지요.

당신의 소설 속에는 좀 특이하게 느껴지는 이름들이 몇 가지 있습니다. 예를 들면 〈우아르자자트〉라는 반려견 이름이나 〈벨로캉〉과 〈클리푸캉〉 같은 개미 나라 이름, 그리고 〈벨로키우키우니〉와 〈클리푸니〉 같은 여왕 개미의 이름 등이 그렇습니다. 그런 이름을 지은 데는 어떤 암시적인 의도가 있었을 것으로 생각되는데, 그런 이름들은 어디에서 연유한 것인가요?

우아르자자트는 모로코에 있는 도시 이름입니다. 벨로캉에 대해서 말씀드리지요. 벨로캉 하면 뭐 떠오른 게 없나요? 없지요? 그럴 겁니다. 먼저, 내가 문자들이 갖는 수의 의미에 많은 관심을 가지고 있다는 것을 말씀드려야겠군요. 벨로캉 (Bel-O-Kan)이라는 말은 샤르트르 성당과의 대응 관계에서 나온 말입니다(웃음). 다시 말하면 샤르트르 성당의 규모를 나타내는 수치를 알아낸 다음, 그 수치에 각각 하나의 문자를 대응시키는 것이지요. 예컨대 B는 2, F는 6이라는 식으로 말이지요. 그 문자들을 모아서 〈Bel-O-Kan〉이라는 단어를 만든 겁니다. 고대 건축술의 비법을 빌려 본 겁니다. 그런데 나중에 언어를 연구하는 어떤 친구를 통해서 안 것입니다만 공교롭게도 벨로캉이라는 단어가 고대 수메르 말로는 〈여기에 그 장소가 있다〉라는 뜻이라더군요.

『개미』를 세상에 내놓기까지 아주 오랜 세월 동안 준비를 해왔다고 들었는데요.

『개미』를 쓰는 데 12년이 걸렸습니다. 열여섯 살에 시작해서 서른 살에 끝냈습니다. 하나의 집, 하나의 건물과도 같은 완벽한 조화를 이루려고 노력했지요. 150번을 고쳐 썼어요. 좋은 문체를 찾아내려고 다시 쓰고 다시 쓰고는 했습니다. 아주아주 길고 엄청난 작업이었지요.

당신 소설의 주요 인물인 에드몽 웰스는 영국의 과학 소설가 허버트 조지 웰스[10]를 암시하고 있나요?

그렇습니다. 나는 그 작가를 대단히 높이 평가하고 있습

10 Herbert George Wells(1866~1946). 영국의 미래 소설가. 심오한 과학적 지식과 해학적 기질을 바탕으로 쓴 『타임머신』, 『투명 인간』, 『두 세계의 전쟁』과 3부작인 『세계사 대계』, 『생명의 과학』, 『인류의 노동과 부와 행복』 등이 있다.

니다. 나는 그가 최초의 현대적인 작가라고 생각합니다.

당신이 만화라는 예술 장르를 무척 좋아한다고 들었습니다. 지금도 만화를 그리는지요?

마땅한 만화가를 찾지 못해서 지금은 만화 시나리오를 쓰지 않습니다. 그러나 스무 살 때는 만화 시나리오를 썼습니다. 영화 시나리오 공부도 했고요.

언제부터 곤충에 관심을 갖게 되었는지요? 개미에 관심을 갖게 된 특별한 동기 같은 것이 있습니까?

아마 열두 살 무렵부터 개미에 관심을 가졌던 것 같습니다. 모든 아이들이 대여섯 살 때부터 개미를 가지고 장난을 하는 거나 마찬가지죠. 처음엔 그것을 만화로 표현했지요. 그런데 그것만으로는 부족하다는 생각을 하게 되었어요. 내 생각을 표현할 수 있는 아주 유력한 방법을 찾아내지 않으면 안 된다고 생각한 것이죠. 그것은 고전적인 방식으로 쓰고, 쓰고 또 쓰는 것이었습니다. 그러느라고 13년이 걸린 겁니다. 처음에는 1천 페이지가 넘는 방대한 분량이었는데, 사람들이 좀 더 읽기 쉽게 만드느라고 그것을 줄였지요. 그런데, 왜 하필이면 개미 이야기냐고요? 그것은 내 생각에 개미가 지구의 진정한 주인이기 때문이지요.

당신의 소설이 엄청난 성공을 거두고 나서 당신 삶에 변화가 생겼다면 어떤 것이 있나요?

특별히 달라진 게 있다고는 할 수 없고요. 다만 한 가지 변한 게 있다면 예전에는 두 가지 직업을 갖지 않을 수가 없었는데, 이제는 그러지 않아도 된다는 점입니다. 즉, 나는 생계를 위해서 10년 동안 과학 저널리스트로 일을 했습니다. 저널리스트인 동시에 작가라는 이중의 직업을 가져야만 했었지요. 그러나 이제는 몇 권의 소설이 성공을 가져다주면서 내가 하고 싶어 하는 일, 즉 오로지 글만 쓰는 일을 가능하게 해주었습니다. 프랑스에 전업 작가는 많지 않습니다. 아마 20명쯤 될 겁니다. 그 20명 속에 들어간 것이 아주 기쁩니다.

그럼 이제 『VSD』에서는 일하지 않나요?

예, 저널 일은 그만두었습니다.

바쁜 시간 내주어서 감사합니다.

감사합니다.

옮긴이 **이세욱** 1962년에 태어나 서울대학교 불어교육과를 졸업하였으며, 현재 전문 번역가로 활동하고 있다. 옮긴 책으로 베르나르 베르베르의 『제3인류』(공역), 『웃음』, 『신』(공역), 『인간』, 『나무』, 『상대적이며 절대적인 지식의 백과사전』(공역), 『뇌』, 『타나토노트』, 『아버지들의 아버지』, 『천사들의 제국』, 『여행의 책』, 움베르토 에코의 『프라하의 묘지』, 『로아나 여왕의 신비한 불꽃』, 『세상의 바보들에게 웃으면서 화내는 방법』, 『세상 사람들에게 보내는 편지』(카를로 마리아 마르티니 공저), 장클로드 카리에르의 『바야돌리드 논쟁』, 미셸 우엘벡의 『소립자』, 미셸 투르니에의 『황금 구슬』, 카롤린 봉그랑의 『밑줄 긋는 남자』, 브램 스토커의 『드라큘라』, 파트리크 모디아노의 『우리 아빠는 엉뚱해』, 장자크 상페의 『속 깊은 이성 친구』, 에리크 오르세나의 『오래오래』, 『두 해 여름』, 마르셀 에메의 『벽으로 드나드는 남자』, 장크리스토프 그랑제의 『늑대의 제국』, 『검은 선』, 『미세레레』, 드니 게즈의 『머리털자리』 등이 있다.

개미 3

발행일	1993년	6월 25일	초판	1쇄
	2000년	7월 30일	초판	105쇄
	2001년	1월 30일	2판	1쇄
	2013년	2월 25일	2판	87쇄
	2013년	5월 30일	3판	1쇄
	2022년	5월 30일	3판	31쇄
	2023년	6월 15일	특별판	1쇄
	2023년	10월 30일	개정판	1쇄

지은이 베르나르 베르베르
옮긴이 이세욱
발행인 홍예빈·홍유진
발행처 주식회사 열린책들

경기도 파주시 문발로 253 파주출판도시
전화 031-955-4000 팩스 031-955-4004
www.openbooks.co.kr

ISBN 978-89-329-2360-4 04860
ISBN 978-89-329-2325-3 (세트)